D1076177

Gobseck

Honoré de Balzac

Gobseck

suivi de
Maître Cornélius,
Facino Cane
et
Adieu

Préface d'Armand Olivier

Les Éditions du
Carrousel

ISBN 2-7456-0141-5

Préface

« *Mon cher, ne fais plus de contes. Le conte est fourbu, rendu, couronné, a le sabot fendu, les flancs rentrés comme ceux de ton cheval; si tu veux te rendre original, prends le conte, casse-lui les reins comme on brise la carcasse d'un poulet découpé, puis laisse-le là, cassé, brisé.* »

« *Qui donc parle ainsi? Qui donne ce conseil étrange et destructeur à Balzac, un jour, dans son bureau? Balzac lui-même. Un autre lui-même. L'un des multiples sosies qu'il prétend avoir retrouvés, un soir de 1832, entourant sa table de travail alors qu'il rentrait d'une promenade en ville.* [1] »

Et, certes, Balzac a suivi le conseil qu'il se donnait à lui-même. En dehors de ses très singuliers Contes drolatiques, *il ne fut pas un auteur de contes. Mais il a écrit un grand nombre d'histoires brèves qui, pour cette raison, ne sont que rarement reprises ailleurs que dans les éditions de ses* « Œuvres complètes ».

---

1. Les lignes qui précèdent, y compris la citation de Balzac, sont empruntées au remarquable essai consacré par Philippe Muray à notre auteur dans ses *Exorcismes spirituels*, tome I, Les Belles Lettres, 1997.

Au risque de choquer certains balzacolâtres, il nous a paru intéressant d'en réunir dans ce volume (mais d'autres volumes pourront suivre, conçus sur le même modèle) un certain nombre provenant de différentes « Scènes » de La Comédie humaine, *de façon à proposer au lecteur une riche variété de thèmes et d'inspiration.*

Le présent volume contient ainsi les œuvres suivantes :

Gobseck

Ce récit, l'un des plus fameux de Balzac, a été publié en 1830 et, bien qu'il appartienne aux tous débuts de son auteur – son premier roman, Les Chouans, *avait paru en 1829 – il a déjà toutes les qualités qui ont fait de lui le plus grand romancier français.*

La terrible figure du personnage de Gobseck remplit tout le roman, et ses actes conditionnent la vie de tous les autres personnages, jusqu'à sa mort, et même au-delà.

Cet usurier a fait de l'usure un art dont il a lui-même fixé les règles. Règles qu'il respecte scrupuleusement et dont il tire un plaisir tout intellectuel.

Dans un de ses grands romans, Eugénie Grandet, *Balzac a brossé une autre mémorable figure d'avare, le Père Grandet, mais Gobseck reste pourtant son avare le plus original.*

Gobseck appartient aux « Scènes de la vie privée ».

Maître Cornélius

Ce court roman a été publié en 1831. Il appartient, lui aussi, aux débuts de son auteur qui l'a, par la suite, classé dans ses « Études philosophiques ».

Le jeune Georges d'Estouteville, dans le but de se rapprocher de la dame de ses pensées, se fait engager chez maître Cornélius, un riche et avare marchand. Mais une série de larcins se produisent chez le marchand dont le jeune homme sera accusé...

Roman historique « à énigme », ce récit admirablement construit et très précisément écrit tient le lecteur constamment en haleine.

Facino Cane

Ce récit particulièrement bref appartient aux « Scènes de la vie parisienne ». Publié en 1836, il est, des quatre récits de ce volume, le plus proche des œuvres de la maturité.

Un jeune étudiant invité à une noce est frappé par la présence des trois vieux clarinettistes aveugles qui composent l'orchestre. L'un d'eux en particulier lui paraît digne d'intérêt. Il l'aborde, le met en confiance, et l'interroge sur son passé. Ce vieillard s'appelle Facino Cane. Il est prince de Varese et descend du célèbre condottiere du même nom. Le jeune étudiant va tout apprendre de la vie tragique, aventureuse et émouvante du vieil homme.

Tant d'événements nourrissent cette nouvelle, qu'on se prend à imaginer quel grand roman « d'aventures historiques » l'auteur aurait pu en tirer, s'il avait voulu se laisser aller à développer chaque péripétie. Mais il faut bien convenir que c'est l'extrême concision du récit qui en fait la force.

Adieu

Adieu a été publié en 1830 et appartient, comme Maître Cornélius, *aux « Études philosophiques ».*

Au cours d'une partie de chasse, le colonel Philippe de Sucy rencontre une femme étrange en qui il reconnaît avec stupéfaction celle qu'il a sauvée au cours de la retraite de Russie. Elle lui doit la vie car il lui a, un jour, abandonné la seule place restée libre sur un radeau… Mais ce fut un adieu qui la rendit folle.

Il s'agit d'un des récits les plus romantiques et les plus émouvants d'Honoré de Balzac.

ARMAND OLIVIER

Gobseck

À une heure du matin, pendant l'hiver de 1829 à 1830, il se trouvait encore dans le salon de la vicomtesse de Grandlieu deux personnes étrangères à sa famille. Un jeune et joli homme sortit en entendant sonner la pendule. Quand le bruit de la voiture retentit dans la cour, la vicomtesse, ne voyant plus que son frère et un ami de la famille qui achevaient leur piquet, s'avança vers sa fille qui, debout devant la cheminée du salon, semblait examiner un garde-vue en lithophanie, et qui écoutait le bruit du cabriolet de manière à justifier les craintes de sa mère.

« Camille, si vous continuez à tenir avec le jeune comte de Restaud la conduite que vous avez eue ce soir, vous m'obligerez à ne plus le recevoir. Écoutez, mon enfant, si vous avez confiance en ma tendresse, laissez-moi vous guider dans la vie. À dix-sept ans on ne sait juger ni de l'avenir, ni du passé, ni de certaines considérations sociales. Je ne vous ferai qu'une seule observation. M. de Restaud a une mère qui mangerait des millions, une femme mal née, une demoiselle Goriot qui jadis a fait beaucoup parler d'elle. Elle s'est si mal comportée avec son père qu'elle ne mérite certes pas d'avoir un si bon fils. Le jeune comte l'adore et la soutient avec une piété filiale digne des plus grands éloges ; il a surtout de son frère et de sa sœur un soin extrême. Quelque admirable que soit cette conduite, ajouta la comtesse d'un air fin, tant que sa mère existera, toutes les familles trembleront de confier à ce petit Restaud l'avenir et la fortune d'une jeune fille.

— J'ai entendu quelques mots qui me donnent envie d'intervenir entre vous et Mlle de Grandlieu, s'écria l'ami de la famille. J'ai gagné, monsieur le comte, dit-il en s'adressant à son adversaire. Je vous laisse pour courir au secours de votre nièce.

— Voilà ce qui s'appelle avoir des oreilles d'avoué, s'écria la vicomtesse. Mon cher Derville, comment avez-vous pu entendre ce que je disais tout bas à Camille.

— J'ai compris vos regards, répondit Derville en s'asseyant dans une bergère au coin de la cheminée.

L'oncle se mit à côté de sa nièce, et Mme de Grandlieu prit place sur une chauffeuse, entre sa fille et Derville.

— Il est temps, madame la vicomtesse, que je vous conte une histoire qui vous fera modifier le jugement que vous portez sur la fortune du comte Ernest de Restaud.

— Une histoire ? s'écria Camille. Commencez donc vite, monsieur. »

Derville jeta sur Mme de Grandlieu un regard qui lui fit comprendre qui ce récit devait l'intéresser. La vicomtesse de Grandlieu était, par sa fortune et pas l'antiquité de son nom, une des femmes les plus remarquables du faubourg Saint-Germain ; et, s'il ne semble pas naturel qu'un avoué de Paris pût lui parler si familièrement et se comportât chez elle d'une manière si cavalière, il est néanmoins facile d'expliquer ce phénomène. Mme de Grandlieu, rentrée en France avec la famille royale, était venue habiter Paris, où elle n'avait d'abord vécu que de secours accordés par Louis XVIII sur les fonds de la Liste Civile, situation insupportable. L'avoué eut l'occasion de découvrir quelques vices de forme dans la vente que la République avait jadis faite de l'hôtel de Grandlieu, et prétendit qu'il devait être restitué à la vicomtesse. Il entreprit ce procès moyennant un forfait, et le gagna. Encouragé par ce succès, il chicana si bien je ne sais quel hospice, qu'il en obtint la restitution de la forêt de Liceney. Puis, il fit encore recouvrer quelques actions sur le canal d'Orléans et certains immeubles assez importants que l'Empereur avait donnés en dot à des établissements publics. Ainsi rétablie par l'habilité du jeune avoué, la fortune de Mme de Grandlieu s'était élevée à un revenu de soixante mille francs environ, lors de la loi sur l'indemnité qui lui avait rendu des sommes énormes. Homme de haute probité, savant, modeste et de bonne compagnie, cet avoué devint alors l'ami de la famille. Quoique sa conduite envers Mme de Grandlieu lui eût mérité l'estime et la clientèle des meilleures maisons du faubourg Saint-Germain, il ne profitait pas de cette faveur comme en aurait pu profiter un homme ambitieux. Il résistait aux offres de la vicomtesse qui voulait lui faire vendre sa charge et le jeter dans la magistrature, carrière où, par ses protections, il aurait obtenu le plus rapide avancement. À l'exception de l'hôtel de Grandlieu, où il passait quelquefois la soirée, il n'allait dans le monde que pour y entretenir ses relations. Il était fort heureux que ses talents eussent été mis en lumière par son dévouement à Mme de Grandlieu, car il aurait couru le risque de laisser dépérir son étude. Derville n'avait pas une âme d'avoué. Depuis que le comte Ernest de Restaud s'était introduit chez la vicomtesse, et que Derville avait découvert la sympathie de Camille pour ce jeune homme, il était devenu aussi assidu chez Mme de Grandlieu que l'aurait été un dandy de la Chaussée-d'Antin nouvellement admis dans les cercles du noble Faubourg. Quelques jours auparavant, il s'était trouvé dans un bal auprès de Camille, et lui avait dit en montrant le jeune comte :

« Il est dommage que ce garçon-là n'ait pas deux ou trois millions, n'est-ce pas ?

— Est-ce un malheur ? Je ne le crois pas, avait-elle répondu. M. de Restaud a beaucoup de talent, il est instruit, et bien vu du ministre auprès duquel il a été placé. Je ne doute pas qu'il ne devienne un homme très remarquable. *Ce garçon-là* trouvera tout autant de fortune qu'il en voudra, le jour où il sera parvenu au pouvoir.

— Oui, mais s'il était déjà riche ?

— S'il était riche, dit Camille en rougissant. Mais toutes les jeunes personnes qui sont ici se le disputeraient, ajouta-t-elle en montrant les quadrilles.

— Et alors, avait répondu l'avoué, Mlle de Grandlieu ne serait plus la seule vers laquelle il tournerait les yeux. Voilà pourquoi vous rougissez ! Vous vous sentez du goût

14

pour lui, n'est-ce pas? Allons, dites. Camille s'était brusquement levée.

— Elle l'aime, avait pensé Derville. »

Depuis ce jour, Camille avait eu pour l'avoué des attentions inaccoutumées en s'apercevant qu'il approuvait son inclination pour le jeune comte Ernest de Restaud. Jusque-là, pour qu'elle n'ignorât aucune des obligations de sa famille envers Derville, elle avait eu pour lui plus d'égards que d'amitié vraie, plus de politesse que de sentiment; ses manières aussi bien que le ton de sa voix lui avaient toujours fait sentir la distance que l'étiquette mettait entre eux. La reconnaissance est une dette que les enfants n'acceptent pas toujours à l'inventaire.

« Cette aventure, dit Derville après une pause, me rappelle les seules circonstances romanesques de ma vie. Vous riez déjà, reprit-il, en entendant un avoué vous parler d'un roman dans sa vie! Mais j'ai eu vingt-cinq ans comme tout le monde, et à cet âge j'avais déjà vu d'étranges choses. Je dois commencer par vous parler d'un personnage que vous ne pouvez pas connaître. Il s'agit d'un usurier. Saisirez-vous bien cette figure pâle et blafarde, à laquelle je voudrais que l'Académie me permît de donner le nom de face *lunaire* : elle ressemblait à du vermeil dédoré? Les cheveux de mon usurier étaient plats, soigneusement peignées et d'un gris cendré. Les traits de son visage, impassible autant que celui de Talleyrand paraissaient avoir été coulés en bronze. Jaune comme ceux d'une fouine, ses petits yeux n'avaient presque point de cils et craignaient la lumière; mais l'abat-jour d'une vieille casquette les en garantissait. Son nez pointu était si grêlé dans le bout, que vous l'eussiez comparé à une vrille. Il avait les lèvres minces de ces alchimistes et de ces petits vieillards peints par Rembrandt ou par Metzu. Cet homme parlait bas, d'un ton doux, et ne s'emportait jamais. Son âge était un problème : on ne pouvait pas savoir s'il était vieux avant le temps, où s'il avait ménagé sa jeunesse afin qu'elle lui servît toujours. Tout était propre et râpé dans sa chambre, pareille, depuis le drap vert du bureau jusqu'au tapis du lit, au froid sanctuaire de ces vieilles filles qui passent la journée à frotter leurs meubles. En hiver, les tisons de son foyer, toujours enterrés dans un talus de cendres, y fumaient sans flamber. Ses actions, depuis l'heure de son lever jusqu'à ces accès de toux le soir, étaient soumises à la régularité d'une pendule. C'était en quelque sorte un *homme-modèle* que le sommeil remontait. Si vous touchez un cloporte cheminant sur un papier, il s'arrête et fait le mort ; de même, cet homme s'interrompait au milieu de son discours et se taisait au passage d'une voiture, afin de ne pas forcer sa voix. À l'imitation de Fontanelle, il économisait le mouvement vital, et concentrait tous les sentiments humains dans le moi. Aussi sa vie s'écoulait-elle sans faire plus de bruit que le sable d'une horloge antique. Quelquefois ses victimes criaient beaucoup, s'emportaient ; puis après il se faisait un grand silence, comme dans une cuisine où l'on égorge un canard. Vers le soir l'homme-billet se changeait en un homme ordinaire, et ses métaux se métamorphosaient en cœur humain. S'il était content de sa journée, il se frottait les mains en laissant échapper par les rides crevassées de son visage une fumée de gaieté, car il est impossible d'exprimer autrement le jeu muet de ses muscles, où il se peignait une sensation comparable au rire à vide de *Bas-de-Cuir*. Enfin, dans ses plus grands accès de joie, sa conversation restait monosyllabique et sa contenance était toujours négative. Tel est le voisin que le hasard m'avait donné dans la maison que j'habitais rue des Grès, quand je n'étais encore que second clerc et que j'achevais ma troisième année de droit. Cette maison, qui n'a pas de cour, est humide et sombre. Les appartements n'y tirent leur jour que de la rue. La distribution claustrale qui divise le bâtiment en chambres d'égale grandeur, en ne leur laissant d'autre issue qu'un long corridor éclairé par des jours de souffrance, annonce que la maison a jadis fait partie d'un couvent. À ce triste aspect, la gaieté d'un fils de famille expirait avant qu'il entrât chez mon voisin : sa maison et lui se ressemblaient. Vous eussiez dit l'huître et son rocher. Le seul être avec lequel il communiquait, socialement parlant, était moi; il venait me demander du feu, m'empruntait un livre, un journal, et me permettait le soir d'entrer dans sa cellule, où nous causions quand il était de bonne humeur. Ces marques de confiance étaient le fruit d'un voisinage de quatre années et de ma sage conduite, qui, faute d'argent, ressemblait beaucoup à la sienne. Avait-il des parents, des amis? était-il riche ou pauvre? Personne n'aurait pu répondre à ces questions. Je ne voyais jamais d'argent chez lui. Sa fortune se trouvait sans doute dans les caves de la banque. Il ne voyait lui-même ses billets encourant dans Paris d'une jambe sèche comme celle d'un cerf. Il était d'ailleurs martyr de sa prudence. Un jour, par hasard, il portait de l'or; un double napoléon se fit jour, on ne sait comment, à travers son gousset ; un locataire qui le suivait dans l'escalier ramassa la pièce et la lui présenta.

— Cela ne m'appartient pas, répondit-il avec un geste de surprise. À moi de l'or ! Vivrais-je comme je vis si j'étais riche ? Le matin il apprêtait lui-même son café sur un réchaud de tôle, qui restait toujours dans l'angle noir de sa cheminée ; un rôtisseur lui apportait à dîner. Notre vieille portière montait à une heure fixe pour approprier la chambre. Enfin par une singularité que Sterne appellerait une prédestination, cet homme se nommait Gobseck. Quand plus tard je fis ses affaires, j'appris qu'au moment où nous nous connûmes il avait environ soixante-seize ans. Il était né vers 1740, dans les faubourgs d'Anvers, d'une Juive et d'un Hollandais, et se nommait Jean-Esther Van Gobseck. Vous savez combien Paris s'occupa de l'assassinat d'une femme nommée « la Belle Hollandaise » ? Quand j'en parlai par hasard à mon ancien voisin, il me dit, sans exprimer ni le moindre intérêt ni la plus légère surprise :

— C'est ma petite-nièce.

Cette parole fut tout ce que lui arracha la mort de sa seule et unique héritière, la petite-fille de se soir. Les débats m'apprirent que la belle Hollandaise se nommait en effet Sara Van Gobseck. Lorsque je lui demandai par quelle bizarrerie sa petite-nièce portait son nom :

— Les femmes ne se sont jamais mariées dans notre famille, me répondit-il en souriant. Cet homme singulier n'avait jamais voulu voir une seule personne des quatre générations femelles où se trouvaient ses parents. Il abhorrait ses héritiers et ne convenait pas que sa fortune pût jamais être possédée par d'autres que lui, même après sa mort. Sa mère l'avait embarqué dès l'âge de dix ans en qualité de mousse pour les possessions hollandaises dans les Grandes Indes, où il avait roulé pendant vingt années. Aussi les rides de son front jaunâtre gardaient-elles les secrets d'événements horribles, de terreurs soudaines, de hasards inespérés, de traverses romanesques, de joies infinies : la faim supportée, l'amour foulé aux pieds, la fortune compromise, perdue, retrouvée, la vie maintes fois en danger, et sauvée peut-être par ces déterminations dont la rapide urgence excuse la cruauté. Il avait connu l'amiral Simeuse, M. de Lally, M. de Kergarouët, M. d'Estaing, le bailli de Suffren, M. de Portenduère, lord Cornwallis, lord Hastings, le père de Tippo-Saeb et Tippo-Saeb lui-même. Ce Savoyard, qui servit Madhadji-Sindiah, le roi de Delhi, et contribua tant à fonder la puissance des Mahrattes, avait fait des affaires avec lui. Il avait eu des relations avec Victor Hughes et plusieurs célèbres corsaires, car il avait longtemps séjourné à Saint-Thomas. Il avait si bien tout tenté pour faire fortune qu'il avait essayé de découvrir l'or de cette tribu de sauvages si célèbres aux environs de Buenos Aires. Enfin il n'était étranger à aucun des événements de la guerre de l'indépendance américaine. Mais quand il parlait des Indes ou de l'Amérique, ce qui ne lui arrivait avec personne, et fort rarement avec moi, il semblait que ce fût une indiscrétion, il paraissait s'en repentir. Si l'humanité, si la sociabilité sont une religion, il pouvait être considéré comme un athée. Quoique je me fusse proposé de l'examiner, je dois avouer à ma honte que jusqu'au dernier moment son cœur fut impénétrable. Je me suis quelquefois demandé à quel sexe il appartenait. Si les usuriers ressemblent à celui-là, je crois qu'ils sont tous du genre neutre. Était-il resté fidèle à la religion de sa mère, et regardait-il les chrétiens comme sa proie ? s'était-il fait catholique, mahométan, brahme ou luthérien ? Je n'ai jamais rien su de ses opinions religieuses. Il me paraissait être plus indifférent qu'incrédule. Un soir j'entrai chez cet homme qui s'était fait or, et que, par antiphrase ou par raillerie, ses victimes, qu'il nommait ses clients, appelaient papa Gobseck. Je le trouvai sur son fauteuil, immobile comme une statue, les yeux arrêtés sur le manteau de la cheminée où il semblait relire ses bordereaux d'escompte. Une lampe fumeuse dont le pied avait été vert jetait une lueur qui, loin de colorer ce visage, en faisait mieux ressortir la pâleur. Il me regarda silencieusement et me montra ma chaise qui m'attendait.

— À quoi cet être-là pense-t-il ? me dis-je. Sait-il s'il existe un Dieu, un sentiment, des femmes, un bonheur ? Je le plaignis comme j'aurais plaint un malade. Mais je comprenais bien aussi que, s'il avait des millions à la banque, il pouvait posséder par la pensée la terre qu'il avait parcourue, fouillée, soupesée, évaluée, exploitée. Bonjour, papa Gobseck, lui dis-je. Il tourna la tête vers moi, ses gros sourcils noirs se rapprochèrent légèrement ; chez lui, cette inflexion caractéristique équivalait au plus gai sourire d'un Méridional.

— Vous êtes aussi sombre que le jour où l'on est venu vous annoncer la faillite de ce libraire de qui vous avez tant admiré l'adresse, quoique vous en ayez été la victime.

— Victime ? dit-il d'un air étonné.

— Afin d'obtenir son concordat, ne vous avait-il pas réglé votre créance en billets signés de la raison de commerce en faillite ; et quand il a été rétabli, ne vous les a-t-il pas soumis à la réduction voulue par le Concordat ?

— Il était fin, répondit-il, mais je l'ai repincé.

— Avez-vous donc quelques billets à protester ? nous sommes le trente, je crois.

Je lui parlais d'argent pour la première fois. Il leva sur moi ses yeux par un mouvement railleur ; puis, de sa voix douce dont les accents ressemblaient aux sons que tire de sa flûte un élève qui n'en a pas l'embouchure :

— Je m'amuse, me dit-il ? Croyez-vous qu'il n'y ait de poètes que ceux qui impriment des vers ? me demanda-t-il en haussant les épaules et me jetant un regard de pitié.

— De la poésie dans cette tête ! pensai-je, car je ne connaissais encore rien de sa vie.

— Quelle existence pourrait être aussi brillante que l'est la mienne ? dit-il continuant, et son œil s'anima. Vous êtes jeune, vous avez les idées de votre sang, vous voyez des figures de femmes dans vos tisons, moi je n'aperçois que des charbons dans les miens. Vous croyez à tout, moi je ne crois à rien. Gardez vos illusions, si vous le pouvez. Je vais vous faire le décompte de la vie. Soit que vous voyagiez, soit que vous restiez au coin de votre cheminée et de votre femme, il arrive toujours un âge auquel la vie n'est plus qu'une habitude exercée dans un certain milieu préféré. Le bonheur consiste alors dans l'exercice de nos facultés appliquées à des réalités. Hors ces deux préceptes, tout est faux. Mes principes ont varié comme ceux des hommes, j'en ai dû changer à chaque latitude. Ce que l'Europe admire, l'Asie le punit. Ce qui est un vice à Paris est une nécessité quand on a passé les Açores.

Rien n'est fixe ici-bas, il n'y existe que des conventions qui se modifient suivant les climats. Pour qui s'est jeté forcément dans tous les moules sociaux, les convictions et les morales ne sont plus que des mots sans valeur. Reste en nous le seul sentiment vrai que la nature y ait mis : l'instinct de notre conversation. Dans vos sociétés européennes, cet instinct se nomme *intérêt personnel*. Si vous aviez vécu autant que moi vous sauriez qu'il n'est qu'une seule chose matérielle dont la valeur soit assez certaine pour qu'un homme s'en occupe. Cette chose... c'est *l'or*. L'or représente toutes les forces humaines. J'ai voyagé, j'ai vu qu'il y avait partout des plaines ou de montagnes : les plaines ennuient, les montagnes fatiguent; les lieux ne signifient donc rien. Quant aux mœurs, l'homme est le même partout : partout le combat entre le pauvre et le riche est établi, partout il est inévitable; il vaut donc mieux être l'exploitant que d'être l'exploité; partout il se rencontre des gens musculeux qui travaillent et des gens lymphatiques qui se tourmentent; partout les plaisirs sont les mêmes, car partout les sens s'épuisent, et il ne leur survit qu'un seul sentiment, la vanité! La vanité, c'est toujours le *moi*. La vanité ne se satisfait que par des flots d'or. Nos fantaisies veulent du temps, des moyens physiques ou des soins! Eh! bien, l'or contient tout en germe; et donne tout en réalité. Il n'y a que des fous ou des malades qui puissent trouver du bonheur à battre les cartes tous les soirs pour savoir s'ils gagneront quelques sous. Il n'y a que des sots qui puissent employer leur temps à se demander ce qui se passe, si madame une telle s'est couchée sur son canapé seule ou en compagnie, si elle a plus de sang que de lymphe, plus de tempérament que de vertu. Il n'y a que des dupes qui puissent se croire utiles à leurs semblables en s'occupant à tracer des principes politiques pour gouverner des événements toujours imprévus. Il n'y a que des niais qui puissent aimer à parler des acteurs et à répéter leurs mots ; à faire tous les jours, mais sur un plus grand espace, la promenade que fait un animal dans sa loge ; à s'habiller pour les autres, à manger pour les autres ; à se glorifier d'un cheval ou d'une voiture que le voisin ne peut avoir que trois jours après eux. N'est-ce pas la vie de vos Parisiens traduite en quelques phrases ? Voyons l'existence de plus haut qu'ils ne la voient. Le bonheur consiste ou en émotions fortes qui usent la vie, ou en occupations réglées qui en font une mécanique anglaise fonctionnant par temps réguliers. Au-dessus de ces bonheurs, il existe une curiosité, prétendue noble, de connaître les secrets de la nature ou d'obtenir une certaine imitation de ses effets. N'est-ce pas, en deux mots, l'art ou la science, la passion ou le calme ? Eh ! bien, toutes les passions humaines agrandies par le jeu de vos intérêts sociaux viennent parader devant moi qui vis dans le calme. Puis, votre curiosité scientifique, espèce de lutte où l'homme a toujours le dessous, je la remplace par la pénétration de tous les ressorts qui font mouvoir l'humanité. En un mot, je possède le monde sans fatigue, et le monde n'a pas la moindre prise sur moi. Écoutez-moi, reprit-il, par le récit des événements de la matinée, vous devinerez mes plaisirs. Il se leva, alla pousser le verrou de sa porte, tira un rideau de vieille tapisserie dont les anneaux crièrent sur la tringle, et revint s'asseoir.

— Ce matin, me dit-il, je n'avais que deux effets à recevoir, les autres avaient été donnés la veille comme comptant à mes pratiques. Autant de gagné ! car, à l'escompte, je déduis la course que me nécessite la recette, en prenant quarante sous pour un cabriolet de fantaisie. Ne serait-il pas plaisant qu'une pratique me fît traverser Paris pour six francs d'escompte, moi qui n'obéis à rien, moi qui ne paye que sept francs de contributions ? Le premier billet, valeur de mille francs présentée par un jeune homme, beau fils à gilets pailletés, à lorgnon, à tilbury, cheval anglais, etc., était signé par l'une des plus jolies femmes de Paris, mariée à quelque riche propriétaire, un comte. Pourquoi cette comtesse avait-elle souscrit une lettre de change nulle en droit, mais excellente en fait ; car ces pauvres femmes craignent le scandale que produirait un protêt dans leur ménage et se donneraient en paiement plutôt que de ne pas payer ? Je voulais connaître la valeur secrète de cette lettre de change. Était-ce bêtise, imprudence, amour ou charité ? Le second billet, d'égale somme, signé Fanny Malvaut, m'avait été présenté par un marchand de toiles en train de se ruiner. Aucune personne, ayant quelque crédit à la banque, ne vient dans ma boutique, où le premier pas fait de ma porte à mon bureau dénonce un désespoir, une faillite près d'éclore, et surtout un refus d'argent éprouvé chez tous les banquiers. Aussi ne vois-je que des cerfs aux abois, traqués par la meute de leurs créanciers. La comtesse demeurait rue du Helder, et ma Fanny rue Montmartre. Combien de conjectures n'ai-je pas faites en m'en allant d'ici ce matin ? Si ces deux femmes n'étaient pas en mesure, elles allaient me recevoir avec plus de respect que si j'eusse été leur propre père. Combien de singeries la comtesse ne me jouerait-elle pas pour mille francs ? Elle allait prendre un air affectueux, me parler de cette voix dont les câlineries sont réservées à l'endosseur du billet, me prodiguer des paroles caressantes, me supplier peut-être, et moi… Là, le vieillard me jeta son regard blanc.

— Et moi, inébranlable! reprit-il. Je suis là comme un vengeur, j'apparais comme un remords. Laissons les hypothèses. J'arrive.

— Mme la comtesse est couchée, me dit une femme de chambre.

— Quand sera-t-elle visible?

— À midi.

— Mme la comtesse serait-elle malade?

— Non, monsieur, mais elle est rentrée du bal à trois heures.

— Je m'appelle Gobseck, dites-lui mon nom, je serai ici à midi.

Et je m'en vais en signant ma présence sur le tapis qui couvrait les dalles de l'escalier. J'aime à crotter les tapis de l'homme riche, non par petitesse, mais pour leur faire sentir la griffe de la Nécessité. Parvenu rue Montmartre, à une maison de peu d'apparence, je pousse une vieille porte cochère, et vois une de ces cours obscures où le soleil ne pénètre jamais. La loge du portier était noire, le vitrage ressemblait à la manche d'une douillette trop longtemps portée, il était gras, brun, lézardé.

— Mlle Fanny Malvaut?

— Elle est sortie, mais si vous venez pour un billet, l'argent est là.

— Je reviendrai, dis-je.

Du moment où le portier avait la somme, je voulais connaître la jeune fille; je me figurais qu'elle était jolie. Je passe la matinée à voir les gravures étalées sur le boulevard; puis à midi sonnant, je traversais le salon qui précède la chambre de la comtesse.

— Madame me sonne à l'instant, me dit la femme de chambre, je ne crois pas qu'elle soit visible.

— J'attendrai, répondis-je en m'asseyant sur un fauteuil. Les persiennes s'ouvrent, la femme de chambre accourt et me dit :

— Entrez, monsieur.

À la douceur de sa voix, je devinai que sa maîtresse ne devait pas être en mesure. Combien était belle la femme que je vis alors! Elle avait jeté à la hâte sur ses épaules nues un châle de cachemire dans lequel elle s'enveloppait si bien que ses formes pouvaient se deviner dans leur nudité. Elle était vêtue d'un peignoir garni de ruches blanches comme neige et qui annonçait une dépense annuelle d'environ deux mille francs chez la blanchisseuse en fin. Ses cheveux noirs s'échappaient en grosses boucles d'un joli madras négligemment noué sur la tête à la manière des créoles. Son lit offrait le tableau d'un désordre produit sans doute par un sommeil agité. Un peintre aurait payé pour rester pendant quelques moments au milieu de cette scène. Sous des draperies voluptueusement attachées, un oreiller enfoncé sur un édredon de soie bleue, et dont les garnitures en dentelle se détachaient vivement sur ce fond d'azur, offrait l'empreinte de formes indécises qui réveillaient l'imagination. Sur une large peau d'ours, étendue aux pieds des lions ciselés dans l'acajou du lit, brillaient deux souliers de satin blanc, jetés avec l'incurie que cause la lassitude d'un bal. Sur une chaise était une robe froissée dont les manches touchaient à terre. Des bas que le moindre souffle d'air aurait emportés étaient tortillés dans le pied d'un fauteuil. De blanches jarretières flottaient le long d'une causeuse. Un éventail de prix, à moitié déplié, reluisait sur la cheminée. Les tiroirs de la commode restaient ouverts. Des fleurs, des diamants, des gants, un bouquet, une ceinture gisaient çà et là. Je respirais une vague odeur de parfums. Tout était luxe et désordre, beauté sans harmonie. Mais déjà pour elle ou pour son adorateur, la misère, tapie là-dessus, dressait la tête et leur faisait sentir ses dents aiguës. La figure fatiguée de la comtesse ressemblait à cette chambre parsemée des débris d'une fête. Ces brimborions épars me faisaient pitié ; rassemblés, ils avaient causé la veille quelque délire. Ces vestiges d'un amour foudroyé par le remords, cette image d'une vie de dissipation, de luxe et de bruit, trahissait des efforts de Tantale pour embrasser de fuyants plaisirs. Quelques rougeurs semées sur le visage de la jeune femme attestaient la finesse de sa peau ; mais ses traits étaient comme grossis, et le cercle brun qui se dessinait sous ses yeux semblait être plus fortement marqué qu'à l'ordinaire. Néanmoins la nature avait assez d'énergie en elle pour que ces indices de folie n'altérassent pas sa beauté. Ses yeux étincelaient. Semblable à l'une de ces Hérodiades dues au pinceau de Léonard de Vinci (j'ai brocanté des tableaux), elle était magnifique de vie et de force ; rien de mesquin dans ses contours ni dans ses traits ; elle inspirait l'amour, et me semblait devoir être plus forte que l'amour. Elle me plut. Il y avait longtemps que mon cœur n'avait battu. J'étais donc déjà payé! je donnerais mille francs d'une sensation qui me ferait souvenir de ma jeunesse.

— Monsieur, me dit-elle en me présentant une chaise, auriez-vous la complaisance d'attendre?

— Jusqu'à demain midi, madame, répondis-je en repliant le billet que je lui avais présenté, je n'ai le droit de protester qu'à cette heure-là. Puis, en moi-même, je me disais :

« Paie ton luxe, paie ton nom, paie ton bonheur, paie le monopole dont tu jouis. Pour se garantir leurs biens, les riches ont inventé des tribunaux, des juges, et cette guillotine, espèce de bougie où viennent se brûler les ignorants. Mais pour vous qui couchez sur la soie et sous la soie, il est des remords, des grincements de dents cachés sous un sourire, et des gueules de lions fantastiques qui vous donnent un coup de dent au cœur. »

— Un protêt! y pensez-vous? s'écria-t-elle en me regardant, vous auriez si peu d'égards pour moi?

— Si le roi me devait, madame, et qu'il ne me payât pas, je l'assignerais encore plus promptement que tout autre débiteur.

En ce moment nous entendîmes frapper doucement à la porte de la chambre.

— Je n'y suis pas! dit impérieusement la jeune femme.

— Anastasie, je voudrais cependant bien vous voir.

— Pas en ce moment, mon cher, répondit-elle d'une voix moins dure, mais néanmoins sans douceur.

— Quelle plaisanterie! vous parlez à quelqu'un, répondit en entrant un homme qui ne pouvait être que le comte. La comtesse me regarda, je la compris, elle devint mon esclave. Il fut un temps, jeune homme, où j'aurais été peut-être assez bête pour ne pas protester. En 1763, à Pondichéry, j'ai fait grâce à une femme qui m'a joliment roué. Je le méritais, pourquoi m'étais-je fié à elle ?

— Que veut monsieur ? me demanda le comte.

Je vis la femme frissonnant de la tête aux pieds, la peau blanche et satinée de son cou devint rude : elle avait, suivant un terme familier, la chair de poule. Moi, je riais, sans qu'aucun de mes muscles ne tressaillît.

— Monsieur est un de mes fournisseurs, dit-elle. Le comte me tourna le dos, je tirai le billet à moitié hors de ma poche. À ce mouvement inexorable, la jeune femme vint à moi, me présenta un diamant :

— Prenez, dit-elle, et allez-vous-en.

Nous échangeâmes les deux valeurs, et je sortis en la saluant. Le diamant valait bien une douzaine de cents francs pour moi. Je trouvai dans la cour une nuée de valets qui brossaient leurs livrées, ciraient leurs bottes ou nettoyaient de somptueux équipages.

— Voilà, me dis-je, ce qui amène ces gens-là chez moi. Voilà ce qui les pousse à voler décemment des millions, à trahir leur patrie. Pour ne pas se crotter en allant à pied, le grand seigneur, ou celui qui le singe, prend une bonne fois un bain de boue ! En ce moment, la grande porte s'ouvrit, et livra passage au cabriolet du jeune homme qui m'avait présenté le billet.

— Monsieur, lui dis-je quand il fut descendu, voici deux cents francs que je vous prie de rendre à Mme la comtesse, et vous lui ferez observer que je tiendrai à sa disposition pendant huit jours le gage qu'elle m'a remis ce matin.

Il prit les deux cents francs, et laissa échapper un sourire moqueur, comme s'il eût dit : « Ha ! elle a payé. Ma foi, tant mieux ! » J'ai lu sur cette physionomie l'avenir de la comtesse. Ce joli monsieur blond, froid, joueur sans âme, se ruinera, la ruinera, ruinera le mari, ruinera les enfants, mangera leurs dots, et causera plus de ravages à travers les salons que n'en causerait une batterie d'obusiers dans un régiment. Je me rendis rue Montmartre, chez Mlle Fanny. Je montai un petit escalier bien roide. Arrivé au cinquième étage, je fus introduit dans un appartement composé de deux chambres où tout était propre comme un ducat neuf. Je n'aperçus pas la moindre trace de poussière sur les meubles de la première pièce où me reçut Mlle Fanny, jeune fille parisienne vêtue simplement : très élégante et fraîche, air avenant, des cheveux châtains bien peignés, qui, retroussés en deux arcs sur les tempes, donnaient de la finesse à des yeux bleus, purs comme du cristal. Le jour, passant à travers de petits rideaux tendus aux carreaux, jetait une lueur douce sur sa modeste figure. Autour d'elle, de nombreux morceaux de toiles taillés me dénoncèrent ces occupations habituelles, elle ouvrait du linge. Elle était là comme le génie de la solitude. Quand je lui présentais le billet, je lui dis que je ne l'avais pas trouvée le matin.

— Mais, dit-elle, les fonds étaient chez la portière.

Je feignis de ne pas entendre.

— Mademoiselle sort de bonne heure, à ce qu'il paraît ?

— Je suis rarement hors de chez moi ; mais quand on travaille la nuit, il faut bien quelquefois se baigner.

Je la regardai. D'un coup d'œil, je devinai tout. C'était une fille condamnée au travail par le malheur, et qui ap-

partenait à quelque famille d'honnêtes fermiers, car elle
avait quelques-uns de ces grains de rousseur particuliers aux
personnes nées à la campagne. Je ne sais quel air de vertu
respirait dans ses traits. Il me sembla que j'habitais une atmosphère de sincérité, de candeur, où mes poumons se ra-
fraîchissaient. Pauvre innocente! elle croyait à quelque
chose : sa simple couchette en bois peint était surmontée
d'un crucifix orné de deux branches de buis. Je fus quasi
touché. Je me sentais disposé à lui offrir de l'argent à douze
pour cent seulement, afin de lui faciliter l'achat de quelque
bon établissement. « Mais, me dis-je, elle a peut-être un
petit cousin qui se ferait de l'argent avec sa signature, et
grugerait la pauvre fille. » Je m'en suis donc allé, me mettant en garde contre mes idées généreuses, car j'ai souvent
eu l'occasion d'observer que quand la bienfaisance ne nuit
pas au bienfaiteur, elle tue l'obligé. Lorsque vous êtes entré,
je pensais que Fanny Malvaut serait une bonne petite
femme; j'opposais sa vie pure et solitaire à celle de cette
comtesse qui, déjà tombée dans la lettre de change, va rouler jusqu'au fond des abîmes du vice! Eh! bien, reprit-il
après un moment de silence profond pendant lequel je
l'examinais, croyez-vous que ce soit rien que de pénétrer
ainsi dans les plus secrets replis du cœur humain, d'épouser
la vie des autres, et de la voir à nu? Des spectacles toujours
variés : des plaies hideuses, des chagrins mortels, des scènes
d'amour, des misères que les eaux de la Seine attendent, des
joies de jeune homme qui mènent à l'échafaud, des rires des
désespoirs et des fêtes somptueuses. Hier, une tragédie :
quelque bonhomme de père qui s'asphyxie parce qu'il ne
peut plus nourrir ses enfants. Demain, une comédie : un

jeune homme essaiera de me jouer la scène de monsieur Dimanche, avec les variantes de notre époque. Vous avez entendu vanter l'éloquence des derniers prédicateurs, je suis allé parfois perdre mon temps à les écouter, ils m'ont fait changer d'opinion, mais de conduite, comme disait je ne sais qui, jamais. Eh! bien, ces bons prêtres, votre Mirabeau, Vergniaud et les autres ne sont que des bègues auprès de mes orateurs. Souvent une jeune fille amoureuse, un vieux négociant sur le penchant de sa faillite, une mère qui veut cacher la faute de son fils, un artiste sans pain, un grand sur le déclin de la faveur, et qui, faute d'argent, va perdre le fruit de ses efforts, m'ont fait frissonner par la puissance de leur parole. Ces sublimes acteurs jouaient pour moi seul, et sans pouvoir me tromper. Mon regard est comme celui de Dieu, je vois dans les cœurs. Rien ne m'est caché. On ne refuse rien à qui lie et délie les cordons du sac. Je suis assez riche pour acheter les consciences de ceux qui font mouvoir les ministres, depuis leurs garçons de bureau jusqu'à leurs maîtresses : n'est-ce pas le Pouvoir? Je puis avoir les plus belles femmes et leurs plus tendres caresses; n'est-ce pas le Plaisir? Le Pouvoir et le Plaisir ne résument-ils pas tout votre ordre social? nous sommes dans Paris une dizaine ainsi, tous rois silencieux et inconnus, les arbitres de vos destinées. La vie n'est-elle pas une machine à laquelle l'argent imprime le mouvement? Sachez-le, les moyens se confondent toujours avec les résultats : vous n'arriverez jamais à séparer l'âme des sens, l'esprit de la matière. L'or est le spiritualisme de vos sociétés actuelles. Liés par le même intérêt, nous nous rassemblons à certains jours de la semaine au café Thémis, près du Pont-Neuf.

Là, nous nous révélons les mystères de la finance. Aucune fortune ne peut nous mentir, nous possédons les secrets de toutes les familles. Nous avons une espèce de *livre noir* où s'inscrivent les notes les plus importantes sur le crédit public, sur la banque, sur le commerce. Casuistes de la Bourse, nous formons un Saint-Office où se jugent et s'analysent les actions les plus indifférentes de tous les gens qui possèdent une fortune quelconque, et nous devinons toujours vrai. Celui-ci surveille la masse judiciaire, celui-là la masse financière ; l'un la masse administrative, l'autre la masse commerciale. Moi j'ai l'œil sur les fils de famille, les artistes, les gens du monde, et sur les joueurs, la partie la plus émouvante de Paris. Chacun nous dit les secrets du voisin. Les passions trompées, les vanités froissées sont bavardes. Les vices, les désappointements, les vengeances sont les meilleurs agents de police. Comme moi, tous mes confrères ont joui de tout, se sont rassasiés de tout, et sont arrivés à n'aimer le pouvoir et l'argent que pour le pouvoir et l'argent même. Ici, dit-il, en me montrant sa chambre nue et froide, l'amant le plus fougueux qui s'irrite ailleurs d'une parole et tire l'épée pour un mot, prie à mains jointes ! Ici le négociant le plus orgueilleux, ici la femme la plus vaine de sa beauté, ici le militaire le plus fier, prient tous, la larme à l'œil ou de rage ou de douleur. Ici prient l'artiste le plus célèbre et l'écrivain dont les noms sont promis à la postérité. Ici enfin, ajouta-t-il en portant la main à son front, se trouve une balance dans laquelle se pèsent les successions et les intérêts de Paris tout entier. Croyez-vous maintenant qu'il n'y ait pas de jouissances sous ce masque blanc dont l'immobilité vous a si souvent étonné ?

dit-il en me tendant son visage blême qui sentait l'argent. Je retournai chez moi stupéfait. Ce petit vieillard sec avait grandi. Il s'était changé à mes yeux en une image fantastique où se personnifiait le pouvoir de l'or. La vie, les hommes me faisaient horreur. « Tout doit-il donc se résoudre par l'argent? » me demandais-je. Je me souviens de ne m'être endormi que très tard. Je voyais des monceaux d'or autour de moi. La belle comtesse m'occupa. J'avouerai à ma honte qu'elle éclipsait complètement l'image de la simple et chaste créature vouée au travail et à l'obscurité; mais le lendemain matin, à travers les nuées de mon réveil, la douce Fanny m'apparut dans toute sa beauté, je ne pensai plus qu'à elle.

— Voulez-vous un verre d'eau sucrée? dit la vicomtesse en interrompant Derville.

— Volontiers, répond-il.

— Mais je ne vois là-dedans rien qui puisse nous concerner, dit Mme de Grandlieu en sonnant.

— Sardanapale! s'écria Derville en lâchant son juron, je vais bien réveiller Mlle Camille en lui disant que son bonheur dépendait naguère du papa Gobseck; mais comme le bonhomme est mort à l'âge de quatre-vingt-neuf ans, M. de Restaud entrera bientôt en possession d'une belle fortune. Ceci veut des explications. Quand à Fanny Malvaut, vous la connaissez, c'est ma femme!

— Le pauvre garçon, répliqua la vicomtesse, avouerait cela devant vingt personnes avec sa franchise ordinaire.

— Je le crierais à tout l'univers, dit l'avoué.

— Buvez, buvez, mon pauvre Derville. Vous ne serez jamais rien, que le plus heureux et le meilleur des hommes.

— Je vous ai laissé rue du Helder, chez une comtesse, s'écria l'oncle en relevant sa tête légèrement assoupie. Qu'en avez-vous fait?

— Quelques jours après la conversation que j'avais eue avec le vieux Hollandais, je passai ma thèse, reprit Derville. Je fus reçu licencié en droit, et puis avocat. La confiance que le vieil avare avait en moi s'accrut beaucoup. Il me consultait gratuitement sur les affaires épineuses dans lesquelles il s'embarquait d'après des données sûres, et qui eussent semblé mauvaises à tous les praticiens. Cet homme, sur lequel personne n'aurait pu prendre le moindre empire, écoutait mes conseils avec une sorte de respect. Il est vrai qu'il s'en trouvait toujours très bien. Enfin, le jour où je fus nommé maître clerc de l'étude où je travaillais depuis trois ans, je quittai la maison de la rue des Grès, et j'allai demeurer chez mon patron, qui me donna la table, le logement et cent cinquante francs par moi. Ce fut un beau jour! Quand je fis mes adieux à l'usurier, il ne me témoigna ni amitié ni déplaisir, il ne m'engagea pas à le venir voir; il me jeta seulement un de ces regards qui, chez lui, semblaient en quelque sorte trahir le don de seconde vue. Au bout de huit jours, je reçus la visite de mon ancien voisin, il m'apportait une affaire assez difficile, une expropriation; il continua ses consultations gratuites avec autant de liberté que s'il me payait. À la fin de la seconde année, de 1818 à 1819, mon patron, homme de plaisir et fort dépensier, se trouva dans une gêne considérable, et fut obligé de vendre sa charge. Quoique en ce moment les études n'eussent pas acquis la valeur exorbitante à laquelle elles sont montées aujourd'hui, mon patron donnait la sienne, en n'en demandant que cent cinquante mille francs. Un homme actif, instruit, intelligent, pouvait vivre honorablement, payer les intérêts de cette somme, et s'en libérer en dix années pour peu qu'il inspirât de confiance. Moi, le septième enfant d'un petit bourgeois de Noyon, je ne possédais pas une obole, et ne connaissais dans le monde d'autre capitaliste que le papa Gobseck. Une pensée ambitieuse et je ne sais quelle lueur d'espoir me prêtèrent le courage d'aller le trouver. Un soir donc, je cheminai lentement jusqu'à la rue des Grès. Le cœur me battit bien fortement quand je frappai à la sombre maison. Je me souvenais de tout ce que m'avait dit autrefois le vieil avare dans un temps où j'étais bien loin de soupçonner la violence des angoisses qui commençaient au seuil de cette porte. J'allais donc le prier comme tant d'autres.

— Eh! bien, non, me dis-je, un honnête homme doit partout garder sa dignité. La fortune ne vaut pas une lâcheté, montrons-nous positif autant que lui.

Depuis mon départ, le papa Gobseck avait loué ma chambre pour ne pas avoir de voisin; il avait aussi fait poser une petite chatière grillée au milieu de sa porte, et il ne m'ouvrit qu'après avoir reconnu ma figure.

— Eh! bien, me dit-il de sa petite voix flûtée, votre patron vend son étude.

— Comment savez-vous cela? Il n'en a encore parlé qu'à moi.

Les lèvres du vieillard se tirèrent vers les coins de sa bouche absolument comme des rideaux, et ce sourire muet fut accompagné d'un regard froid.

— Il fallait cela pour que je vous visse chez moi, ajouta-t-il d'un ton sec et après une pause pendant laquelle je demeurai confondu.

— Écoutez-moi, monsieur Gobseck, repris-je avec autant de calme que je pus en affecter devant ce vieillard qui fixait sur moi des yeux impassibles dont le feu clair me troublait. Il fit un geste comme pour me dire : "Parlez."

— Je sais qu'il est fort difficile de vous émouvoir. Aussi ne perdrai-je pas mon éloquence à essayer de vous peindre la situation d'un clerc sans le sou, qui n'espère qu'en vous, et n'a dans le monde d'autre cœur que le vôtre dans lequel il puisse trouver l'intelligence de son avenir. Laissons le cœur. Les affaires se font comme des affaires, et non comme des romans, avec de la sensiblerie. Voici le fait. L'étude de mon patron rapporte annuellement entre ses mains une vingtaine de mille francs ; mais je crois qu'entre les miennes elle en vaudra quarante. Il veut la vendre cinquante mille écus. Je sens là, dis-je en me frappant le front, que si vous pouviez me prêter la somme nécessaire à cette acquisition, je serais libéré dans dix ans.

— Voilà parler, répondit le papa Gobseck qui me tendit la main et serra la mienne. Jamais, depuis que je suis dans les affaires, reprit-il, personne ne m'a déduit plus clairement les motifs de sa visite. Des garanties ? dit-il en me toisant de la tête aux pieds. Néant, ajouta-t-il après une pause. Quel âge avez-vous ?

— Vingt-cinq ans dans dix jours, répondis-je ; sans cela, je ne pourrais traiter.

— Juste !

— Eh ! bien ?

— Possible.

— Ma foi, il faut aller vite ; sans cela, j'aurai des enché-risseurs.

— Apportez-moi demain matin votre extrait de nais-sance, et nous parlerons de votre affaire : j'y songerai.

Le lendemain, à huit heures, j'étais chez le vieillard. Il prit le papier officiel, mit ses lunettes, toussa, cracha, s'en-veloppa dans sa houppelande noire, et lut l'extrait des re-gistres de la mairie tout entier. Puis il le tourna, le retourna, me regarda, retoussa, s'agita sur sa chaise, et il me dit :

— C'est une affaire que nous allons tâcher d'arranger. Je tressaillis.

— Je tire cinquante pour cent de mes fonds, reprit-il, quelquefois cent, deux cents, cinq cents pour cent.

À ces mots, je pâlis.

— Mais, en faveur de notre connaissance, je me conten-terai de douze et demi pour cent d'intérêt par... Il hésita.

— Eh ! bien, oui, pour vous je me contenterai de treize pour cent par an. Cela vous va-t-il ?

— Oui, répondis-je.

— Mais si c'est trop, répliqua-t-il, défendez-vous, Gro-tius ! Il m'appelait Grotius en plaisantant. En vous deman-dant treize pour cent, je fais mon métier ; voyez si vous pouvez les payer. Je n'aime pas un homme qui tope à tout. Est-ce trop ?

— Non, dis-je, je serai quitte pour prendre un peu plus de mal.

— Parbleu ! dit-il en me jetant son malicieux regard oblique, vos clients paieront.

— Non, de par tous les diables ! m'écriai-je, ce sera moi. Je me couperais la main plutôt que d'écorcher le monde !

— Bonsoir, me dit le papa Gobseck.

— Mais les honoraires sont tarifés, repris-je.

— Ils ne le sont pas, reprit-il, pour les transactions, pour les atermoiements, pour les conciliations. Vous pouvez alors compter des milles francs, des six milles francs même, suivant l'importance des intérêts, pour vos conférences, vos courses, vos projets d'actes, vos mémoires et votre verbiage. Il faut savoir rechercher ces sortes d'affaires. Je vous recommanderai comme le plus savant et le plus habile des avoués, je vous enverrai tant de procès de ce genre-là, que vous ferez crever vos confrères de jalousies. Werbrust, Palma, Gigonnet, mes confrères, vous donneront leurs expropriations ; et Dieu sait s'ils en ont ! Vous aurez ainsi deux clientèles, celle que vous achetez et celle que je vous ferai. Vous devriez presque me donner quinze pour cent de mes cent cinquante mille francs.

— Soit, mais pas plus, dis-je avec la fermeté d'un homme qui ne voulait plus rien accorder au-delà. Le papa Gobseck se radoucit et parut content de moi.

— Je paierai moi-même, reprit-il, la charge à votre patron, de manière à m'établir un privilège bien solide sur le prix et le cautionnement.

— Oh! tout ce que vous voudrez pour les garanties.

— Puis, vous m'en représenterez la valeur en quinze lettres de change acceptées en blanc, chacune pour une somme de dix mille francs.

— Pourvu que cette double valeur soit constatée.

— Non! s'écria Gobseck en m'interrompant. Pourquoi voulez-vous que j'aie plus de confiance en vous que vous n'en avez de moi? Je gardai le silence.

— Et puis vous ferez, dit-il en continuant avec un ton de bonhomie, mes affaires sans exiger d'honoraires tant que je vivrai, n'est-ce pas?

— Soit, pourvu qu'il n'y ait pas d'avances de fonds.

— Juste! dit-il. Ah ça, reprit le vieillard dont la figure avait peine à prendre un air de bonhomie, vous me permettrez d'aller vous voir?

— Vous me ferez toujours plaisir.

— Oui, mais le matin, cela sera bien difficile. Vous aurez vos affaires et j'ai les miennes.

— Venez le soir.

— Oh! non, répondit-il vivement, vous devez aller dans le monde, voir vos clients. Moi, j'ai mes amis, à mon café.

— Ses amis! pensai-je. Eh! bien, dis-je, pourquoi ne pas prendre l'heure du dîner?

— C'est cela, dit Gobseck. Après la Bourse, à cinq heures. Eh! bien, vous me verrez tous les mercredis et les samedis. Nous causerons de nos affaires comme un couple d'amis. Ah! ah! je suis gai quelquefois. Donnez-moi une aile de perdrix et un verre de vin de Champagne, nous causerons. Je sais bien des choses qu'aujourd'hui on peut dire, et qui vous apprendront à connaître les hommes et surtout les femmes.

— Va pour la perdrix et le verre de vin de Champagne.

— Ne faites pas de folies, autrement vous perdriez ma confiance. Ne prenez pas un grand train de maison. Ayez une vieille bonne, une seule. J'irai vous visiter pour m'assurer de votre santé. J'aurai un capital placé sur votre tête, hé! hé! je dois m'informer de vos affaires. Allons, venez ce soir avec votre patron.

— Pourriez-vous me dire, s'il n'y a pas d'indiscrétion à le demander, dis-je au petit vieillard quand nous atteignîmes au seuil de la porte, de quelle importance était mon extrait de baptême dans cette affaire ?

Jean-Esther Van Gobseck haussa les épaules, sourit malicieusement et me répondit :

— Combien la jeunesse est sotte ! Apprenez donc, monsieur l'avoué, car il faut que vous le sachiez pour ne pas vous laisser prendre, qu'avant trente ans la probité et le talent sont encore des espèces d'hypothèques. Passé cet âge, l'on ne peut plus compter sur un homme. Et il ferma sa porte ! Trois mois après, j'étais avoué. Bientôt j'eus le bonheur, madame, de pouvoir entreprendre les affaires concernant la restitution de vos propriétés. Le gain de ces procès me fit connaître. Malgré les intérêts énormes que j'avais à payer à Gobseck, en moins de cinq ans je me trouvai libre d'engagements. J'épousai Fanny Malvaut que j'aimais sincèrement. La conformité de nos destinées, de nos travaux, de nos succès augmentait la force de nos sentiments. Un de ses oncles, fermier devenu riche, était mort en lui laissant soixante-dix mille francs qui m'aidèrent à m'acquitter. Depuis ce jour ma vie ne fut que bonheur et prospérité. Ne parlons donc plus de moi, rien n'est insupportable comme un homme heureux. Revenons à nos personnages. Un an après l'acquisition de mon étude, je fus entraîné, presque malgré moi, dans un déjeuner de garçon. Ce repas était la suite d'une gageure perdue par un de mes camarades contre un jeune homme alors fort en vogue dans le monde élégant. M. de Trailles, la fleur du *dandysme* de ce temps-là, jouissait d'une immense réputation...

— Mais il en jouit encore, dit le comte de Born en interrompant l'avoué. Nul ne porte mieux un habit, ne conduit un *tandem* mieux que lui. Maxime a le talent de jouer, de manger et de boire avec plus de grâce que qui que ce soit au monde. Il se connaît en chevaux, en chapeaux, en tableaux. Toutes les femmes raffolent de lui. Il dépense toujours environ cent mille francs par an sans qu'on lui connaisse une seule propriété, ni un seul coupon de rente. Type de la chevalerie errante de nos salons, de nos boudoirs, de nos boulevards, espèce amphibie qui tient autant de l'homme que de la femme, le comte Maxime de Trailles est un être singulier, bon à tout et propre à rien, craint et méprisé, sachant et ignorant tout, aussi capable de commettre un bienfait que de résoudre un crime, tantôt lâche et tantôt noble, plutôt couvert de boue que taché de sang, ayant plus de soucis que de remords, plus occupé de bien digérer que de penser, feignant des passions et ne ressentant rien. Anneau brillant qui pourrait unir le bagne à la haute société, Maxime de Trailles est un homme qui appartient à cette classe éminemment intelligente d'où s'élance parfois un Mirabeau, un Pitt, un Richelieu, mais qui le plus souvent fournit des comtes de Horn, des Fouquiers-Tinville et des Coignard.

— Eh! bien, reprit Derville après avoir écouté le frère de la vicomtesse, j'avais beaucoup entendu parler de ce personnage par ce pauvre père Goriot, l'un de mes clients, mais j'avais évité déjà plusieurs fois le dangereux honneur de sa connaissance quand je le rencontrais dans le monde. Cependant mon camarade me fit de telles instances pour obtenir de moi d'aller à son déjeuner, que je ne pouvais m'en dispenser sans être taxé de *bégueulisme*. Il vous serait difficile de concevoir un déjeuner de garçon, Madame. C'est une magnificence et une recherche rares, le luxe d'un avare qui par vanité devient fastueux pour un jour. En entrant, on est surpris de l'ordre qui règne sur une table éblouissante d'argent, de cristaux, de linge damassé. La vie est là dans sa fleur : les jeunes gens sont gracieux, ils sourient, parlent bas et ressemblent à de jeunes mariées, autour d'eux tout est vierge. Deux heures après, vous diriez d'un champ de bataille après le combat : partout des verres brisés, des serviettes foulées, chiffonnées ; des mets entamés qui répugnent à voir ; puis, c'est des cris à fendre la tête, des toasts plaisants, un feu d'épigrammes et de mauvaises plaisanteries, des visages empourprés, des yeux enflammés qui ne disent plus rien des confidences involontaires qui disent tout. Au milieu d'un tapage infernal, les uns cassent des bouteilles, d'autres entonnent des chansons ; l'on se porte des défis, l'on s'embrasse ou l'on se bat ; il s'élève un parfum détestable composé de cent odeurs et des cris composés de cent voix ; personne ne sait plus ce qu'il mange, ce qu'il boit, ni ce qu'il dit ; les uns sont tristes, les autres babillent ; celui-ci est monomane et répète le même mot comme une cloche qu'on a mise en branle ; celui-là veut commander au tumulte ; le plus sage propose une orgie. Si quelque homme de sang-froid entrait, il se croirait à quelque bacchanale. Ce fut au milieu d'un tumulte semblable que M. de Trailles essaya de s'insinuer dans mes bonnes grâces. J'avais à peu près conservé ma raison, j'étais sur mes gardes. Quant à lui, quoiqu'il affectât d'être décemment ivre, il était plein de sang-froid et songeait à ses affaires. En effet, je ne sais comment cela se fit, mais en sortant des salons de Grignon, sur les neuf heures du soir, il m'avait entièrement ensorcelé, je lui avais promis de l'amener le lendemain chez notre papa Gobseck. Les mots : honneur, vertu, comtesse, femme honnête, malheur, s'étaient, grâce à sa langue dorée, placés comme par magie dans ses discours. Lorsque je me réveillai le lendemain matin, et que je voulus me souvenir de ce que j'avais fait la veille, j'eus beaucoup de peine à lier quelques idées. Enfin, il me sembla que la fille d'un de mes clients était en danger de perdre sa réputation, l'estime et l'amour de son mari, si elle ne trouvait pas une cinquantaine de mille francs dans la matinée. Il y avait des dettes de jeu, des mémoires de carrossier, de l'argent perdu je ne sais à quoi. Mon prestigieux convive m'avait assuré qu'elle était assez riche pour réparer par quelques années d'économie l'échec qu'elle allait faire à sa fortune. Seulement alors je commençai à deviner la cause des instances de mon camarade. J'avoue, à ma honte, que je ne me doutais nullement de l'importance qu'il y avait pour le papa Gobseck à se raccommoder avec ce dandy. Au moment où je me levais, M. de Trailles entra.

— Monsieur le comte, lui dis-je après nous être adressé les compliments d'usage, je ne vois pas que vous ayez besoin de moi pour vous présenter chez Van Gobseck, le plus poli, le plus anodin de tous les capitalistes. Il vous donnera de l'argent s'il en a, ou plutôt si vous lui présentez des garanties suffisantes.

— Monsieur, me répondit-il, il n'entre pas dans ma pensée de vous forcer à me rendre un service, quand même vous me l'auriez promis.

« Sardanapale ! me dis-je en moi-même, laisserai-je croire à cet homme-là que je lui manque de parole ? »

— J'ai eu l'honneur de vous dire hier que je m'étais fort mal à propos brouillé avec le papa Gobseck, dit-il en continuant. Or, comme il n'y a guère que lui à Paris qui puisse cracher en un moment, et le lendemain d'une fin de mois, une centaine de mille francs, je vous avais prié de faire ma paix avec lui. Mais n'en parlons plus…

M. de Trailles me regarda d'un air poliment insultant et se disposait à s'en aller.

— Je suis prêt à vous conduire, lui dis-je.

Lorsque nous arrivâmes rue des Grès, le dandy regardait autour de lui avec une attention et une inquiétude qui m'étonnèrent. Son visage devenait livide, rougissait, jaunissait tour à tour, et quelques gouttes de sueur parurent sur son front quand il aperçut la porte de la maison de Gobseck. Au moment où nous descendîmes de cabriolet, un fiacre entra dans la rue des Grès. L'œil de faucon du jeune homme lui permit de distinguer une femme au fond de cette voiture. Une expression de joie presque sauvage anima sa figure, il appela un petit garçon qui passait et lui donna son cheval à tenir. Nous montâmes chez le vieil escompteur.

— M. Gobseck, lui dis-je, je vous amène un de mes plus intimes amis (de qui je me défie autant que du diable, ajoutai-je à l'oreille du vieillard). À ma considération, vous lui rendez vos bonnes grâces (au taux ordinaire), et vous le tirerez de peine (si cela vous convient).

M. de Trailles s'inclina devant l'usurier, s'assit, et prit pour l'écouter une de ces attitudes courtisanesques dont la gracieuse bassesse vous eût séduit ; mais mon Gobseck resta sur sa chaise, au coin de son feu, immobile, impassible. Gobseck ressemblait à la statue de Voltaire vue le soir sous le péristyle du Théâtre-Français ; il souleva légèrement, comme pour saluer, la casquette usée avec laquelle il se couvrait le chef, et le peu de crâne jaune qu'il montra achevait sa ressemblance avec le marbre.

— Je n'ai d'argent que pour mes pratiques, dit-il.

— Vous êtes donc bien fâché que je sois allé me ruiner ailleurs que chez vous ? répondit le comte en riant.

— Ruiner ! reprit Gobseck d'un ton d'ironie.

— Allez-vous dire que l'on ne peut pas ruiner un homme qui ne possède rien ? Mais je vous défie de trouver à Paris un plus beau capital que celui-ci, s'écria le fashionable en se levant et tournant sur ses talons. Cette bouffonnerie presque sérieuse n'eut pas le don d'émouvoir Gobseck.

— Ne suis-je pas l'ami intime des Ronquerolles, des de Marsay, des Franchessini, des deux Vandenesse, des Ajuda-Pinto, enfin de tous les jeunes gens les plus à la mode dans Paris ? Je suis au jeu l'allié d'un prince et d'un ambassadeur que vous connaissez. J'ai mes revenus à Londres, à Carlsbad, à Baden, à Bath. N'est-ce pas la plus brillante des industries ?

— Vrai.

— Vous faites une éponge de moi, mordieu ! et vous m'encouragez à me gonfler au milieu du monde, pour me presser dans les moments de crise ; mais vous êtes aussi des éponges, et la mort vous pressera…

— Possible.

— Sans les dissipateurs, que deviendriez-vous ? nous sommes à nous deux l'âme et le corps.

— Juste.

— Allons, une poignée de main, mon vieux papa Gobseck, et de la magnanimité, si cela est vrai, juste et possible.

— Vous venez à moi, répondit froidement l'usurier, parce que Girard, Palma, Werbrust et Gigonnet ont le ventre plein de vos lettres de change, qu'ils offrent partout à cinquante pour cent de perte ; or, comme ils n'ont probablement fourni que moitié de la valeur, elles ne valent pas vingt-cinq. Serviteur ! Puis-je décemment, dit Gobseck en continuant, prêter une seule obole à un homme qui doit trente mille francs et ne possède pas un dernier ? Vous avez perdu dix mille francs avant-hier au bal chez le baron de Nucingen.

— Monsieur, répondit le comte avec une rare impudence en toisant le vieillard, mes affaires ne vous regardant pas. Qui a terme, ne doit rien.

— Vrai !

— Mes lettres de change seront acquittées.

— Possible ! Et dans ce moment, la question entre nous se réduit à savoir si je vous présente des garanties suffisantes pour la somme que je viens vous emprunter.

— Juste.

Le bruit que faisait le fiacre en s'arrêtant à la porte retentit dans la chambre.

— Je vais aller chercher quelque chose qui vous satisfera peut-être, s'écria le jeune homme.

— Ô mon fils ! s'écria Gobseck en se levant et me tendant les bras, quand l'emprunteur eut disparu, s'il a de bons gages, tu me sauves la vie ! J'en serais mort. Werbrust et Gigonnet ont cru me faire une farce. Grâce à toi, je vais bien rire ce soir à leurs dépens. La joie du vieillard avait quelque chose d'effrayant. Ce fut le seul moment d'expansion qu'il eut avec moi. Malgré la rapidité de cette joie, elle ne sortira jamais de mon souvenir.

— Faites-moi le plaisir de rester ici, ajouta-t-il. Quoique je sois armé, sûr de mon coup, comme un homme qui jadis a chassé le tigre, et fait sa partie sur un tillac quand il fallait vaincre ou mourir, je me défie de cet élégant coquin.

Il alla se rasseoir sur un fauteuil, devant son bureau. Sa figure redevint blême et calme.

— Oh! oh! reprit-il en se tournant vers moi, vous allez sans doute voir la belle créature de qui je vous ai parlé jadis, j'entends dans le corridor un pas aristocratique.

En effet le jeune homme revint en donnant la main à une femme en qui je reconnus cette comtesse dont le lever m'avait autrefois été dépeint par Gobseck, l'une des deux filles du bonhomme Goriot. La comtesse ne me vit pas d'abord, je me tenais dans l'embrasure de la fenêtre, le visage à la vitre. En entrant dans la chambre humide et sombre de l'usurier, elle jeta un regard de défiance sur Maxime. Elle était si belle que, malgré ses fautes, je la plaignis. Quelque terrible angoisse agitait son cœur, ses traits nobles et fiers avaient une expression convulsive, mal déguisée. Ce jeune homme était devenu pour elle un mauvais génie. J'admirai Gobseck, qui, quatre ans plus tôt, avait compris la destinée de ces deux êtres sur une première lettre de change.

— Probablement, me dis-je, ce monstre à visage d'ange la gouverne par tous les ressorts possibles : la vanité, la jalousie, le plaisir, l'entraînement du monde.

— Mais, s'écria la vicomtesse, les vertus même de cette femme ont été pour lui des armes ; il lui a fait verser des larmes de dévouement, il a su exalter en telle la générosité naturelle à notre sexe, et il a abusé de sa tendresse pour lui vendre bien cher de criminels plaisirs.

— Je vous l'avoue, dit Derville, qui ne comprit pas les signes que lui fit Mme de Grandlieu, je ne pleurai pas sur le sort de cette malheureuse créature, si brillante aux yeux du monde et si épouvantable pour qui lisait dans son cœur ; non, je frémissais d'horreur en contemplant son assassin, ce jeune homme dont le front était si pur, la bouche si fraîche, le sourire si gracieux, les dents si blanches, et qui ressemblait à un ange. Ils étaient en ce moment tous deux devant leur juge, qui les examinait comme un vieux dominicain du seizième siècle devait épier les tortures de deux Maures, au fond des souterrains du Saint-Office.

— Monsieur, existe-t-il un moyen d'obtenir le prix des diamants que voici, mais en me réservant le droit de les racheter ? dit-elle d'une voix tremblante en lui tendant un écrin.

— Oui, madame, répondis-je en intervenant et me montrant.

Elle me regarda, me reconnut, laissa échapper un frisson, et me lança ce coup d'œil qui signifie en tout pays : *Taisez-vous !*

— Ceci, dis-je en continuant, constitue un acte que nous appelons vente à réméré, convention qui consiste à céder et transporter une propriété mobilière ou immobilière pour un temps déterminé, à l'expiration duquel on peut rentrer dans l'objet en litige, moyennant une somme fixé. Elle respira plus facilement. Le comte Maxime fronça le sourcil, il se doutait bien que l'usurier donnerait alors une plus faible somme des diamants, valeur sujette à des baisses. Gobseck, immobile, avait saisi sa loupe et contemplait silencieusement l'écrin. Vivrais-je cent ans, je n'oublierais pas le tableau que nous offrit sa figure. Ses joues pâles s'étaient colorées; ses yeux, où les scintillements des pierres semblaient se répéter, brillaient d'un feu surnaturel. Il se leva, alla au jour, tint les diamants près de sa bouche démeublée, comme s'il eût voulu les dévorer. Il marmottait de vagues paroles, en soulevant tout à tour les bracelets, les girandoles, les colliers, les diadèmes, qu'il présentait à la lumière pour en juger l'eau, la blancheur, la taille; il les sortait de l'écrin, les y remettait, les y reprenait encore, les faisait jouer en leur demandant tous leurs feux, plus enfant que vieillard, ou plutôt enfant et vieillard tout ensemble.

— Beaux diamants! Cela aurait valu trois cent mille francs avant la Révolution. Quelle eau! Voilà de vrais diamants d'Asie venus de Golconde ou de Visapour! En connaissez-vous le prix? Non, non, Gobseck est le seul à Paris qui sache les apprécier. Sous l'Empire il aurait encore fallu plus de deux cent mille francs pour faire une parure semblable.

Il fit un geste de dégoût et ajouta :

— Maintenant le diamant perd les jours, le Brésil nous en accable depuis la paix, et jette sur les places des diamants moins blancs que ceux de l'Inde. Les femmes n'en portent plus qu'à la cour. Madame y va?

Tout en lançant ces terribles paroles, il examinait avec une joie indicible les pierres l'une après l'autre :

— Sans tache, disait-il. Voici une tache. Voici une paille. Beau diamant.

Son visage blême était si bien illuminé par les feux de ces pierreries, que je le comparais à ces vieux miroirs verdâtres qu'on trouve dans les auberges de province, qui acceptent les reflets lumineux sans les répéter et donnent la figure d'un homme tombant en apoplexie au voyageur assez hardi pour s'y regarder.

— Eh! bien? dit le comte en frappant sur l'épaule de Gobseck.

Le vieil enfant tressaillit. Il laissa ses hochets, les mit sur son bureau, s'assit et redevint usurier, dur, froid et poli comme une colonne de marbre :

— Combien vous faut-il?

— Cent mille francs pour trois ans, dit le comte.

— Possible! dit Gobseck en tirant d'une boîte d'acajou des balances inestimables pour leur justesse, son écrin à lui!

Il pesa les pierres en évaluant à vue de pays (et Dieu sait comme!) le poids des montures. Pendant cette opération, la figure de l'escompteur luttait entre la joie et la sévérité. La comtesse était plongée dans une stupeur dont je lui tenais compte, il me sembla qu'elle mesurait la profondeur du précipice où elle tombait. Il y avait encore des remords dans cette âme de femme; il ne fallait peut-être qu'un effort, une main charitablement tendue pour la sauver, je l'essayai.

— Ces diamants sont à vous, madame? lui demandai-je d'une voix claire.

— Oui, monsieur, répondit-elle en me lançant un regard d'orgueil.

— Faites le réméré, bavard! me dit Gobseck en se levant et me montrant sa place au bureau.

— Madame est sans doute mariée? demandai-je encore. Elle inclina vivement la tête.

— Je ne ferai pas l'acte! m'écriai-je.

— Et pourquoi? dit Gobseck.

— Pourquoi? repris-je en entraînant le vieillard dans l'embrasure de la fenêtre pour lui parler à voix basse. Cette femme étant en puissance de mari, le réméré sera nul, vous ne pourriez opposer votre ignorance d'un fait constaté par l'acte même. Vous seriez donc tenu de représenter les diamants qui vont vous être déposés, et dont le poids, les valeurs ou la taille seront décrits. Gobseck m'interrompit par un signe de tête, et se tourna vers les deux coupables :

— Il a raison, dit-il. Tout est changé. Quatre-vingt mille francs comptant, et vous me laisserez les diamants, ajouta-t-il d'une voix sourde et flûtée. En fait de meubles, la possession vaut titre.

— Mais… répliqua le jeune homme.

— À prendre ou à laisser, reprit Gobseck en remettant l'écrin à la comtesse, j'ai trop de risques à courir.

— Vous feriez mieux de vous jeter aux pieds de votre mari, lui dis-je à l'oreille en me penchant vers elle.

L'usurier comprit sans doute mes paroles au mouvement de mes lèvres, et me jeta un regard froid. La figure du jeune homme devint livide. L'hésitation de la comtesse était palpable. Le comte s'approcha d'elle, et quoiqu'il parlât très bas, j'entendis :

— Adieu, chère Anastasie, sois heureuse! Quant à moi, demain je n'aurai plus de soucis.

— Monsieur, s'écria la jeune femme en s'adressant à Gobseck, j'accepte vos offres.

— Allons donc! répondit le vieillard, vous êtes bien difficile à confesser, ma belle dame.

Il signa un bon de cinquante mille francs sur la banque, et le remit à la comtesse.

— Maintenant, dit-il avec un sourire qui ressemblait assez à celui de Voltaire, je vais vous compléter votre somme par trente mille francs de lettres de change dont la bonté ne me sera pas contestée. C'est de l'or en barres. Monsieur vient de me dire : « Mes lettres de change seront acquittées », ajouta-t-il en présentant des traites souscrites par le comte, toutes protestées la veille à la requête de celui de ses confrères qui probablement les lui avait vendues à bas prix.

Le jeune homme poussa un rugissement au milieu duquel domina le mot :

— Vieux coquin!

Le papa Gobseck ne sourcilla pas, il tira d'un carton sa paire de pistolets, et dit froidement :

— En ma qualité d'insulté, je tirerai le premier.

— Maxime, vous devez des excuses à monsieur, s'écria doucement la tremblante comtesse.

— Je n'ai pas eu l'intention de vous offenser, dit le jeune homme en balbutiant.

— Je le sais bien, répondit tranquillement Gobseck, votre intention était seulement de ne pas payer vos lettres de change.

La comtesse se leva, salua, et disparut en proie sans doute à une profonde horreur. M. de Trailles fut forcé de la suivre; mais avant de sortir :

— S'il vous échappe une indiscrétion, messieurs, dit-il, j'aurai votre sang, ou vous aurez le mien.

— *Amen*, lui répondit Gobseck en serrant ses pistolets. Pour jouer son sang, faut en avoir, mon petit, et tu n'as que de la boue dans les veines.

Quand la porte fut fermée et que les deux voitures partirent, Gobseck se leva, se mit à danser en répétant :

— J'ai les diamants! j'ai les diamants! Les beaux diamants! quels diamants! et pas cher. Ah! ah! Werbrust et Gigonnet, vous avez cru attraper le vieux papa Gobseck! *Ego sum papa!* je suis votre maître à tous! Intégralement payé! Comme ils seront sots, ce soir, quand je leur conterai l'affaire, entre deux parties de domino!

Cette joie sombre, cette férocité de sauvage, excitées par la possession de quelques cailloux blancs, me firent tressaillir. J'étais muet et stupéfait.

— Ah! ah! te voilà, mon garçon, dit-il. Nous dînerons ensemble. Nous nous amuserons chez toi, je n'ai pas de ménage. Tous ces restaurateurs, avec leurs coulis, leurs sauces, leurs vins, empoisonneraient le diable.

L'expression de mon visage lui rendit subitement sa froide impassibilité.

— Vous ne concevez pas cela, me dit-il en s'asseyant au coin de son foyer où il mit son poêlon de fer-blanc plein de lait sur le réchaud.

— Voulez-vous déjeuner avec moi? reprit-il, il y en aura peut-être assez pour deux.

— Merci, répondis-je, je ne déjeune qu'à midi.

En ce moment, des pas précipités retentirent dans le corridor. L'inconnu qui survenait s'arrêta sur le palier de

Gobseck, et frappa plusieurs coups qui eurent un caractère de fureur. L'usurier alla reconnaître par la chatière, et ouvrit à un homme de trente-cinq ans environ, qui sans doute lui parut inoffensif, malgré cette colère. Le survenant, simplement vêtu, ressemblait au feu duc de Richelieu : c'était le comte que vous avez dû rencontrer et qui avait, passez-moi cette expression, la tournure aristocratique des hommes d'État de votre faubourg.

— Monsieur, dit-il, en s'adressant à Gobseck redevenu calme, ma femme sort d'ici ?

— Possible.

— Eh ! bien, monsieur, ne me comprenez-vous pas ?

— Je n'ai pas l'honneur de connaître madame votre épouse, répondit l'usurier. J'ai reçu beaucoup de monde ce matin : des femmes, des hommes, des demoiselles qui ressemblaient à des jeunes gens, et des jeunes gens qui ressemblaient à des demoiselles. Il me serait bien difficile de…

— Trêve de plaisanterie, monsieur, je parle de la femme qui sort à l'instant de chez vous.

— Comment puis-je savoir si elle est votre femme, demanda l'usurier, je n'ai jamais eu l'avantage de vous voir ?

— Vous vous trompez, monsieur Gobseck, dit le comte avec un profond accent d'ironie. Nous nous sommes rencontrés dans la chambre de ma femme, un matin. Vous veniez toucher un billet souscrit par elle, un billet qu'elle ne devait pas.

— Ce n'était pas mon affaire de rechercher de quelle manière elle en avait reçu la valeur, répliqua Gobseck en lançant un regard malicieux au comte. J'avais escompté l'effet à l'un de mes confrères. D'ailleurs, monsieur, dit le capitaliste sans s'émouvoir ni presser son débit et versant du café dans sa jatte de lait, vous me permettrez de vous faire observer qu'il ne m'est pas prouvé que vous ayez le droit de me faire des remontrances chez moi : je suis majeur depuis l'an soixante et un du siècle dernier.

— Monsieur, vous venez d'acheter à vil prix des diamants de famille qui n'appartenaient pas à ma femme.

— Sans me croire obligé de vous mettre dans le secret de mes affaires, je vous dirai, monsieur le comte, que si vos diamants vous ont été pris par Mme la comtesse, vous auriez dû prévenir, par une circulaire, les joailliers de ne pas les acheter, elle a pu les vendre en détail.

— Monsieur! s'écria le comte, vous connaissiez ma femme.

— Vrai?

— Elle est en puissance de mari.

— Possible.

— Elle n'avait pas le droit de disposer de ces diamants…

— Juste.

— Eh! bien, monsieur?

— Eh! bien, monsieur, je connais votre femme, elle est en puissance de mari, je le veux bien, elle est sous bien des puissances : mais-je-ne-connais-pas-vos-diamants. Si Mme la comtesse signe des lettres de change, elle peut sans doute faire le commerce, acheter des diamants, en recevoir pour les vendre, ça s'est vu!

— Adieu, monsieur, s'écria le comte pâle de colère, il y a des tribunaux!

— Juste.

— Monsieur que voici, ajouta-t-il en me montrant, a été témoin de la vente.

— Possible.

Le comte allait sortir. Tout à coup, sentant l'importance de cette affaire, je m'interposai entre les parties belligérantes.

— Monsieur le comte, dis-je, vous avez raison, et M. Gobseck est sans aucun tort. Vous ne sauriez poursuivre l'acquéreur sans faire mettre en cause votre femme, et l'odieux de cette affaire ne retomberait pas sur elle seulement. Je suis avoué, je me dois à moi-même encore plus qu'à mon caractère officiel, de vous déclarer que les diamants dont vous parlez ont été achetés par M. Gobseck en ma présence ; mais je crois que vous auriez tort de contester la légalité de cette vente dont les objets sont d'ailleurs peu reconnaissable. En équité, vous auriez raison ; en justice, vous succomberiez. M. Gobseck est trop honnête homme pour nier que cette vente ait été effectuée à son profit, surtout quand ma conscience et mon devoir me forcent à l'avouer. Mais intentassiez-vous un procès, monsieur le comte, l'issue en serait douteuse. Je vous conseille donc de transiger avec M. Gobseck, qui peut exciper de sa bonne foi, mais auquel vous devrez toujours rendre le prix de la vente. Consentez à un réméré de sept à huit mois, d'un an même, laps de temps qui vous permettra de rendre la somme emprunté par Mme la comtesse, à moins que vous ne préfériez les racheter dès aujourd'hui en donnant des garanties pour le paiement.

L'usurier trempait son pain dans la tasse et mangeait avec une parfaite indifférence ; mais au mot de transaction, il me regarda comme s'il disait : « Le gaillard! comme il profite de mes leçons. » De mon côté, je lui ripostai par une œillade qu'il comprit à merveille. L'affaire était fort douteuse, ignoble; il devenait urgent de transiger. Gobseck n'aurait pas eu la ressource de la dénégation, j'aurais dit la vérité. Le comte me remercia par un bienveillant sourire. Après un débat dans lequel l'adresse et l'avidité de Gobseck auraient mis en défaut toute la diplomatie d'un congrès, je préparai un acte par lequel le comte reconnut avoir reçu de l'usurier une somme de quatre-vingt-cinq mille francs, intérêt compris, et moyennant la reddition de laquelle Gobseck s'engageait à remettre les diamants au comte.

— Quelle dilapidation! s'écria le mari en signant. Comment jeter un pont sur cet abîme?

— Monsieur, dit gravement Gobseck, avez-vous beaucoup d'enfants?

Cette demande fit tressaillir le comte comme si, semblable à un savant médecin, l'usurier eût mis tout à coup le doigt sur le siège du mal. Le mari ne répondit pas.

— Eh! bien, reprit Gobseck en comprenant le douloureux silence du comte, je sais votre histoire par cœur. Cette femme est un démon que vous aimez peut-être encore; je le crois bien, elle m'a ému. Peut-être voudriez-vous sauver votre fortune, la réserver à un ou deux de vos enfants. Eh! bien, jetez-vous dans le tourbillon du monde, jouez, perdez cette fortune, venez trouver souvent Gobseck. Le monde dira que je suis un juif, un arabe, un usurier, un corsaire, que je vous aurai ruiné! Je m'en moque! Si l'on m'insulte, je mets mon homme à bas, personne ne tire aussi bien le pistolet et l'épée que votre serviteur. On le sait ! Puis, ayez un ami, si vous pouvez en rencontrer un, auquel vous ferez une vente simulée de vos biens.

— N'appelez-vous pas cela un fidéicommis ? me demanda-t-il en se tournant vers moi.

Le comte parut entièrement absorbé dans ses pensées, et nous quitta en nous disant :

— Vous aurez votre agent demain, monsieur, tenez les diamants prêts.

— Ca m'a l'air d'être bête comme un honnête homme, me dit froidement Gobseck quand le comte fut parti.

— Dites plutôt bête comme un homme passionné.

— Le comte vous doit les frais de l'acte, s'écria-t-il en me voyant prendre congé de lui.

Quelques jours après cette scène qui m'avait initié aux terribles mystères de la vie d'une femme à la mode, je vis entrer le comte, un matin, dans mon cabinet.

— Monsieur, dit-il, je viens vous consulter sur des intérêts graves, en vous déclarant que j'ai en vous la confiance la plus entière, et j'espère vous en donner des preuves. Votre conduite envers Mme de Grandlieu, dit le comte, est au-dessus de tout éloge.

— Vous voyez, madame, dit l'avoué à la vicomtesse, que j'ai mille fois reçu de vous le prix d'une action bien simple. Je m'inclinai respectueusement, et répondis que je n'avais fait que remplir un devoir d'honnête homme.

— Eh ! bien, monsieur, j'ai pris beaucoup d'informations sur le singulier personnage auquel vous devez votre état, me dit le comte. D'après tout ce que j'en sais, je reconnais en Gobseck un philosophe de l'école cynique. Que pensez-vous de sa probité?

— Monsieur le comte, répondis-je, Gobseck est mon bienfaiteur... à quinze pour cent, ajoutai-je en riant. Mais son avarice ne m'autorise pas à le peindre ressemblant au profit d'un inconnu.

— Parlez, monsieur! votre franchise ne peut nuire ni à Gobseck ni à vous. Je ne m'attends pas à trouver un ange dans un prêteur sur gages.

— Le papa Gobseck, repris-je, est intimement convaincu d'un principe qui domine sa conduite. Selon lui, l'argent est une marchandise que l'on peut, en toute sûreté de conscience, vendre cher ou bon marché, suivant les cas. Un capitaliste est à ses yeux un homme qui entre, par le fort denier qu'il réclame de son argent, comme associé par anticipation dans les entreprises et les spéculations lucratives. À part ses principes financiers et ses observations philosophiques sur la nature humaine qui leur permettent de se conduire en apparence comme un usurier, je suis intimement persuadé que, sorti de ses affaires, il est l'homme le plus délicat et le plus probe qu'il y ait à Paris. Il existe deux hommes en lui : il est avare et philosophe, petit et grand. Si je mourais en laissant des enfants, il serait leur tuteur. Voilà, monsieur, sous quel aspect l'expérience m'a montré Gobseck. Je ne connais rien de sa vie passée. Il peut avoir été corsaire, il a peut-être traversé le monde entier en trafiquant des diamants ou des hommes, des femmes ou des secrets d'État, mais je jure qu'aucune âme humaine n'a été ni plus fortement trempée ni mieux éprouvée. Le jour où je lui ai porté la somme qui m'acquittait envers lui, je lui demandai, non sans quelques précautions oratoires, quel sentiment l'avait poussé à me faire payer de si énormes intérêts, et par quelle raison, voulant m'obliger, moi son ami, il ne s'était pas permis un bienfait complet.

— Mon fils, je t'ai dispensé de la reconnaissance en te donnant le droit de croire que tu ne me devais rien; aussi sommes-nous les meilleurs amis du monde.

— Cette réponse, monsieur, vous expliquera l'homme mieux que toutes les paroles possible.

— Mon parti est irrévocablement pris, me dit le comte. Préparez les actes nécessaires pour transporter à Gobseck la propriété de me mes biens. Je ne me fie qu'à vous, monsieur, pour la rédaction de la contre-lettre par laquelle il déclara que cette vente est simulée, et prendra l'engagement de remettre ma fortune administrée par lui comme il sait administrer entre les mains de mon fils aîné, à l'époque de sa majorité. Maintenant, monsieur, il faut vous le dire : je craindrais de garder cet acte précieux chez moi. L'attachement de mon fils pour sa mère me fait redouter de lui confier cette contre-lettre. Oserais-je vous prier d'en être le dépositaire? En cas de mort, Gobseck vous instituerait légataire de mes propriétés. Ainsi, tout est prévu.

Le comte garda le silence pendant un moment et parut très agité.

— Mille pardons, monsieur, me dit-il après une pause, je souffre beaucoup, et ma santé me donne les plus vives craintes. Des chagrins récents ont troublé ma vie d'une manière cruelle, et nécessitent la grande mesure que je prends.

— Monsieur, lui dis-je, permettez-moi de vous remercier d'abord de la confiance que vous avez en moi. Mais je dois la justifier en vous faisant observer que par ces mesures vous exhérédez complètement vos... autres enfants. Ils portent votre nom. Ne fussent-ils que des enfants d'une femme autrefois aimée, maintenant déchue, ils ont droit à une certaine existence. Je vous déclare que je n'accepte point la charge dont vous voulez bien m'honorer, si leur sort n'est pas fixé.

Ces paroles firent tressaillir violemment le comte. Quelques larmes lui vinrent aux yeux, il me serra la main en me disant :

— Je ne vous connaissais pas encore tout entier. Vous venez de me causer à la fois de la joie et de la peine. Nous fixerons la part de ces enfants par les dispositions de la contre-lettre.

Je le reconduisis jusqu'à la porte de mon étude, et il me sembla voir ses traits épanouis par le sentiment de satisfaction que lui causait cet acte de justice.

— Voilà, Camille, comment de jeunes femmes s'embarquent sur des abîmes. Il suffit quelquefois d'une contredanse, d'un air chanté au piano, d'une partie de campagne, pour décider d'effroyables malheurs. On y court à la voix présomptueuse de la vanité, de l'orgueil, sur la foi d'un sourire, ou par folie, par étourderie ! La Honte, le Remords et la Misère sont trois Furies entre les mains desquelles doivent infailliblement tomber les femmes aussitôt qu'elles franchissent les bornes...

— Ma pauvre Camille se meurt de sommeil, dit la comtesse en interrompant l'avoué. Va, ma fille, va dormir, ton cœur n'a pas besoin de tableaux effrayants pour rester pur et vertueux.

Camille de Grandlieu comprit sa mère, et sortit.

— Vous êtes allé un peu trop loin, cher monsieur Derville, dit la vicomtesse, les avoués ne sont ni mères de famille ni prédicateurs.

— Mais les gazettes sont mille fois plus...

— Pauvre Derville! dit la vicomtesse en interrompant l'avoué, je ne vous reconnais pas. Croyez-vous donc que ma fille lise les journaux? Continuez, ajouta-t-elle après une pause.

— Trois mois après la ratification des ventes consenties par le comte au profit de Gobseck...

— Vous pouvez nommer le comte de Restaud, puisque ma fille n'est plus là, dit la vicomtesse.

— Soit! reprit l'avoué. Longtemps après cette scène, je n'avais pas encore reçu la contre-lettre qui devait me rester entre les mains. À Paris, les avoués sont emportés par un courant qui ne leur permet de porter aux affaires de leurs clients que le degré d'intérêt qu'ils y portent eux-mêmes, sauf les exceptions que nous savons faire. Cependant, un jour que l'usurier dînait chez moi, je lui demandai, en sortant de table, s'il savait pourquoi je n'avais plus entendu parler de M. de Restaud.

— Il y a d'excellentes raisons pour cela, me répondit-il. Le gentilhomme est à la mort. C'est une de ces âmes tendres qui, ne connaissant pas la manière de tuer le chagrin, se laissent toujours tuer par lui. La vie est un travail, un métier, qu'il faut se donner la peine d'apprendre. Quand un homme a su la vie, à force d'en avoir éprouvé les douleurs, sa fibre se corrobore et acquiert une certaine souplesse qui lui permet de gouverner sa sensibilité; il fait, de ses nerfs des espèces de ressorts d'acier qui plient sans casser ; si l'estomac est bon, un homme ainsi préparé doit vivre aussi longtemps que vivent les cèdres du Liban, qui sont de fameux arbres.

— Le comte serait mourant ? dis-je.

— Possible, dit Gobseck. Vous aurez dans sa succession une affaire juteuse.

Je regardai mon homme, et lui dis pour le sonder :

— Expliquez-moi donc pourquoi nous sommes, le comte et moi, les seuls auxquels vous vous soyez intéressés ?

— Parce que vous êtes les seuls qui vous soyez fiés à moi sans finasserie, me répondit-il.

Quoique cette réponse me permît de croire que Gobseck n'abuserait pas de sa position, si les contre-lettres se perdaient, je résolus d'aller voir le comte. Je prétextai des affaires, et nous sortîmes. J'arrivai promptement rue du Helder. Je fus introduit dans un salon où la comtesse jouait avec ses enfants. En m'entendant annoncer, elle se leva par un mouvement brusque, vint à ma rencontre, et s'assit sans mot dire en m'indiquant de la main un fauteuil vacant auprès du feu. Elle mit sur sa figure ce masque impénétrable sous lequel les femmes du monde savent si bien cacher leurs passions. Les chagrins avaient déjà fané ce visage : les lignes merveilleuses qui en faisaient autrefois le mérite, restaient seules pour témoigner de sa beauté.

— Il est très essentiel, madame, que je puisse parler à M. le comte…

— Vous seriez donc plus favorisé que je ne lui suis, répondit-elle en m'interrompant. M. de Restaud ne veut voir personne, il souffre à peine que son médecin vienne le voir, et repousse tous les soins, même les miens. Les malades ont des fantaisies si bizarres! ils sont comme des enfants, ils ne savent ce qu'ils veulent.

— Peut-être, comme des enfants savent-ils très bien ce qu'ils veulent.

La comtesse rougit. Je me repentis presque d'avoir fait cette réplique digne de Gobseck.

— Mais, repris-je pour changer de conversation, il est impossible, madame, que M. de Restaud demeure perpétuellement seul.

— Il a son fils aîné près de lui, dit-elle.

J'eus beau regarder la comtesse, cette fois elle ne rougit plus, et il me parut qu'elle s'était affermie dans la résolution de ne pas me laisser pénétrer ses secrets.

— Vous devez comprendre, madame, que ma démarche n'est point indiscrète, repris-je. Elle est fondée sur des intérêts puissants...

Je me mordis les lèvres, en sentant que je m'embarquais dans une fausse route. Aussi, la comtesse profita-t-elle sur-le-champ de mon étourderie.

— Mes intérêts ne sont point séparés de ceux de son mari, monsieur, dit-elle. Rien ne s'oppose à ce que vous vous adressiez à moi...

— L'affaire qui m'amène ne concerne que M. le comte, répondis-je avec fermeté.

— Je le ferai prévenir du désir que vous avez de le voir.

Le ton poli, l'air qu'elle prit pour prononcer cette phrase ne me trompèrent pas, je devinai qu'elle ne me laisserait jamais parvenir jusqu'à son mari. Je causai pendant un moment de choses indifférentes afin de pouvoir observer la comtesse; mais, comme toutes les femmes qui se sont fait un plan, elle savait dissimuler avec cette rare perfection qui, chez les personnages de votre sexe, est le dernier degré de la perfidie. Oserai-je le dire, j'appréhendais tout d'elle, même un crime. Ce sentiment provenait d'une vue de l'avenir qui se révélait dans ses gestes, dans ses regards, dans ses manières, et jusque dans les intonations de sa voix. Je la quittai. Maintenant je vais vous raconter les scènes qui terminent cette aventure, en y joignant les circonstances que le temps m'a révélées, et les détails que la perspicacité de Gobseck ou la mienne m'ont fait deviner. Du moment où le comte de Restaud parut se plonger dans un tourbillon de plaisirs, et vouloir dissiper sa fortune, il se passe entre les deux époux des scènes dont le secret a été impénétrable et qui permirent au comte de juger sa femme encore plus défavorablement qu'il ne l'avait fait jusqu'alors. Aussitôt qu'il tomba malade, et qu'il fut obligé de s'aliter, se manifesta son aversion pour la comtesse et pour ses deux derniers enfants; il leur interdit l'entrée de sa chambre, et quand ils essayèrent d'éluder cette consigne, leur désobéissance amena des crises si dangereuses pour M. de Restaud, que le médecin conjura la comtesse de ne pas enfreindre les ordres de son mari. Mme de Restaud ayant vu successivement les terres, les propriétés de la famille, et même l'hôtel où elle demeurait, passer entre les mains de Gobseck qui semblait réaliser, quant à leur fortune, le personnage fantastique d'un ogre, comprit sans doute les desseins de son mari. M. de Trailles, un peu trop vivement poursuivi par ses créanciers, voyageait alors en Angleterre. Lui seul aurait pu apprendre à la comtesse les précautions secrètes que Gobseck avait suggérées à M. de Restaud contre elle. On dit qu'elle résista longtemps à donner sa signature, indispensable aux termes de nos lois pour valider la vente des biens, et néanmoins le comte l'obtint. La comtesse croyait que son mari capitalisait sa fortune, et que le petit volume de billets qui la représentait serait dans une cachette, chez un notaire, ou peut-être à la banque. Suivant ses calculs, M. de Restaud devait posséder nécessairement un acte quelconque pour donner à son fils aîné la facilité de recouvrer ceux de ses biens auxquels il tenait. Elle prit donc le parti d'établir autour de la chambre de son mari la plus exacte surveillance. Elle régna despotiquement dans sa maison, qui fut soumise à son espionnage de femme. Elle restait toute la journée assise dans le salon attenant à la chambre de son mari, et d'où elle pouvait entendre ses moindres paroles et ses plus légers mouvements. La nuit, elle faisait tendre un lit dans cette pièce, et la plupart du temps elle ne dormait pas. Le médecin fut entièrement dans ses intérêts. Ce dévouement parut admirable. Elle savait, avec cette finesse naturelle aux personnes perfides, déguiser la répugnance que M. de Restaud manifestait pour elle, et jouait si parfaitement la douleur, qu'elle obtint une sorte de célébrité. Quelques prudes trouvèrent même qu'elle rachetait ainsi ses fautes. Mais elle avait toujours devant les yeux la misère qui l'attendait à la mort du comte, si elle manquait de présence d'esprit. Ainsi cette femme, repoussée du lit de douleur où gémissait son mari, avait tracé un cercle magique à l'entour. Loin de lui, et près de lui, disgraciée et toute puissante, épouse dévouée en apparence, elle guettait la mort et la fortune, comme cet insecte des champs qui, au fond du précipice de sable qu'il a su arrondir en spirale, y attend son inévitable proie en écoutant chaque grain de poussière qui tombe. Le censeur le plus sévère ne pouvait s'empêcher de reconnaître que la comtesse portait loin le sentiment de la maternité. La mort de son père fut, dit-on, une leçon pour elle. Idolâtre de ses enfants, elle leur avait dérobé le tableau de ses désordres, leur âge lui avait permis d'atteindre à son but et de s'en faire aimer, elle leur a donné la meilleure et la plus brillante éducation. J'avoue que je ne puis me défendre pour cette femme d'un sentiment admiratif et d'une compatissance sur laquelle Gobseck me plaisante encore. À cette époque, la comtesse, qui reconnaissait la bassesse de Maxime, expiait par des larmes de sang les fautes de sa vie passée. Je le crois. Quelque odieuses que fussent les mesures qu'elle prenait pour reconquérir la fortune de son mari, ne lui étaient-elles pas dictées par son amour maternel et par le désir de réparer ses torts envers ses enfants ? Puis, comme plusieurs femmes qui ont subi les orages d'une passion, peut-être éprouvait-elle le besoin de redevenir vertueuse. Peut-être ne connut-elle le prix de la vertu qu'au moment où elle recueillit la triste moisson semée par ses erreurs. Chaque fois que le jeune Ernest sortait de chez son père, il subsistait un interrogatoire inquisitorial sur tout ce que le comte avait fait et dit. L'enfant se prêtait complaisamment aux désirs de sa mère qu'il attribuait à un tendre sentiment, et il allait au-devant de toutes les questions. Ma visite fut un trait de lumière pour la comtesse qui voulut voir en moi le ministre des vengeances du comte, et résolut de ne pas me laisser approcher du moribond. Mû par un pressentiment sinistre, je désirais vivement me procurer un entretien avec M. de Restaud, car je n'étais pas sans inquiétude sur la destinée des contre-lettres ; si elles tombaient entre les mains de la comtesse, elle pouvait les faire valoir, et il se serait élevé des procès interminables entre elle et Gobseck. Je connaissais assez l'usurier pour savoir qu'il ne restituerait jamais les biens à la comtesse, et il y avait de nombreux éléments de chicane dans la contexture de ces titres dont l'action ne pouvait être exercée que par moi. Je voulus prévenir tant de malheurs, et j'allai chez la comtesse une seconde fois.

— J'ai remarqué, madame, dit Derville à la vicomtesse de Grandlieu, en prenant le ton d'une confidence, qu'il existe certains phénomènes moraux auxquels nous ne faisons pas assez attention dans le monde. Naturellement observateur, j'ai porté dans les affaires d'intérêt que je traite et où les passions sont si vivement mises en jeu, un esprit d'analyse involontaire. Or, j'ai toujours admiré avec une surprise nouvelle que les intentions secrètes et les idées que portent en eux deux adversaires sont presque toujours réciproquement devinées. Il se rencontre parfois entre deux ennemis la même lucidité de raison, la même puissance de vue intellectuelle qu'entre deux amants qui lisent dans l'âme l'un de l'autre. Ainsi, quand nous fûmes tous deux en présence, la comtesse et moi, je compris tout à coup la cause de l'antipathie qu'elle avait pour moi, quoiqu'elle déguisât ses sentiments sous les formes les plus gracieuses de la politesse et de l'aménité. J'étais un confident imposé, et il est impossible qu'une femme ne haïsse pas un homme devant qui elle est obligée de rougir. Quand à elle, elle devina que si j'étais l'homme en qui son mari plaçait sa confiance, il ne m'avait pas encore remis sa fortune. Notre conversation, dont je vous fais grâce, est restée dans mon souvenir comme une des luttes les plus dangereuses que j'ai subies. La comtesse, douée par la nature des qualités nécessaires pour exercer d'irrésistibles séductions se montra tour à tour souple, fière, caressante, confiante; elle alla même jusqu'à tenter d'allumer ma curiosité, d'éveiller l'amour dans mon cœur afin de me dominer : elle échoua. Quand je pris congé d'elle, je surpris dans ses yeux une expression de haine et de fureur qui me fit trembler. Nous nous séparâmes ennemis. Elle aurait voulu pouvoir m'anéantir, et moi je me sentais de la pitié pour elle, sentiment qui, pour certains caractères, équivaut à la plus cruelle injure. Ce sentiment perça dans les dernières considérations que je lui présentai. Je lui laissai, je crois, une profonde terreur dans l'âme en lui déclarant que, de quelque manière qu'elle pût s'y prendre, elle serait nécessairement ruinée.

— Si je voyais M. le comte, au moins le bien de vos enfants...

— Je serais à votre merci, dit-elle en m'interrompant par un geste de dégoût.

Une fois les questions posées entre nous d'une manière si franche, je résolus de sauver cette famille de la misère qui l'attendait. Déterminé à commettre des illégalités judiciaires, si elles étaient nécessaires pour parvenir à mon but, voici quels furent mes préparatifs. Je fis poursuivre M. le comte de Restaud pour une somme due fictivement à Gobseck, et j'obtins des condamnations. La comtesse cacha nécessairement cette procédure, mais j'acquérais ainsi le droit de faire apposer les scellés à la mort du comte. Je corrompis alors un des gens de la maison, et j'obtins de lui la promesse qu'au moment même où son maître serait sur le point d'expirer, il viendrait me prévenir, fût-ce au milieu de la nuit, afin que je pusse intervenir tout à coup, effrayer la comtesse en la menaçant d'une subite apposition de scellés, et sauver ainsi les contre-lettres. J'appris plus tard que cette femme étudiait le code en entendant les plaintes de son mari mourant. Quels effroyables tableaux ne présenteraient pas les âmes de ceux qui environnent les lits funèbres, si l'on pouvait en peindre les idées ? Et toujours la fortune est le mobile des intrigues qui s'élaborent, des plans qui se forment, des trames qui s'ourdissent ! Laissons maintenant de côté ces détails assez fastidieux de leur nature, mais qui ont pu vous permettre de deviner les douleurs de cette femme, celles de son mari, et qui vous dévoilent les secrets de quelques intérieurs semblables à celui-ci. Depuis deux moi le comte de Restaud, résigné à son sort, demeurait couché, seul, dans sa chambre. Une maladie mortelle avait lentement affaibli son corps et son esprit. En proie à ces fantaisies de malade dont la bizarrerie semble inexplicable, il s'opposait à ce qu'on appropriât son appartement, il se refusait à toute espèce de soin, et même à ce qu'on fît son lit. Cette extrême apathie s'était empreinte autour de lui : les meubles de sa chambre restaient en désordre ; la poussière, les toiles d'araignées couvraient les objets les plus délicats. Jadis riche et recherché dans ses goûts, il se complaisait alors dans le triste spectacle que lui offrait cette pièce où la cheminée, le secrétaire et les chaises étaient encombrés des objets que nécessite une maladie : des fioles vides ou pleines, presque toutes sales ; du linge épars, des assiettes brisées, une bassinoire ouverte devant le feu, une baignoire encore pleine d'eau minérale. Le sentiment de la destruction était exprimé dans chaque détail de ce chaos disgracieux. La mort apparaissait dans les choses avant d'envahir la personne. Le comte avait horreur du jour, les persiennes des fenêtres étaient fermées, et l'obscurité ajoutait encore à la sombre physionomie de ce triste lieu. Le malade avait considérablement maigri. Ses yeux, où la vie semblait s'être réfugiée, étaient restés brillants. La blancheur livide de son visage avait quelque chose d'horrible, que rehaussait encore la longueur extraordinaire de ses cheveux qu'il n'avait jamais voulu laisser couper, et qui descendaient en longues mèches plates le long de ses joues. Il ressemblait aux fanatiques habitants du désert. Le chagrin éteignait tous les sentiments humains en cet homme à peine âgé de cinquante ans, que tout Paris avait connu si brillant et si heureux. Au commencement du mois de décembre de l'année 1824, un matin, il regarda son fils Ernest qui était assis au pied de son lit, et qui le contemplait douloureusement.

— Souffrez-vous ? lui avait demandé le jeune vicomte.

— Non ! dit-il avec un effrayant sourire, tout est *ici et autour du cœur !*

Et après avoir montré sa tête, il pressa ses doigts décharnés sur sa poitrine creuse, par un geste qui fit pleurer Ernest.

— Pourquoi donc ne vois-je pas venir M. Derville ? demanda-t-il à son valet de chambre qu'il croyait lui être très attaché, mais qui était tout à fait dans les intérêts de la comtesse.

— Comment, Maurice, s'écria le moribond qui se mit sur son séant et parut avoir recouvré toute sa présence d'esprit, voici sept ou huit fois que je vous envoie chez mon avoué, depuis quinze jours, et il n'est pas venu? Croyez-vous que l'on puisse se jouer de moi? Allez le chercher sur-le-champ, à l'instant, et ramenez-le. Si vous n'exécutez pas mes ordres, je me lèverai moi-même et j'irai…

— Madame, dit le valet de chambre en sortant, vous avez entendu monsieur le comte, que dois-je faire?

— Vous feindrez d'aller chez l'avoué, et vous reviendrez dire à monsieur que son homme d'affaires est allé à quarante lieues d'ici pour un procès important. Vous ajouterez qu'on l'attend à la fin de la semaine.

— Les malades s'abusent toujours sur leur sort, pensa la comtesse, et il attendra le retour de cet homme.

Le médecin avait déclaré la veille qu'il était difficile que le comte passât la journée. Quand, deux heures après, le valet de chambre vint faire à son maître cette réponse désespérante, le moribond parut très agité.

— Mon Dieu! mon Dieu! répéta-t-il à plusieurs reprises, je n'ai confiance qu'en vous.

Il regarda son fils pendant longtemps, et lui dit enfin d'une voix affaiblie :

— Ernest, mon enfant, tu es bien jeune; mais tu as bon cœur et tu comprends sans doute la sainteté d'une promesse faite à un mourant, à un père. Te sens-tu capable de garder un secret, de l'ensevelir en toi-même de manière que ta mère elle-même ne s'en doute pas? Aujourd'hui, mon fils, il ne reste que toi dans cette maison à qui je puisse me fier. Tu ne trahiras pas ma confiance?

— Non, mon père.

— Eh! bien, Ernest, je te remettrai, dans quelques moments, un paquet cacheté qui appartient à M. Derville, tu le conserveras de manière que personne ne sache que tu le possèdes, tu t'échapperas de l'hôtel et tu le jetteras à la petite poste qui est au bout de la rue.

— Oui, mon père.

— Je puis compter sur toi?

— Oui, mon père.

— Viens m'embrasser. Tu me rends ainsi la mort moins amère, mon cher enfant. Dans six ou sept années, tu comprendras l'importance de ce secret, et alors tu seras bien récompensé de ton adresse et de ta fidélité, alors tu sauras combien je t'aime. Laisse-moi seul un moment et empêche qui que ce soit d'entrer ici.

Ernest sortit, et vit sa mère debout dans le salon.

— Ernest, lui dit-elle, viens ici.

Elle s'assit en prenant son fils entre ses deux genoux, et le pressant avec force sur son cœur, elle l'embrasse.

— Ernest, ton père vient de te parler.

— Oui, maman.

— Que t'a-t-il dit?

— Je ne puis pas le répéter, maman.

— Oh! mon cher enfant, s'écria la comtesse en l'embrassant avec enthousiasme, combien de plaisir me fait ta discrétion! Ne jamais mentir et rester fidèle à sa parole sont deux principes qu'il ne faut jamais oublier.

— Oh! que tu es belle, maman! Tu n'a jamais menti, toi! j'en suis bien sûr.

— Quelquefois, mon cher Ernest, j'ai menti. Oui, j'ai manqué à ma parole en des circonstances devant lesquelles cèdent toutes les lois. Écoute, mon Ernest, tu es assez grand, assez raisonnable pour t'apercevoir que ton père me repousse, ne veut pas de mes soins, et cela n'est pas naturel, car tu sais combien je l'aime.

— Oui, maman.

— Mon pauvre enfant, dit la comtesse en pleurant, ce malheur est le résultat d'insinuations perfides. De méchantes gens ont cherché à me séparer de ton père, dans le but de satisfaire leur avidité. Ils veulent nous priver de notre fortune et se l'approprier. Si ton père était bien portant, la division qui existe entre nous cesserait bientôt, il m'écouterait ; et comme il est bon, aimant, il reconnaîtrait son erreur ; mais sa raison s'est altérée, et les préventions qu'il avait contre moi sont devenues une idée fixe, une espèce de folie, l'effet de sa maladie. La prédilection que ton père a pour toi est une nouvelle preuve du dérangement de ses facultés. Tu ne t'es jamais aperçu qu'avant sa maladie il aimât moins Pauline et Georges que toi. Tout est caprice chez lui. La tendresse qu'il te porte pourrait lui suggérer l'idée de te donner des ordres à exécuter. Si tu ne veux pas ruiner ta famille, mon cher ange, et ne pas voir ta mère mendiant son pain un jour comme une pauvresse, il faut tout lui dire…

— Ah! ah! s'écria le comte, qui, ayant ouvert la porte, se montra tout à coup presque nu, déjà même aussi sec, aussi décharné qu'un squelette…

Ce cri sourd produisit un effet terrible sur la comtesse, qui resta immobile et comme frappée de stupeur. Son mari était si frêle et si pâle, qu'il semblait sortir de la tombe.

— Vous avez abreuvé ma vie de chagrins, et vous voulez troubler ma mort, pervertir la raison de mon fils, en faire un homme vicieux, cria-t-il d'une voix rauque.

La comtesse alla se jeter au pied de ce mourant que les dernières émotions de la vie rendaient presque hideux et y versa un torrent de larmes.

— Grâce! grâce! s'écria-t-elle.

— Avez-vous eu de la pitié pour moi? demanda-t-il. Je vous ai laissé dévorer votre fortune, voulez-vous maintenant dévorer la mienne, ruiner mon fils!

— Eh! bien, oui, pas de pitié pour moi, soyez inflexible, dit-elle, mais les enfants! Condamnez votre veuve à vivre dans un couvent, j'obéirai; je ferai pour expier mes fautes envers vous tout ce qu'il vous plaira de m'ordonner; mais que les enfants soient heureux! Oh! les enfants! les enfants!

— Je n'ai qu'un enfant, répondit le comte en tendant, par un geste désespéré, son bras décharné vers son fils.

— Pardon! repentie, repentie!... criait la comtesse en embrassant les pieds humides de son mari.

Les sanglots l'empêchaient de parler et des mots vagues, incohérents, sortaient de son gosier brûlant.

— Après ce que vous disiez à Ernest, vous osez parler de repentir! dit le moribond qui renversa la comtesse en agitant le pied.

— Vous me glacez! ajouta-t-il avec une indifférence qui eut quelque chose d'effrayant. Vous avez été mauvaise fille, vous avez été mauvaise femme, vous serez mauvaise mère.

La malheureuse femme tomba évanouie. Le mourant regagna son lit, s'y coucha, et perdit connaissance quelques heures après. Les prêtres vinrent lui administrer les sacrements. Il était minuit quand il expira. La scène du matin avait épuisé le reste de ses forces. J'arrivai à minuit avec le papa Gobseck. À la faveur du désordre qui régnait, nous

nous introduisîmes jusque dans le petit salon qui précédait la chambre mortuaire, et où nous trouvâmes les trois enfants en pleurs, entre deux prêtres qui devaient passer la nuit près du corps. Ernest vint à moi et me dit que sa mère voulait être seule dans la chambre du comte.

— N'y entrez pas, dit-il avec une expression admirable dans l'accent et le geste, elle y prie! Gobseck se mit à rire, de ce rire muet qui lui était particulier. Je me sentais trop ému par le sentiment qui éclatait sur la jeune figure d'Ernest, pour partager l'ironie de l'avare. Quand l'enfant vit que nous marchions vers la porte, il alla s'y coller en criant :

— Maman, voilà des messieurs noirs qui te cherchent!

Gobseck enleva l'enfant comme si c'eût été une plume, et ouvrit la porte. Quel spectacle s'offrit à nos regards! Un affreux désordre régnait dans cette chambre. Échevelée par le désespoir, les yeux étincelants, la comtesse demeura debout, interdite, au milieu de hardes, de papiers, de chiffons bouleversés. Confusion horrible à voir en présence de ce mort. À peine le comte était-il expiré, que sa femme avait forcé tous les tiroirs et le secrétaire, autour d'elle le tapis était couvert de débris, quelques meubles et plusieurs portefeuilles avaient été brisés, tout portait l'empreinte de ses mains hardies. Si d'abord ses recherches avaient été vaines, son attitude et son agitation me firent supposer qu'elle avait fini par découvrir les mystérieux papiers. Je jetai un coup d'œil sur le lit, et avec l'instinct que nous donne l'habitude des affaires, je devinai ce qui s'était passé. Le cadavre du comte se trouvait dans la ruelle du lit, presque en travers, le nez tourné vers les matelas, dédaigneusement jeté comme une des enveloppes de papier qui étaient à terre ; lui aussi n'était plus qu'une enveloppe. Ses membres raidis et inflexibles lui donnaient quelque chose de grotesquement horrible. Le mourant avait sans doute caché la contre-lettre sous son oreiller, comme pour la préserver de toute atteinte jusqu'à sa mort. La comtesse avait deviné la pensée de son mari, qui d'ailleurs semblait être écrite dans le dernier geste, dans la convulsion des doigts crochus. L'oreiller avait été jeté en bas du lit, le pied de la comtesse y était encore imprimé ; à ses pieds, devant elle, je vis un papier cacheté en plusieurs endroits aux armes du comte, je le ramassai vivement et j'y lus une suscription indiquant que le contenu devait m'être remis. Je regardai fixement la comtesse avec la perspicace sévérité d'un juge qui interroge un coupable. La flamme du foyer dévorait les papiers. En nous entendant venir, la comtesse les y avait lancés en croyant, à la lecture des premières dispositions que j'avais provoquées en faveur de ses enfants, anéantir un testament qui les privait de leur fortune. Une conscience bourrelée et l'effroi involontaire inspiré par un crime à ceux qui le commettent lui avaient ôté l'usage de la réflexion. En se voyant surprise, elle voyait peut-être l'échafaud et sentait le fer rouge du bourreau. Cette femme attendait nos premiers mots en haletant, et nous regardait avec des yeux hagards.

— Ah ! madame, dis-je en retirant de la cheminée un fragment que le feu n'avait pas atteint, vous avez ruiné vos enfants ! ces papiers étaient leurs titres de propriété.

Sa bouche se remua, comme si elle allait avoir une attaque de paralysie.

— Hé! hé! s'écria Gobseck dont l'exclamation nous fit l'effet du grincement produit par un flambeau de cuivre quand on le pousse sur un marbre.

Après une pause, le vieillard me dit d'un ton calme :

— Voudriez-vous donc faire croire à Mme la comtesse que je ne suis pas le légitime propriétaire des biens que m'a vendus M. le comte? Cette maison m'appartient depuis un moment.

Un coup de massue appliqué soudain sur ma tête m'aurait moins causé de douleur et de surprise. La comtesse remarqua le regard indécis que je jetai sur l'usurier.

— Monsieur, monsieur! lui dit-elle sans trouver d'autres paroles.

— Vous avez un fidéicommis? lui demandai-je.

— Possible.

— Abuseriez-vous donc du crime commis par madame?

— Juste.

Je sortis, laissant la comtesse assise auprès du lit de son mari et pleurant à chaudes larmes. Gobseck me suivit. Quand nous nous trouvâmes dans la rue, je me séparai de lui; mais il vint à moi, me lança un de ces regards profonds par lesquels il sonde les cœurs, et me dit de sa voix flûtée qui prit des tons aigus :

— Tu te mêles de me juger?

Depuis ce temps-là, nous nous sommes peu vus. Gobseck a loué l'hôtel du comte, il va passer les étés dans les terres, fait le seigneur, construit les fermes, répare les moulins, les chemins, et plante des arbres. Un jour je le rencontrai dans une allée aux Tuileries.

— La comtesse mène une vie héroïque, lui dis-je. Elle s'est consacrée à l'éducation de ses enfants qu'elle a parfaitement élevés. L'aîné est un charmant sujet...

— Possible.

— Mais, repris-je ne devriez-vous pas aider Ernest?

— Aider Ernest! s'écria Gobseck. Non, non! Le malheur lui apprendra la valeur de l'argent, celle des hommes et celle des femmes. Qu'il navigue sur la mer parisienne! quand il sera devenu bon pilote, nous lui donnerons un bâtiment.

Je le quittai sans vouloir m'expliquer le sens de ses paroles. Quoique M. de Restaud, auquel sa mère a donné de la répugnance pour moi, soit bien éloigné de me prendre pour conseil, je suis allé la semaine dernière chez Gobseck pour l'instruire de l'amour qu'Ernest porte à Mlle Camille en le pressant d'accomplir son mandat, puisque le jeune comte arrive à sa majorité. Le vieil escompteur était depuis longtemps au lit et souffrait de la maladie qui devait l'emporter. Il ajourna sa réponse au moment où il pourrait se lever et s'occuper d'affaires, il ne voulait sans doute ne se défaire de rien tant qu'il aurait un souffle de vie; sa réponse dilatoire n'avait pas d'autres motifs. En le trouvant beaucoup plus malade qu'il ne croyait l'être, je restai près de lui pendant assez de temps pour reconnaître les progrès d'une passion que l'âge avait convertie en une sorte de folie. Afin de n'avoir personne dans la maison qu'il habitait, il s'en était fait le principal locataire et il en laissai toutes les chambres inoccupées. Il n'y avait rien de changé dans celle où il demeurait. Les meubles, que je connaissais si bien depuis seize ans, semblaient avoir été conservés sous verre, tant ils étaient exactement les mêmes. Sa vieille et fidèle portière, mariée à un invalide qui gardait la loge quand elle montait auprès du maître, était toujours sa ménagère, sa femme de confiance, l'introducteur de quiconque le venait voir, et remplissait auprès de lui les fonctions de garde-malade. Malgré son état de faiblesse, Gobseck recevait encore lui-même ses pratiques, ses revenus, et avait si bien simplifié ses affaires qu'il lui suffisait de faire faire quelques commissions par son invalide pour les gérer au-dehors. Lors du traité par lequel la France reconnut la république d'Haïti, les connaissances que possédait Gobseck sur l'état des anciennes fortunes à Saint-Domingue et sur les colons ou les ayants cause auxquels étaient dévolues les indemnités le firent nommer membre de la commission instituée pour liquider leurs droits et répartir les versements dus par Haïti. Le génie de Gobseck lui fit inventer une agence pour escompter les créances des colons ou de leurs héritiers, sous les noms de Werbrust et Gigonnet avec lesquels il partageait les bénéfices sans avoir besoin d'avancer son argent, car ses lumières avaient constitué sa mise de fonds. Cette agence était comme une distillerie où s'exprimaient les créances des ignorants, des incrédules, ou de ceux dont les droits pouvaient être contestés. Comme liquidateur, Gobseck savait parlementer avec les gros propriétaires qui, soit pour faire évaluer leurs droits à un taux élevé, soit pour les faire promptement admettre, lui offraient des présents proportionnés à l'importance de leurs fortunes. Ainsi les cadeaux constituaient une espèce d'escompte sur les sommes dont il lui était impossible de se rendre maître ; puis, son agence lui livrait à vil prix les petites, les douteuses, et celles des gens qui préféraient un paiement immédiat, quelque minime qu'il fût, aux chances de versements incertains de la république. Gobseck fut donc l'insatiable boa de cette grande affaire. Chaque matin il recevait ses tributs et les lorgnait comme eût fait le ministre d'un nabab avant de se décider à signer une grâce. Gobseck prenait tout, depuis la bourriche du pauvre diable jusqu'aux livres de bougie des gens scrupuleux, depuis la vaisselle des riches jusqu'aux tabatières d'or des spéculateurs. Personne ne savait ce que devenaient ces présents faits au vieil usurier. Tout entrait chez lui, rien n'en sortait.

— Foi d'honnête femme, me disait la portière, vieille connaissance à moi, je crois qu'il avale tout sans que cela le rende plus gras, car il est sec et maigre comme l'oiseau de mon horloge.

Enfin, lundi dernier, Gobseck m'envoya chercher par l'invalide, qui me dit en entrant dans mon cabinet :

— Venez vite, M. Derville, le patron va rendre ses derniers comptes ; il a jauni comme un citron, il est impatient de vous parler ; la mort le travaille et son dernier hoquet lui grouille dans le gosier.

Quand j'entrai dans la chambre du moribond, je le surpris à genoux devant sa cheminée, où, s'il n'y avait pas de feu, il se trouvait un énorme monceau de cendres. Gobseck s'y était traîné de son lit, mais les forces pour revenir se coucher lui manquaient, aussi bien que la voix pour se plaindre.

— Mon vieil ami, lui dis-je en le relevant et en l'aidant à regagner son lit, vous aviez froid, comment ne faites-vous pas de feu ?

— Je n'ai point froid, dit-il, pas de feu ! pas de feu ! Je vais je ne sais où, garçon, reprit-il en me jetant un dernier regard blanc et sans chaleur, mais je m'en vais d'ici. J'ai la *carpho-logie*, dit-il en se servant d'un terme qui annonçait combien son intelligence était encore nette et précise. J'ai cru voir ma chambre pleine d'or vivant, et je me suis levé pour en prendre. À qui tout le mien ira-t-il ? Je ne le donne pas au gouvernement ; j'ai fait un testament, trouve-le, Grotius. La belle Hollandaise avait une fille que j'ai vue je ne sais où, dans la rue Vivienne, un soir. Je crois qu'elle est surnommée *la Torpille* ; elle est jolie comme un amour, cherche-la, Grotius. Tu es mon exécuteur testamentaire, prends ce que tu voudras, mange : il y a des pâtés de fois gras, des balles de café, des sucres, des cuillers d'or. Donne le service d'Odiot à ta femme. Mais à qui les diamants ? Prises-tu, garçon ? j'ai des tabacs, vends-les à Hambourg, ils gagnent *un demi*. Enfin j'ai de tout et il faut tout quitter ! Allons, papa Gobseck, se dit-il, pas de faiblesse, sois toi-même.

Il se dressa sur son séant, sa figure se dessina nettement sur son oreiller comme si elle eût été de bronze ; il étendit son bras sec et sa main osseuse sur sa couverture, qu'il serra comme pour se retenir ; il regarda son foyer, froid autant que l'était son œil métallique, et il mourut avec toute sa raison, en offrant à la portière, à l'invalide et à moi, l'image de ces vieux Romains attentifs que Lethière a peints derrière les consuls, dans son tableau de la *Mort des enfants de Brutus*.

— A-t-il du toupet, le vieux Lascar ! me dit l'invalide dans son langage soldatesque.

Moi j'écoutais encore la fantastique énumération que le moribond avait faite de ses richesses, et mon regard qui avait suivi le sien restait sur le monceau de cendre dont la grosseur me frappa. Je pris les pincettes, et, quand je les y plongeai, je frappai, je frappai sur un amas d'or et d'argent, composé sans doute des recettes faites pendant sa maladie et que sa faiblesse l'avait empêché de cacher, ou que sa défiance ne lui avait pas permis d'envoyer à la banque.

— Courez chez le juge de paix, dis-je au vieil invalide, afin que les scellés soient promptement apposés ici!

Frappé des dernières paroles de Gobseck, et de ce que m'avait récemment dit la portière, je pris les clefs des chambres situées au premier et au second étage pour les aller visiter. Dans la première pièce que j'ouvris, j'eus l'explication des discours que je croyais insensés, en voyant les effets d'une avarice à laquelle il n'était plus resté que cet instinct illogique dont tant d'exemples nous sont offerts par les avares de province. Dans la chambre voisine de celle où Gobseck était expiré, se trouvaient des pâtés pourris, une foule de comestibles de tout genre et même des coquillages, des poissons qui avaient de la barbe et dont les diverses puanteurs faillirent m'asphyxier. Partout fourmillaient des vers et des insectes. Ces présents, récemment faits, étaient mêlés à des boîtes de toutes formes, à des caisses de thé, à des balles de café. Sur la cheminée, dans une soupière d'argent, étaient des avis d'arrivage de marchandises consignées en son nom au Havre, balles de coton, boucauts de sucre, tonneaux de rhum, cafés, indigos, tabacs, tout un bazar de denrées coloniales! Cette pièce était encombrée de meubles, d'argenteries, de lampes, de tableaux, de cases, de livres, de belles gravures roulées, sans cadres, et de curiosités. Peut-être cette immense quantité de valeurs ne provenait pas entièrement de cadeaux et constituait des gages qui lui étaient restés faute de paiement. Je vis des écrins armoriés ou chiffrés, des services en beau linge, des armes précieuses, mais sans étiquettes. En ouvrant un livre qui me semblait avoir été déplacé, j'y trouvai des billets de mille francs. Je me promis de bien visiter les moindres choses, de sonder les planchers, les plafonds, les corniches et les murs, afin de trouver tout cet or dont était si passionnément avide ce Hollandais digne du pinceau de Rembrandt. Je n'ai jamais vu, dans le cours de ma vie judiciaire, pareils effets d'avarice et d'originalité. Quand je revins dans sa chambre, je trouvai sur son bureau la raison du pêle-mêle progressif et de l'entassement de ces richesses. Il y avait sous un serre-papiers une correspondance entre Gobseck et les marchands auxquels il vendait sans doute habituellement ses présents. Or, soit que ces gens eussent été victimes de l'habilité de Gobseck, soit que Gobseck voulût un trop grand prix de ses denrées ou de ses valeurs fabriquées, chaque marché se trouvait en suspens. Il n'avait pas vendu les comestibles à Chevet, parce que Chevet ne voulait les reprendre qu'à trente pour cent de perte. Gobseck chicanait pour quelques francs de différence, et pendant la discussion les marchandises s'avariaient. Pour son argenterie, il refusait de payer les frais de la livraison. Pour ses cafés, il ne voulait pas garantir les déchets. Enfin chaque objet donnait lieu à des contestations qui dénotaient en Gobseck les premiers symptômes de cet enfantillage, de cet entêtement incompréhensible auxquels arrivent tous les vieillards chez lesquels une passion forte survit à l'intelligence. Je me dis, comme il se l'était dit à lui-même : « À qui toutes ces richesses iront-elles?... » En pensant au bizarre renseignement qu'il m'avait fourni sur sa seule héritière, je me vois obligé de fouiller toutes les maisons suspectes de Paris pour y jeter à quelque mauvaise femme une immense fortune. Avant tout, sachez que, par des actes en bonne forme, le comte Ernest de Restaud sera, sous peu de jours, mis en possession d'une fortune qui lui permet d'épouser Mlle Camille, tout en constituant à la comtesse de Restaud sa mère, à son frère et à sa sœur, des dots et des parts suffisantes.

— Eh! bien, cher monsieur Derville, nous y penserons, répondit Mme de Grandlieu. M. Ernest doit être bien riche pour faire accepter sa mère par une famille comme la nôtre. Songez que mon fils sera quelque jour duc de Grandlieu; il réunira la fortune des deux maisons de Grandlieu, je lui veux un beau-frère à son goût.

— Mais, dit le comte de Born, Restaud *porte de gueules à la traverse d'argent, accompagnée de quatre caissons d'or, chargés chacun d'une croix de sable*, et c'est un très vieux blason.

— C'est vrai, dit la vicomtesse, d'ailleurs Camille pourra ne pas voir sa belle-mère qui a fait mentir la devise *Res tuta*!

— Mme de Beauséant recevait Mme de Restaud, dit le vieil oncle.

— Oh! dans ses raouts, répliqua la vicomtesse. »

Paris, janvier 1830

Maître Cornélius

À M. le comte Georges Mniszech

Quelque jaloux pourrait croire, en voyant briller à cette page un des plus vieux et plus illustres noms sarmates, que j'essaye, comme en orfèvrerie, de rehausser un récent travail par un bijou ancien, fantaisie à la mode aujourd'hui; mais vous, et quelques autres aussi, mon cher comte, saurez que je tâche d'acquitter ici ma dette au talent, au souvenir et à l'amitié.

H. DE BALZAC

Comme celui qui conte, ainsi, comme une histoire,
Que les fées, jadis, les enfançons volaient
Et de nuit aux maisons, secrètes, dévalaient
Par une cheminée…

De la Fresnaye-Vauquelin

I

Scènes d'église au XVᵉ siècle

En 1479, le jour de la Toussaint, au moment où cette histoire commença, les vêpres finissaient à la cathédrale de Tours. L'archevêque Hélie de Bourdeilles se levait de son siège pour donner lui-même la bénédiction aux fidèles.

Le sermon avait duré longtemps, la nuit était venue pendant l'office, et l'obscurité la plus profonde régnait dans certaines parties de cette belle église, dont les deux tours n'étaient pas encore achevées. Cependant, bon nombre de cierges brûlaient en l'honneur des saints sur les porte-cire triangulaires destinés à recevoir ces pieuses offrandes dont le mérite et la signification n'ont jamais été suffisamment expliqués. Les luminaires de chaque autel et tous les candélabres du chœur étaient allumés. Inégalement semées à travers la forêt de piliers et d'arcades qui soutient les trois nefs de la cathédrale, ces masses de lumière éclairaient à peine l'immense vaisseau, car, en projetant les fortes ombres des colonnes à travers les galeries de l'édifice, elles y produisaient mille fantaisies que rehaussaient encore les ténèbres dans lesquelles étaient ensevelis les cintres, les voussures et les chapelles latérales, déjà si sombres en plein jour. La foule offrait des effets non moins pittoresques. Certaines figures se dessinaient si vaguement dans le clair-obscur, qu'on pouvait les prendre pour des fantômes; tandis que plusieurs autres, frappées par des lueurs éparses, attiraient l'attention comme les têtes principales d'un tableau. Les statues semblaient animées et les hommes paraissaient pétrifiés. Çà et là, des yeux brillaient dans le creux des piliers, la pierre jetait des regards, les marbres parlaient, les voûtes répétaient des soupirs, l'édifice entier était doué de vie.

L'existence des peuples n'a pas de scènes plus solennelles ni des moments plus majestueux. À l'homme en masse, il faut toujours du mouvement pour faire œuvre de poésie; mais, à ces heures de religieuses pensées, où les richesses humaines se marient aux grandeurs célestes, il se rencontre d'incroyables sublimités dans le silence; il y a de la terreur dans les genoux pliés et de l'espoir dans les mains jointes. Le concert de sentiments par lequel toutes les âmes s'élancent au ciel produit alors un explicable phénomène de spiritualité. La mystique exaltation des fidèles assemblés réagit sur chacun d'eux, le plus faible est sans doute porté sur les flots de cet océan d'amour et de foi. Puissance tout électrique, la prière arrache ainsi notre nature à elle-même. Cette involontaire union de toutes les volontés, également prosternées à terre, également élevées aux cieux, contient sans doute le secret des magiques influences que possèdent le chant des prêtres et les mélodies de l'orgue, les parfums et les pompes de l'autel, les voix de la foule et ses contemplations silencieuses.

Aussi ne devons-nous pas être étonnés de voir au Moyen-Âge tant d'amours commencées à l'église après de longues extases, amours souvent dénouées peu saintement, mais desquelles les femmes finissaient, comme toujours, par faire pénitence. Le sentiment religieux avait alors certainement quelques affinités avec l'amour, il en était ou le principe ou la fin. L'amour était encore une religion, il avait encore son beau fanatisme, ses superstitions naïves, ses dévouements sublimes qui sympathisaient avec ceux du christianisme. Les mœurs de l'époque expliquent assez bien, d'ailleurs, l'alliance de la religion et de l'amour.

D'abord, la société ne se trouvait guère en présence que devant les autels. Seigneurs et vassaux, hommes et femmes n'étaient égaux que là. Là seulement, les amants pouvaient se voir et correspondre. Enfin, les fêtes ecclésiastiques composaient le spectacle du temps ; l'âme d'une femme était alors plus vivement remuée au milieu des cathédrales qu'elle ne l'est aujourd'hui dans un bal ou à l'Opéra. Les fortes émotions ne remmènent-elles pas toutes les femmes à l'amour ? À force de se mêler à la vie et de la saisir dans tous ses actes, la religion s'était donc rendue également complice et des vertus et des vices. La religion avait passé dans la science, dans la politique, dans l'éloquence, dans les crimes, sur les trônes, dans la peau du malade et du pauvre ; elle était tout.

Ces observations demi-savantes justifieront peut-être la vérité de cette étude, dont certains détails pourraient effaroucher la morale perfectionnée de notre siècle, un peu trop *collet-monté*, comme chacun sait.

Au moment où le chant des prêtres cessa, quand les dernières notes de l'orgue se mêlèrent aux vibrations de l'*amen* ! sorti de la forte poitrine des chantres, pendant qu'un léger murmure retentissait encore sous les voûtes lointaines, au moment où l'assemblée recueillie attendait la bienfaisante parole du prélat, un bourgeois, pressé de rentrer en son logis, ou craignant pour sa bourse le tumulte de la sortie, se retira doucement, au risque d'être réputé mauvais catholique.

Un gentilhomme, tapi contre l'un des énormes piliers qui environnent le chœur, et où il était resté comme perdu dans l'ombre, s'empressa de venir prendre la place abandonnée par le prudent Tourangeau. En y arrivant, il se cacha promptement le visage dans les plumes qui ornaient sont haut bonnet gris, et s'agenouilla sur la chaise avec un air de contrition auquel un inquisiteur aurait pu croire. Après avoir assez attentivement regardé ce garçon, ses voisins parurent le reconnaître, et se remirent à prier en laissant échapper certain geste par lequel ils exprimèrent une même pensée, pensée caustique, railleuse, une médisance muette. Deux vieilles femmes hochèrent la tête en se jetant un mutuel coup d'œil qui fouillait l'avenir. La chaise dont s'était emparé le jeune homme se trouvait près d'une chapelle pratiquée entre deux piliers, et fermée par une grille de fer.

Le chapitre louait alors, moyennant d'assez fortes redevances, à certaines familles seigneuriales ou même à de riches bourgeois, le droit d'assister aux offices, exclusivement, eux et leurs gens, dans les chapelles latérales, situées le long des deux petites nefs qui tournent autour de la cathédrale. Cette simonie se pratique encore aujourd'hui. Une femme avait sa chapelle à l'église, comme, de nos jours, elle prend une loge aux Italiens. Les locataires de ces places privilégiées avaient, en outre, la charge d'entretenir l'autel qui leur était concédé. Chacun mettait donc son amour-propre à décorer somptueusement le sien, vanité dont s'accommodait assez bien l'église.

Dans cette chapelle et près de la grille, une jeune dame était agenouillée sur un beau carreau de velours rouge à glands d'or, précisément auprès de la place précédemment occupée par le bourgeois. Une lampe d'argent vermeil suspendue à la voûte de la chapelle, devant un autel magnifiquement orné, jetait sa pâle lumière sur le livre d'heures que tenait la dame. Ce livre trembla violemment dans ses mains quand le jeune homme vint près d'elle.

« *Amen!* »

À ce répons, chanté d'une voix douce, mais cruellement agitée, et qui heureusement se confondit dans la clameur générale, elle ajouta vivement et à voix basse :

« Vous me perdez. »

Cette parole fut dite avec un accent d'innocence auquel devait obéir un homme délicat, elle allait au cœur et le perçait ; mais l'inconnu, sans doute emporté par un de ces paroxysmes de passion qui étouffent la conscience, resta sur sa chaise et releva légèrement la tête, pour jeter un coup d'œil dans la chapelle.

« Il dort! » répondit-il d'une voix si bien assourdie, que cette réponse dut être entendue par la jeune femme comme un son par l'écho.

La dame pâlit, son regard furtif quitta pour un moment le vélin du livre et se dirigea sur un vieillard que le jeune homme avait regardé.

Quelle terrible complicité ne se trouvait-il pas dans cette œillade! Lorsque la jeune femme eut examiné ce vieillard, elle respira fortement et se leva son beau front orné d'une pierre précieuse vers un tableau où la Vierge était peinte; ce simple mouvement, cette attitude, le regard mouillé disaient toute sa vie avec une imprudente naïveté; perverse, elle eût été dissimulée.

Le personnage qui faisait tant de peur aux deux amants était un petit vieillard bossu, presque chauve, de physionomie farouche, ayant une large barbe d'un blanc sale et taillée en éventail; la croix de Saint-Michel brillait sur sa poitrine; ses mains rudes, fortes, sillonnées de poils gris, et que d'abord il avait sans doute jointes, s'étaient légèrement désunies pendant le sommeil auquel il se laissait si imprudemment aller. Sa main droite semblait près de tomber sur sa dague, dont la garde formait une espèce de grosse coquille en fer sculpté; par la manière dont il avait rangé son arme, le pommeau se trouvait sous sa main; si, par malheur, elle venait à toucher le fer, nul doute qu'il ne s'éveillât aussitôt et ne jetât un regard sur sa femme. Ses lèvres sardoniques, son menton pointu, capricieusement relevé, présentaient les signes caractéristiques d'un malicieux esprit, d'une sagacité froidement cruelle qui devait lui permettre de tout deviner, parce qu'il savait tout supposer. Son front jaune était plissé comme celui des hommes habitué à ne rien croire, à tout peser, et qui, semblables aux avares faisant trébucher leurs pièces d'or, cherchent le sens et la valeur exacte des actions humaines. Il avait une charpente osseuse et solide, paraissait être nerveux, partant irritable ; bref, vous eussiez dit d'un ogre manqué.

Donc, au réveil de ce terrible seigneur, un inévitable danger attendait la jeune dame. Ce mari jaloux ne manquerait pas de reconnaître la différence qui existait entre le vieux bourgeois duquel il n'avait pris aucun ombrage, et le nouveau venu, courtisan jeune, svelte, élégant.

« *Libera nos a malo* », dit-elle en essayant de faire comprendre ses craintes au cruel jeune homme.

Celui-ci leva la tête vers elle et la regarda. Il avait des pleurs dans les yeux, pleurs d'amour ou de désespoir. À cette vue la dame tressaillit, elle se perdit. Tous deux résistaient sans doute depuis longtemps et ne pouvaient peut-être plus résister à un amour grandi de jour en jour par d'invincibles obstacles, couvé par la terreur, fortifié par la jeunesse.

Cette femme était médiocrement belle, mais son teint pâle accusait de secrètes souffrances qui la rendaient intéressante. Elle avait, d'ailleurs, les formes distinguées et les plus beaux cheveux du monde. Gardée par un tigre, elle risquait peut-être sa vie en disant un mot, en se laissant presser la main, en accueillant un regard. Si jamais amour n'avait été plus profondément enseveli dans deux cœurs, plus délicieusement savouré, jamais aussi passion ne devait être plus périlleuse. Il était facile de deviner que, pour ces deux êtres, l'air, les sons, le bruit des pas sur les dalles, les choses les plus indifférentes aux autres hommes offraient des qualités sensibles, des propriétés particulières qu'ils devinaient. Peut-être l'amour leur faisait-il trouver des truchements fidèles jusque dans les mains glacées du vieux prêtre auquel ils allaient dire leurs péchés, ou desquelles ils recevaient une hostie en approchant de la sainte table. Amour profond, amour entaillé dans l'âme comme dans le corps une cicatrice qu'il faut garder durant toute la vie. Quand ces deux jeunes gens se regardèrent, la femme sembla dire à son amant : « Périssons, mais aimons-nous ! » et le cavalier parut lui répondre : « Nous nous aimerons, et ne périrons pas. » Alors, par un mouvement de tête plein de mélancolie, elle lui montra une vieille duègne et deux pages. La duègne dormait. Les deux pages étaient jeunes, et paraissaient assez insouciants de ce qui pouvait arriver de bien ou de mal à leur maître.

« Ne vous effrayez pas à la sortie, et laissez-vous faire. »

À peine le gentilhomme eut-il dit ces paroles à voix basse, que la main du vieux seigneur coula sur le pommeau de son épée. En sentant la froideur du fer, le vieillard s'éveilla soudain ; ses yeux jaunes se fixèrent aussitôt sur sa femme. Par un privilège assez rarement accordé même aux hommes de génie, il retrouva son intelligence aussi nette et ses idées aussi claires que s'il n'avait pas sommeillé. C'était un jaloux.

Si le jeune cavalier donnait un œil à sa maîtresse, de l'autre il guignait le mari ; il se leva lestement et s'effaça derrière le pilier au moment où la main du vieillard voulut se mouvoir; puis il disparut, léger comme un oiseau. La dame baissa promptement les yeux, feignit de lire et tâcha de paraître calme; mais elle ne pouvait empêcher ni son visage de rougir, ni son cœur de battre avec une violence inusitée. Le vieux seigneur entendit le bruit des pulsations profondes qui retentissaient dans la chapelle, et remarqua l'incarnat extraordinaire répandu sur les joues, sur le front, sur les paupières de sa femme; il regarda prudemment autour de lui; mais ne voyant personne dont il dût se défier :

« À quoi pensez-vous donc, ma mie? lui dit-il.

— L'odeur de l'encens me fait mal, répondit-elle.

— Il est donc mauvais d'aujourd'hui », répliqua le seigneur.

Malgré cette observation, le rusé vieillard parut croire à cette défaite; mais il soupçonna quelque trahison secrète et résolut de veiller encore plus attentivement sur son trésor. La bénédiction était donnée. Sans attendre la fin du *Sæcula sæculorum*, la foule se précipitait comme un torrent vers les portes de l'église. Suivant son habitude, le seigneur attendit prudemment que l'empressement général fût calmé, puis il sortit en faisant marcher devant lui la duègne et le plus jeune page qui portait un falot; il donna le bras à sa femme, et se fit suivre par l'autre page. Au moment où le vieux seigneur allait atteindre la porte latérale ouverte dans la partie orientale du cloître, et par laquelle il avait coutume de sortir, un flot de monde se détacha de la foule qui obstruait le grand portail, reflua vers la petite nef où il se trouvait avec son monde, et cette masse compacte l'empêcha de retourner sur ses pas. Le seigneur et sa femme furent alors poussés au-dehors par la puissante pression de cette multitude.

Le mari tâcha de passer le premier en tirant fortement la dame par le bras; mais, en ce moment, il fut entraîné vigoureusement dans la rue, et sa femme lui fut arrachée par un étranger.

Le terrible bossu comprit soudain qu'il était tombé dans une embûche préparée de longue main. Se repentant d'avoir dormi si longtemps, il rassembla toute sa force, d'une main ressaisit sa femme par la manche de sa robe, et de l'autre essaya de se cramponner à la porte. Mais l'ardeur de l'amour l'emporta sur la rage de la jalousie. Le jeune gentilhomme prit sa maîtresse par la taille, l'enleva si rapidement et avec une telle force de désespoir, que l'étoffe de soie et d'or, le brocart et les baleines se déchirèrent bruyamment. La manche resta seule au mari. Un rugissement de lion couvrit aussitôt une voix terrible hurlant ces mots :

« À moi, Poitiers!... Au portail, les gens du comte de Saint-Vallier!... Au secours! ici! »

Et le comte Aymar de Poitiers, sire de Saint-Vallier, tenta de tirer son épée et de se faire faire place; mais il se vit environné, pressé par trente ou quarante gentilshommes qu'il était dangereux de blesser. Plusieurs d'entre eux, qui étaient du plus haut rang, lui répondirent par des quolibets en l'entraînant dans le passage du cloître. Avec la rapidité de l'éclair, le ravisseur avait emmené la comtesse dans une chapelle ouverte où il l'assit derrière un confessionnal, sur un banc de bois. À la lueur des cierges qui brûlaient devant l'image du saint auquel cette chapelle était dédiée, ils se regardèrent un moment en silence, en se pressant les mains, étonnés l'un et l'autre de leur audace. La comtesse n'eut pas le cruel courage de reprocher au jeune homme la hardiesse à laquelle ils devaient ce périlleux, ce premier instant de bonheur.

« Voulez-vous fuir avec moi dans les États voisins ? lui dit vivement le gentilhomme. J'ai près d'ici deux genets d'Angleterre capables de faire trente lieues d'une seule traite.

— Eh ! s'écria-t-elle doucement, en quel lieu du monde trouverez-vous un asile pour une fille du roi Louis XI ?

— C'est vrai, répondit le jeune homme, stupéfait de n'avoir pas prévu cette difficulté.

— Pourquoi donc m'avez-vous arrachée à mon mari ? demanda-t-elle avec une sorte de terreur.

— Hélas ! reprit le cavalier, je n'ai pas compté sur le trouble où je suis en me trouvant près de vous, en vous entendant me parler. J'ai conçu deux ou trois plans, et maintenant tout me semble accompli, puisque je vous vois.

— Mais je suis perdue, dit la comtesse.

— Nous sommes sauvés, répliqua le gentilhomme avec l'aveugle enthousiasme de l'amour. Écoutez-moi bien...

— Ceci me coûtera la vie, reprit-elle en laissant couler les larmes qui roulaient dans ses yeux. Le comte me tuera ce soir, peut-être ! Mais allez chez le roi, racontez-lui les tourments que depuis cinq ans sa fille a endurés. Il m'aimait bien quand j'étais petite, et m'appelait en riant : "Marie-pleine-de-grâce", parce que j'étais laide. Ah ! s'il savait à quel homme il m'a donnée, il se mettrait dans une terrible colère. Je n'ai pas osé me plaindre, par pitié pour le comte. D'ailleurs, comment ma voix parviendrait-elle au roi ? Mon confesseur lui-même est un espion de Saint-Vallier. Aussi me suis-je prêtée à ce coupable enlèvement, dans l'espoir de conquérir un défenseur. Mais puis-je me fier à… ? Oh! dit-elle en pâlissant et s'interrompant, voici le page!… »

La pauvre comtesse se fit comme un voile avec ses mains pour se cacher la figure.

« Ne craignez rien, reprit le jeune seigneur, il est gagné! vous pouvez vous servir de lui en toute assurance, il m'appartient. Quand le comte viendra vous chercher, il nous préviendra de son arrivée. Dans ce confessionnal, ajouta-t-il à voix basse, est un chanoine de mes amis qui sera censé vous avoir retirée de la bagarre, et mise sous sa protection dans cette chapelle. Ainsi, tout est prévu pour tromper Saint-Vallier. »

À ces mots, les larmes de la comtesse se séchèrent, mais une expression de tristesse vint rembrunir son front.

« On ne le trompe pas! dit-elle. Ce soir, il saura tout. Prévenez ses coups! Allez au Plessis, voyez le roi, dites-lui que… »

Elle hésita. Mais quelque souvenir lui ayant donné le courage d'avouer les secrets du mariage :

« Eh! bien, oui, reprit-elle, dites-lui que, pour se rendre maître de moi, le comte me fait saigner aux deux bras, et m'épuise… Dites qu'il m'a traînée par les cheveux… ; dites que je suis prisonnière; dites que… »

Son cœur se gonfla, les sanglots expirèrent dans son gosier, quelques larmes tombèrent de ses yeux; et dans son agitation, elle se laissa baiser les mains par le jeune homme auquel il échappait des mots sans suite.

« Personne ne peut parler au roi, pauvre petite! J'ai beau être le neveu du grand maître des arbalétriers, je n'entrerai pas ce soir au Plessis. Ma chère dame, ma belle souveraine!... Mon Dieu, a-t-elle souffert!... Marie, laissez-moi vous dire deux mots, ou nous somme perdus.

— Que devenir? fit-elle. »

La comtesse aperçut à la noire muraille un tableau de la Vierge, sur lequel tombait la lueur de la lampe, et s'écria : « Sainte mère de Dieu, conseillez-moi ?

— Ce soir, reprit le jeune seigneur, je serai chez vous.

— Et comment? » demanda-t-elle naïvement.

Ils étaient dans un si grand péril, que leurs plus douces paroles semblaient dénuées d'amour.

« Ce soir, reprit le gentilhomme, je vais aller m'offrir en qualité d'apprenti à maître Cornélius, l'argentier du roi. J'ai su me procurer une lettre de recommandation qui me fera recevoir. Son logis est voisin du vôtre. Une fois sous le toit de ce vieux ladre, à l'aide d'une échelle de soie, je saurai trouver le chemin de votre appartement.

— Oh! dit-elle, pétrifiée d'horreur, si vous m'aimez, n'allez pas chez maître Cornélius!

— Ah! s'écria-t-il en la serrant contre son cœur avec toute la force que l'on se sent à son âge, vous m'aimez donc!

— Oui, dit-elle. N'êtes-vous pas mon espérance? Vous êtes gentilhomme, je vous confie mon honneur! D'ailleurs, reprit-elle en le regardant avec dignité, je suis trop malheureuse pour que vous trahissiez ma foi. Mais à quoi bon tout ceci? Allez, laissez-moi mourir plutôt que d'entrer chez Cornélius! Ne savez-vous pas que tous ses apprentis...?

— Ont été pendus, interrompit en riant le gentilhomme. Croyez-vous que ses trésors me tentent?

— Oh! n'y allez pas, vous y seriez victime de quelque sorcellerie.

— Je ne saurais trop payer le bonheur de vous servir, répondit-il en lui lançant un regard de feu qui lui fit baisser les yeux.

— Et mon mari? dit-elle.

— Voici qui l'endormira, reprit le jeune homme en tirant de sa ceinture un petit flacon.

— Pas pour toujours? » demanda la comtesse en tremblant.

Pour toute réponse, le gentilhomme fit un geste d'horreur.

« Je l'aurais déjà défié en combat singulier, s'il n'était pas si vieux, ajouta-t-il. Dieu me garde jamais de vous en défaire en lui donnant le *boucon*!

— Pardon, dit la comtesse en rougissant; je suis cruellement punie de mes péchés. Dans un moment de désespoir, j'ai voulu tuer le comte : je craignais que vous n'eussiez eu le même désir. Ma douleur est grande de n'avoir point encore pu me confesser de cette mauvaise pensée; mais j'ai eu peur que mon idée ne lui fût découverte, qu'il ne s'en vengeât. Je vous fais honte, reprit-elle, offensée du silence que gardait le jeune homme; j'ai mérité ce blâme. »

Elle brisa le flacon en le jetant à terre avec violence.

« Ne venez pas, s'écria-t-elle, le comte a le sommeil léger. Mon devoir est d'attendre secours du ciel. Ainsi ferai-je! »

Elle voulut sortir.

« Ah! s'écria le gentilhomme, ordonnez, je le tuerai, madame. Vous me verrez ce soir.

— J'ai été sage de dissiper cette drogue, répliqua-t-elle d'une voix éteinte par le plaisir de se voir si ardemment aimée. La peur de réveiller mon mari nous sauvera de nous-mêmes.

— Je vous fiance ma vie, dit le jeune homme en lui serrant la main.

— Si le roi veut, le pape saura casser mon mariage. Nous serions unis, alors, reprit-elle en lui lançant un regard plein de délicieuses espérances.

— Voici Monseigneur! » s'écria le page en accourant.

Aussitôt le gentilhomme, étonné du peu de temps pendant lequel il était resté près de sa maîtresse, et surpris de la célébrité du comte, prit un baiser que sa maîtresse ne sut pas refuser.

« À ce soir! » lui dit-il en s'esquivant de la chapelle.

À la faveur de l'obscurité, l'amoureux gagna le grand portail en s'évadant, de pilier en pilier, dans la longue trace d'ombre que chaque grosse colonne projetait à travers l'église. Un vieux chanoine sortit tout à coup du confessionnal, vint se mettre auprès de la comtesse, et ferma doucement la grille, devant laquelle le page se promena gravement avec une assurance de meurtrier. De vives clartés annoncèrent le comte. Accompagné de quelques amis et de gens qui portaient des torches, il tenait à la main son épée nue. Ses yeux sombres semblaient percer les ténèbres profondes et visiter les coins les plus obscurs de la cathédrale. « Monseigneur, madame est là », lui dit le page en allant au-devant de lui.

Le sire de Saint-Vallier trouva sa femme agenouillée aux pieds de l'autel, et le chanoine debout, disant son bréviaire. À ce spectacle, il secoua vivement la grille, comme pour donner pâture à sa rage.

« Que voulez-vous, une épée nue à la main dans l'église ? demanda le chanoine.

— Mon père, Monsieur est mon mari », répondit la comtesse.

Le prêtre tira la clef de sa manche, et ouvrit la chapelle. Le comte jeta presque malgré lui des regards autour du confessionnal, y entra ; puis il se mit à écouter le silence de la cathédrale.

« Monsieur, lui dit sa femme, vous devez des remercie-ments à ce vénérable chanoine qui m'a retirée ici. »

Le sire de Saint-Vallier pâlit de colère, n'osa regarder ses amis, venus là plus pour rire de lui que pour l'assister, et repartit brièvement :

« Merci Dieu, mon père, je trouverai moyen de vous ré-compenser ! »

Il prit sa femme par le bras, et sans la laisser achever sa révérence au chanoine, il fit un signe à ses gens, et sortit de l'église sans dire un mot à ceux qui l'avaient accompa-gné. Son silence avait quelque chose de farouche. Impa-tient d'être au logis, préoccupé des moyens de découvrir la vérité, il se mit en marche à travers les rues tortueuses qui séparaient alors la cathédrale du portail de la chancel-lerie, où s'élevait le bel hôtel, alors récemment bâti par le chancelier Juvénal des Ursins, sur l'emplacement d'une ancienne fortification que Charles VII avait donnée à ce fidèle serviteur en récompense de ses glorieux labeurs.

Là commençait une rue nommée depuis lors de la Scéellerie, en mémoire des sceaux qui y furent longtemps.

Elle joignait le vieux Tours au bourg de Château-neuf, où se trouvait la célèbre abbaye de Saint-Martin, dont tant de rois furent simples chanoines.

Depuis cent ans, et après de longues discussions, ce bourg avait été réuni à la ville. Beaucoup de rues adjacentes à celle de la Scéellerie, et qui forment aujourd'hui le centre du Tours moderne, étaient déjà construites; mais les plus beaux hôtels, et notamment celui du trésorier Xancongs, maison qui subsiste encore dans la rue du Commerce, étaient situés dans la commune de Châteauneuf. Ce fut par là que les porte-flambeaux du sire de Saint-Vallier le guidèrent vers la partie du bourg qui avoisinait la Loire; il suivait machinalement ses gens, en lançant de temps en temps un coup d'œil sombre à sa femme et au page, pour surprendre entre eux un regard d'intelligence qui jetât quelque lumière sur cette rencontre désespérante. Enfin, le comte arriva dans la rue du Mûrier, où son logis était situé. Lorsque son cortège fut entré, que la lourde porte fut fermée, un profond silence régna dans cette rue étroite où logeaient alors quelques seigneurs, car ce nouveau quartier de la ville avoisinait le Plessis, séjour habituel du roi, chez qui les courtisans pouvaient aller en un moment.

La dernière maison de cette rue était aussi la dernière de la ville, et appartenait à maître Cornélius Hoogworst, vieux négociant brabançon, à qui le roi Louis XI accordait sa confiance dans les transactions financières que sa politique astucieuse l'obligeait à faire au-dehors du royaume. Par des raisons favorables à la tyrannie qu'il exerçait sur sa femme, le comte de Saint-Vallier s'était jadis établi dans un hôtel contigu au logis de ce maître Cornélius.

La topographie des lieux expliquera les bénéfices que cette situation pouvait offrir à un jaloux. La maison du comte, nommée l'Hôtel de Poitiers, avait un jardin bordé au nord par le mur et le fossé qui servaient d'enceinte à l'ancien bourg de Châteauneuf, et le long desquels passait la levée récemment construite par Louis XI entre Tours et le Plessis. De ce côté, des chiens défendaient l'accès du logis qu'une grande cour séparait à l'est des maisons voisines, et qui à l'ouest se trouvait adossé au logis de maître Cornéliens. La façade de la rue avait l'exposition du midi. Isolé de trois côtés, l'hôtel du défiant et rusé seigneur ne pouvait donc être envahi que par les habitants de la maison brabançonne, dont les combles et les chéneaux de pierre se mariaient à ceux de l'hôtel de Poitiers. Sur la rue, les fenêtres, étroites et découpées dans la pierre, étaient garnies de barreaux en fer ; puis la porte, basse et voûtée comme le guichet de nos plus vieilles prisons, avait une solidité à toute épreuve. Un banc de pierre, qui servait de montoir, se trouvait près du porche.

En voyant le profil des logis occupés par maître Cornélius et par le comte de Poitiers, il était facile de croire que les deux maisons avaient été bâties par le même architecte, et destinées à des tyrans. Toutes deux, d'aspect sinistre, ressemblaient à de petites forteresses, et pouvaient être longtemps défendues avec avantage contre une populace furieuse. Leurs angles étaient protégés par des tourelles semblables à celles que les amateurs d'antiquités remarquent dans certaines villes où le marteau des démolisseurs n'a pas encore pénétré. Les baies, qui avaient peu de largeur, permettaient de donner une force de résistance prodigieuse aux volets ferrés et aux portes. Les émeutes et les guerres civiles, si fréquentes en ces temps de discorde, justifiant amplement toutes ces précautions.

Lorsque six heures sonnèrent au clocher de l'abbaye Saint-Martin, l'amoureux de la comtesse passa devant l'hôtel de Poitiers, s'y arrêta pendant un moment et entendit dans la salle basse le bruit que faisaient les gens du comte en soupant.

Après avoir jeté un regard sur la chambre où il présumait que devait être se dame, il alla vers la porte du logis voisin. Partout, sur son chemin, le jeune seigneur avait entendu les joyeux accents des repas faits dans les maisons de la ville, en l'honneur de la fête. Toutes les fenêtres, mal jointes, laissaient passer des rayons de lumière ; les cheminées fumaient, et la bonne odeur des rôtisseries égayait les rues. L'office achevé, la ville entière se rigolait et poussait des murmures que l'imagination comprend mieux que la parole ne les peint. Mais en cet endroit régnait un profond silence, car dans ces deux logis vivaient deux passions qui ne se réjouissent jamais. Au-delà, les campagnes se taisaient ; puis, là, sous l'ombre des clochers de l'abbaye Saint-Martin, ces deux maisons muettes aussi, séparées des autres et situées dans le bout le plus tortueux de la rue, ressemblaient à une léproserie. Le logis qui leur faisait face, appartenant à des criminels d'État, était sous le séquestre. Un jeune homme devait être facilement impressionné par ce subit contraste. Aussi, sur le point de se lancer dans une entreprise horriblement hasardeuse, le gentilhomme resta-t-il pensif devant la maison du Lombard en se rappelant tous les contes que fournissait la vie de maître Cornélius et qui avaient causé le singulier effroi de la comtesse. À cette époque, un homme de guerre, et même un amoureux, tout tremblait au mot de magie. Il se rencontrait alors peu d'imaginations incrédules pour les faits bizarres, ou froides aux récits merveilleux. L'amant de la comtesse de Saint-Vallier, une des filles que Louis XI avait eues de Mme de Sassenage, en Dauphiné, quelque hardi qu'il pût être, devait y regarder à deux fois au moment d'entrer dans une maison ensorcelée.

L'histoire de maître Cornélius Hoogworst expliquera complètement la sécurité que le Lombard avait inspirée au sire de Saint-Vallier, la terreur manifestée par la comtesse, et l'hésitation qui arrêtait l'amant. Mais, pour faire comprendre entièrement à des lecteurs du dix-neuvième siècle comment des éléments assez vulgaires en apparence étaient devenus surnaturels, et pour leur faire partager les frayeurs du vieux temps, il est nécessaire d'interrompre cette histoire pour jeter un rapide coup d'œil sur les aventures de maître Cornélius.

II

Le torçonnier

Cornélius Hoogworst, l'un des plus riches commer-
çants de Gand, s'étant attiré l'inimitié de Charles, duc de
Bourgogne, avait trouvé asile et protection à la cour de
Louis XI.

Le roi sentit les avantages qu'il pouvait tirer d'un
homme lié avec les principales maisons de Flandre, de Venise et du Levant ; il anoblit, naturalisa, flatta maître Cornélius, ce qui arrivait rarement à Louis XI. Le monarque
plaisait d'ailleurs au Flamand autant que le Flamand plaisait au monarque. Rusés, défiants, avares ; également politiques, également instruits ; supérieurs tous deux à leur
époque, tous deux se comprenaient à merveille ; ils quit-
taient et reprenait avec la même facilité, l'un sa
conscience, l'autre sa dévotion ; ils aimaient la même
vierge, l'un par conviction, l'autre par flatterie ; enfin, s'il
fallait en croire les propos jaloux d'Olivier le Daim et de
Tristan, le roi allait se divertir dans la maison du Lombard, comme se divertissait Louis XI. L'histoire a pris soin
de nous transmettre les goûts licencieux de ce monarque,

auquel la débauche ne déplaisait pas. Le vieux Brabançon trouvait sans doute joie et profit à se prêter aux capricieux plaisirs de son royal client.

Cornélius habitait la ville de Tours depuis neuf ans. Pendant ces deux années, il s'était passé chez lui des événements extraordinaires qui l'avaient rendu l'objet de l'exécration générale. En arrivant, il dépensa dans sa maison des sommes assez considérables afin de mettre ses trésors en sûreté. Les inventions que les serruriers de la ville exécutèrent secrètement pour lui, les précautions bizarres qu'il avait prises pour les amener dans son logis de manière à s'assurer forcément de leur discrétion, furent pendant longtemps le sujet de mille contes merveilleux qui charmèrent les veillées de Touraine. Les singuliers artifices du vieillard le faisaient supposer possesseur de richesses orientales. Aussi les narrateurs de ce pays, la patrie du conte en France, bâtissaient-ils des chambres d'or et de pierreries chez le Flamand, sans manque d'attribuer à des pactes magiques la source de cette immense fortune. Maître Cornélius avait amené jadis avec lui deux valets flamands, une vieille femme, plus un jeune apprenti de figure douce et prévenante; ce jeune homme lui servait de secrétaire, de caissier, de factotum et de courrier.

Dans la première année de son établissement à Tours, un vol considérable eut lieu chez lui. Les enquêtes judiciaires prouvèrent que le crime avait été commis par un habitant de la maison. Le vieil avare fit mettre en prison ses deux valets et son commis. Le jeune homme était faible, il périt dans les souffrances de la question, tout en protestant de son innocence. Les deux valets avouèrent le crime pour éviter les tortures; mais quand le juge leur demanda où se trouvaient les sommes volées, ils gardèrent le silence, furent réappliqués à la question, jugés, condamnés et pendus. En allant à l'échafaud, ils persistèrent à se dire innocents, suivant l'habitude de tous les pendus. La ville de Tours s'entretint longtemps de cette singulière affaire. Les criminels étaient des Flamands; l'intérêt que ces malheureux et que le jeune commis avaient excité s'évanouit donc promptement. En ce temps-là, les guerres et les séditions fournissaient des émotions perpétuelles, et le drame du jour faisait pâlir celui de la veille. Plus chagrin de la perte énorme qu'il avait éprouvée que de la mort de ses trois domestiques, maître Cornélius resta seul avec la vieille Flamande, qui était sa sœur. Il obtint du roi la faveur de se servir des courriers de l'État pour des affaires particulières, mit ses mules chez un muletier du voisinage, et vécut, dès ce moment, dans la plus profonde solitude, ne voyant guère que le roi, faisant son commerce par le canal de juifs, habiles calculateurs, qui le servaient fidèlement, afin d'obtenir sa toute-puissante protection.

Quelque temps après cette aventure, le roi procura lui-même à son vieux *torçonnier* [1] un jeune orphelin, auquel il portait beaucoup d'intérêt. Louis XI appelait familièrement maître Cornélius de ce vieux nom. Le pauvre enfant s'adonna soigneusement aux affaires du Lombard, sut lui plaire, et gagna ses bonnes grâces. Pendant une nuit d'hiver, les diamants déposés entre les mains de Cornélius par le roi d'Angleterre pour sûreté d'une somme de cent mille écus

---

1. Ce vieux mot signifiait, sous le règne de saint Louis, un usurier, un collecteur d'impôts, un homme qui pressurait le monde par des moyens violents. L'épithète *tortionnaire*, restée au Palais, explique assez le mot torçonnier qui se trouve souvent écrit ainsi : *tortionneur*.

furent volés, et les soupçons tombèrent sur l'orphelin; Louis XI se montra d'autant plus sévère pour lui, qu'il avait répondu de sa fidélité. Aussi le malheureux fut-il pendu, après un interrogatoire assez sommairement fait par le grand-prévôt.

Personne n'osait aller apprendre l'art de la banque et le change chez maître Cornélius. Cependant, deux jeunes gens de la ville, tourangeaux pleins d'honneur et désireux de fortune, y entrèrent successivement. Des vols considérables coïncidèrent avec l'admission des deux jeunes gens dans la maison du torçonnier; les circonstances de ces crimes, la manière dont ils furent exécutés, prouvèrent clairement que les voleurs avaient des intelligences secrètes avec les habitants du logis; il fut impossible de ne pas en accuser les nouveaux venus. Devenu de plus en plus soupçonneux et vindicatif, le Brabançon déféra sur-le-champ la connaissance de ce fait à Louis XI, qui chargea son grand-prévôt de ces affaires. Chaque procès fur promptement instruit, et plus promptement terminé.

Le patriotisme des tourangeaux donna secrètement tort à la promptitude de Tristan. Coupables ou non, les deux jeunes gens passèrent pour des victimes, et Cornélius pour un bourreau. Les deux familles en deuil étaient estimées, leurs plaintes furent écoutées; et de conjecture en conjecture, elles parvinrent à faire croire à l'innocence de tous ceux que l'argentier du roi avait envoyés à la potence.

Les uns prétendaient que le cruel avare imitait le roi, qu'il essayait de mettre la terreur et les gibets entre le monde et lui; qu'il n'avait jamais été volé; que ces tristes exécutions étaient le résultat d'un froid calcul, et qu'il voulait être sans crainte pour ses trésors. Le premier effet de ces rumeurs populaires fut d'isoler Cornélius ; les tourangeaux le traitèrent comme un pestiféré, l'appelèrent le *tortionnaire*, et nommèrent son logis la *Malemaison*. Quand même le Lombard aurait pu trouver des étrangers assez hardis pour entrer chez lui, tous les habitants de la ville les en eussent empêchés par leurs dires.

L'opinion la plus favorable à maître Cornélius était celle des gens qui le regardaient comme un homme funeste. Il inspirait aux uns une terreur instinctive ; aux autres, il imprimait ce respect profond que l'on porte à un pouvoir sans bornes ou à l'argent ; pour plusieurs personnes, il avait l'attrait du mystère. Son genre de vie, sa physionomie et la faveur du roi justifiaient tous les contes dont il était devenu le sujet. Cornélius voyageait assez souvent en pays étrangers, depuis la mort de son persécuteur, le duc de Bourgogne ; or, pendant son absence, le roi faisait garder le logis du banquier par des hommes de sa compagnie écossaise.

Cette royale sollicitude faisait présumer aux courtisans que le vieillard avait légué sa fortune à Louis XI. Le torçonnier sortait très peu, les seigneurs de la cour lui rendaient de fréquentes visites ; il leur prêtait assez libéralement de l'argent, mais il était fantasque : à certains jours, il ne leur aurait pas donné un sou parisis ; le lendemain, il leur offrait des sommes immenses, moyennant toutefois un bon intérêt et de grandes sûretés. Bon catholique du reste, il allait régulièrement aux offices, mais il venait à Saint-Martin de très bonne heure ; et comme il y avait acheté une chapelle à perpétuité, là, comme ailleurs, il était séparé des autres chrétiens. Enfin un proverbe populaire de cette époque, et qui subsista longtemps à Tours, était cette phrase : « Vous avez passé devant le Lombard, il vous arrivera malheur. » *Vous avez passé devant le Lombard* expliquait les maux soudains, les tristesses involontaires, et les mauvaises chances de fortune. Même à la cour, on attribuait à Cornélius cette fatale influence que la superstition italienne, espagnole et asiatique ont nommée le *mauvais œil*.

Sans le pouvoir terrible de Louis XI, qui s'était étendu comme un manteau sur cette maison, à la moindre occasion le peuple eût démoli la Malemaison de la rue du Mûrier. Et c'était pourtant chez Cornélius que les premiers mûriers plantés à Tours avaient été mis en terre ; et les Tourangeaux le regardèrent alors comme un bon génie. Comptez donc sur la faveur populaire !

Quelques seigneurs ayant rencontré maître Cornélius hors de France furent surpris de sa bonne humeur. À Tours, il était toujours sombre et rêveur ; mais il y revenait toujours. Une inextricable puissance le ramenait à sa noire maison de la rue du Mûrier. Semblable au colimaçon dont la vie est si fortement unie à celle de sa coquille, il avouait au roi qu'il ne se trouvait bien que sous les pierres vermiculées et sous les verrous de sa petite bastille, tout en sachant que, Louis XI mort, ce lieu serait pour lui le plus dangereux de la terre.

« Le diable s'amuse aux dépens de notre compère le torçonnier, dit Louis XI à son barbier quelques jours avant la fête de la Toussaint. Il se plaint encore d'avoir été volé. Mais il ne peut plus pendre personne, à moins qu'il ne se pende lui-même. Ce vieux truand n'est-il pas venu me demander si je n'avais pas emporté hier par mégarde une chaîne de rubis qu'il voulait me vendre ? Pasques-Dieu ! je ne vole pas ce que je puis prendre, lui ai-je dit.

— Et il a eu peur ? fit le barbier.

— Les avares n'ont peur que d'une seule chose, répondit le roi. Mon compère le torçonnier sait bien que je ne le dépouillerai pas sans raison ; autrement, je serais injuste, et je n'ai jamais rien fait que de juste et de nécessaire.

— Cependant, le vieux malandrin vous surfait, reprit le barbier.

— Tu voudrais bien que ce fût vrai, hein ? dit le roi en jetant un malicieux regard au barbier.

— Ventre-Mahom, sire, la succession serait belle à partager entre vous et le diable.

— Assez, fit le roi. Ne me donne pas de mauvaises idées. Mon compère est un homme plus fidèle que tous ceux dont j'ai fait la fortune, parce qu'il ne me doit rien peut-être. »

Depuis deux ans, maître Cornélius vivait donc seul avec sa vieille sœur, qui passait pour sorcière. Un tailleur du voisinage prétendait l'avoir souvent vue, pendant la nuit, attendant sur les toits l'heure d'aller au sabbat. Ce fait semblait d'autant plus extraordinaire que le vieil avare enfermait sa sœur dans une chambre dont les fenêtres étaient garnies de barreaux de fer.

En vieillissant, Cornélius, toujours volé, craignant toujours d'être dupé par les hommes, les avait tous pris en haine, excepté le roi, qu'il estimait beaucoup. Il était tombé dans une excessive misanthropie ; mais, comme chez la plupart des avares, sa passion pour l'or, l'assimilation de ce métal avec sa substance avait été de plus en plus intime, et croissait d'intensité par l'âge. Sa sœur elle-même excitait ses soupçons, quoiqu'elle fût peut-être plus avare et plus économe que son frère, qu'elle surpassait en inventions de ladrerie. Aussi leur existence avait-elle quelque chose de problématique et de mystérieux. La vieille femme prenait si rarement du pain chez le boulanger, elle apparaissait si peu au marché, que les observateurs les moins crédules avaient fini par attribuer à ces deux êtres bizarres la connaissance de quelque secret de vie. Ceux qui se mêlaient d'alchimie disaient que maître Cornélius savait faire de l'or. Les savants prétendaient qu'il avait trouvé la panacée universelle. Cornélius était, pour beaucoup de campagnards, auxquels les gens de la ville en parlaient, un être chimérique, et plusieurs d'entre eux venaient voir la façade de son hôtel par curiosité.

Assis sur le banc du logis qui faisait face à celui de maître Cornélius, le gentilhomme regardait tout à tour l'hôtel de Poitiers et la Malemaison ; la lune en bordait les saillies de sa lueur, et coloriait par des mélanges d'ombre et de lumière les creux et les reliefs de la sculpture. Les caprices de cette lueur blanche donnaient une physionomie sinistre à ces deux édifices ; il semblait que la nature elle-même se prêtât aux superstitions qui planaient sur cette demeure.

Le jeune homme se rappela successivement toutes les traditions qui rendaient Cornélius un personnage tout à la fois curieux et redoutable. Quoique décidé par la violence de son amour à entrer dans cette maison, à y demeurer le temps nécessaire pour l'accomplissement de ses projets, il hésitait à risquer cette dernière démarche, tout en sachant qu'il allait la faire. Mais qui, dans les crises de sa vie, n'aime pas à écouter les pressentiments, à se balancer sur les abîmes de l'avenir? En amant digne d'aimer, le jeune homme craignait de mourir sans avoir été reçu à merci d'amour par la comtesse.

Cette délibération secrète était si cruellement intéressante, qu'il ne sentait pas le froid sifflant dans ses jambes et sur les saillies des maisons. En entrant chez Cornélius, il devait se dépouiller de son nom, de même qu'il avait déjà quitté ses beaux vêtements de noble. Il lui était interdit, en cas de malheur, de réclamer les privilèges de sa naissance ou la protection de ses amis, à moins de perdre sans retour la comtesse de Saint-Vallier. S'il soupçonnait la visite nocturne d'un amant, ce vieux seigneur était capable de la faire périr à petit feu dans une cage de fer, de la tuer tous les jours au fond de quelque château fort. En regardant les vêtements misérables sous lesquels il s'était déguisé, le gentilhomme eut honte de lui-même. À voir sa ceinture de cuir noir, ses gros souliers, ses chausses drapées, son haut-de-chausses de tiretaine et son justaucorps de laine grise, il ressemblait au clerc du plus pauvre sergent de justice. Pour un noble du XVe siècle, c'était déjà la mort que de jouer le rôle d'un bourgeois sans sou ni maille, et de renoncer aux privilèges du rang.

Mais grimper sur le toit de l'hôtel où pleurait sa maîtresse, descendre par la cheminée ou courir sur les galeries, et, de gouttière en gouttière, parvenir jusqu'à la fenêtre de sa chambre; risquer sa vie pour être près d'elle sur un coussin de soie, devant un bon feu, pendant le sommeil d'un sinistre mari, dont les ronflements redoubleraient leur joie; défier le ciel et la terre en se donnant le plus audacieux de tous les baisers; ne pas dire une parole qui ne pût être suivie de la mort, ou, tout au moins, d'un sanglant combat : toutes ces voluptueuses images et les romanesques dangers de cette entreprise décidèrent le jeune homme. Plus léger devait être le prix de ses soins, ne pût-il même que baiser encore une fois la main de la comtesse, plus promptement il se résolut à tout tenter, poussé par l'esprit chevaleresque et passionné de cette époque. Puis il ne supposa point que la comtesse osât lui refuser le plus doux plaisir de l'amour au milieu de dangers si mortels. Cette aventure était trop périlleuse, trop impossible pour n'être pas achevée.

En ce moment, toutes les cloches de la ville sonnèrent l'heure du couvre-feu, loi tombée en désuétude, mais dont l'observance subsistait dans les provinces, où tout s'abolit lentement. Quoique les lumières ne s'éteignissent pas, les chefs de quartier firent tendre les chaînes des rues. Beaucoup de portes se fermèrent, les pas de quelques bourgeois attardés, marchant en troupe avec leurs valets armés jusqu'aux dents et portant des falots, retentirent dans le lointain ; puis, bientôt, la ville, en quelque sorte garrottée, parut s'endormir, et ne craignit plus les attaques des malfaiteurs que par ses toits. À cette époque, les combles des maisons étaient une voie très fréquentée pendant la nuit. Les rues avaient si peu de largeur en province et même à Paris, que les voleurs sautaient d'un bord à l'autre. Ce périlleux métier servit longtemps de divertissement au roi Charles IX dans sa jeunesse s'il faut en croire les mémoires du temps.

Craignant de se présenter trop tard à maître Cornélius, le gentilhomme allait quitter sa place pour heurter à la porte de la Malemaison, lorsqu'en la regardant, son attention fut excitée par une sorte de vision que les écrivains du temps eussent appelée cornue. Il se frotta les yeux comme pour s'éclaircir la vue, et mille sentiments divers passèrent dans son âme à cet aspect. De chaque côté de cette porte se trouvait une figure encadrée entre les deux barreaux d'une espèce de meurtrière. Il avait pris d'abord ces deux visages pour des masques grotesques sculptés dans la pierre, tant ils étaient ridés, anguleux, contournés, saillants, immobiles, de couleur tannée, c'est-à-dire bruns; mais le froid et la lueur de la lune lui permirent de distinguer le léger nuage blanc que la respiration faisait sortir des deux nez violâtres; puis il finit par voir, dans chaque figure creuse, sous l'ombre des sourcils, deux yeux d'un bleu faïence qui jetaient un feu clair, et ressemblaient à ceux d'un loup couché dans la feuillée, qui croit entendre les cris d'une meute. La lueur inquiète de ces yeux était dirigée sur lui si fixement, qu'après l'avoir reçue pendant le moment où il examina ce singulier spectacle, il se trouva comme un oiseau surpris par des chiens à l'arrêt; il se fit dans son âme un mouvement fébrile, promptement réprimé. Ces deux visages, tendus et soupçonneux, étaient sans doute ceux de Cornélius et de sa sœur. Alors, le gentilhomme feignit de regarder où il était, de chercher à distinguer un logis indiqué sur une carte qu'il tira de sa poche en essayant de la lire aux clartés de la lune; puis il alla droit à la porte du torçonnier, et y frappa trois coups qui retentirent au-dedans de la maison, comme si c'eût été l'entrée d'une cave.

Une faible lumière passa sous le porche, et, par une petite grille extrêmement forte, un œil vit à briller.

« Qui va là?

— Un ami envoyé par Oosterlinck, de Bruges.

— Que demandez-vous ?

— À entrer.

— Votre nom ?

— Philippe Goulenoire.

— Avez-vous des lettres de créance ?

— Les voici !

— Passez-les par le tronc.

— Où est-il ?

— À gauche. »

Philippe Goulenoire jeta la lettre par la fente d'un tronc en fer, au-dessus de laquelle se trouvait une meurtrière.

« Diable ! pensa-t-il, on voit que le roi est venu ici, car il s'y trouve autant de précautions qu'il en a prises au Plessis ! »

Il attendit environ un quart d'heure dans la rue. Ce laps de temps écoulé, il entendit Cornélius qui disait à sa sœur : « Ferme les chausse-trapes de la porte. »

Un cliquetis de chaînes et de fer retentit sous le portail. Philippe entendit les verrous aller, les serrures gronder ; enfin une petite porte basse, garnie de fer, s'ouvrit de manière à décrire l'angle le plus aigu par lequel un homme mince pût passer. Au risque de déchirer ses vêtements, Philippe se glissa plutôt qu'il entra dans la Malemaison. Une vieille fille édentée, à visage de rebec, dont les sourcils ressemblaient à deux anses de chaudron, qui n'aurait pas pu mettre une noisette entre son nez et son menton crochu ; fille pâle et hâve, creusée des tempes et qui semblait être composée seulement d'os et de nerfs, guida silencieusement le soi-disant étranger dans une salle basse, tandis que Cornélius le suivait prudemment par-derrière.

« Asseyez-vous là », dit-elle à Philippe en lui montrant un escabeau à trois pieds placé au coin d'une grande cheminée en pierre sculptée dont l'âtre propre n'avait pas de feu.

De l'autre côté de cette cheminée, était une table de noyer à pieds contournés, sur laquelle se trouvaient un œuf dans une assiette, et dix ou douze petites mouillettes dures et sèches, coupées avec une studieuse parcimonie. Deux escabelles, sur l'une desquelles s'assit la vieille, annonçaient que les avares étaient en train de souper. Cornélius alla pousser deux volets de fer pour fermer sans doute les judas par lesquels il avait regardé si longtemps dans la rue, et vint reprendre sa place.

Le prétendu Philippe Goulenoire vit alors le frère et la sœur trempant dans cet œuf, à tout de rôle, avec gravité, mais avec la même précision que les soldats mettent à plonger en temps égaux la cuiller dans la gamelle, leurs mouillettes respectives, qu'ils teignaient à peine, afin de combiner la durée de l'œuf avec le nombre des mouillettes. Ce manège se faisait en silence. Tout en mangeant, Cornélius examinait le faux novice avec autant de sollicitude et de perspicacité que s'il eût pesé de vieux besants. Philippe, sentant un manteau de glace tomber sur ses épaules, était tenté de regarder autour de lui ; mais, avec l'astuce que donne une entreprise amoureuse, il se garda bien de jeter un coup d'œil, même furtif, sur les murs ; car il comprit que si Cornélius le surprenait, il ne garderait pas un curieux en son logis. Donc, il se contentait de tenir modestement son regard tantôt sur l'œuf, tantôt sur la vieille fille ; et, parfois, il contemplait son futur maître.

L'argentier de Louis XI ressemblait à ce monarque, il en avait même pris certains gestes, comme il arrive assez souvent aux gens qui vivent ensemble dans une sorte d'intimité. Les sourcils épais du Flamand lui couvraient presque les yeux ; mais, en le relevant un peu, il lançait un regard lucide, pénétrant et plein de puissance, le regard des hommes habitués au silence et auxquels le phénomène de la concentration des forces intérieures est devenu familier. Ses lèvres minces, à rides verticales, lui donnaient un air de finesse incroyable. La partie inférieure du visage avait de vagues ressemblances avec le museau des renards ; mais le front haut, bombé, tout plissé, semblait révéler de grandes et de belles qualités, une noblesse d'âme dont l'essor avait été modéré par l'expérience, et que les cruels enseignements de la vie refoulaient sans doute dans les replis les plus cachés de cet être singulier. Ce n'était certes pas un avare ordinaire, et sa passion cachait sans doute de profondes jouissances, de secrètes conceptions.

« À quel taux se font les sequins de Venise ? demanda-t-il brusquement à son futur apprenti.

— Trois quarts, à Bruges ; un, à Gand.

— Quel est le fret sur l'Escaut ?

— Trois sous parisis.

— Il n'y a rien de nouveau à Gand ?

— Le frère de Liéven d'Herde est ruiné.

— Ah ! »

Après avoir laissé échapper cette exclamation, le vieillard se couvrit les genoux avec un pan de sa dalmatique, espèce de robe en velours noir, ouverte par-devant, à grandes manches et sans collet, dont la somptueuse étoffe était miroitée. Ce reste du magnifique costume qu'il portait jadis comme président du tribunal des *Parchons*, fonctions qui lui avaient valu l'inimitié du duc de Bourgogne, n'était plus alors qu'un haillon.

Philippe n'avait point froid, il suait dans son harnais en tremblant d'avoir à subir d'autres questions. Jusque-là, les instructions sommaires qu'un juif auquel il avait sauvé la vie venait de lui donner la veille suffisaient, grâce à sa mémoire et à la parfaite connaissance que le juif possédait des manières et des habitudes de Cornélius. Mais le gentilhomme qui, dans le premier feu de la conception, n'avait douté de rien, commençait à entrevoir toutes les difficultés de son entreprise. La gravité solennelle, le sang-froid du terrible Flamand agissaient sur lui. Puis il se sentait sous les verrous, et voyait toutes les cordes du grand-prévôt aux ordres de maître Cornélius.

« Avez-vous soupé ? » demanda l'argentier d'un ton qui signifiait : « Ne soupez pas ! »

Malgré l'accent de son frère, la vieille fille tressaillit, elle regarda ce jeune commensal, comme pour jauger la capacité de cet estomac qu'il lui faudrait satisfaire, et dit alors avec un faux sourire : « Vous n'avez pas volé votre nom, vous avez des cheveux et des moustaches plus noirs que la queue du diable !...

— J'ai soupé, répondit-il.

— Eh ! bien, reprit l'avare, vous reviendrez me voir demain. Depuis longtemps je suis habitué à me passer d'un apprenti. D'ailleurs, la nuit me portera conseil.

— Eh ! par saint Bavon ! monsieur, je suis Flamand, je ne connais personne ici, les chaînes sont tendues, je vais être

mis en prison. Cependant, ajouta-t-il, effrayé de la vivacité qu'il mettait dans ses paroles, si cela vous convient,
je vais sortir. »

Le juron influença singulièrement le vieux Flamand.

« Allons, allons, par saint Bavon ! vous coucherez ici.

— Mais…, dit la sœur effrayée.

— Tais-toi, répliqua Cornélius. Par sa lettre, Oosterlinck me répond de ce jeune homme. N'avons-nous pas,
lui dit-il à l'oreille en se penchant vers sa sœur, cent mille
livres à Oosterlinck ? C'est une caution, cela !

— Et s'il te vole les joyaux de Bavière ? Tiens, il res-
semble mieux à un voleur qu'à un Flamand !

— Chut ! », fit le vieillard en prêtant l'oreille.

Les deux avares écoutèrent. Insensiblement, et un moment après le « Chut ! », un bruit produit par les pas de
quelques hommes retentit dans le lointain, de l'autre côté
des fossés de la ville.

« C'est la ronde du Plessis, dit la sœur.

— Allons, donne-moi la clef de la chambre aux apprentis », reprit Cornélius.

La vieille fille fit un geste pour prendre la lampe.

« Vas-tu nous laisser seuls sans lumière ? cria Cornélius
d'un son de voix intelligent. Tu ne sais pas encore à ton
âge te passer d'y voir. Est-il donc si difficile de prendre
cette clef ? »

La vieille comprit le sens caché sous ces paroles, et sortit. En regardant cette singulière créature au moment où
elle gagnait la porte, Philippe Goulenoire put dérober à
son maître le coup d'œil qu'il jeta furtivement sur cette
salle. Elle était lambrissée en chêne à hauteur d'appui, et

les murs étaient tapissés d'un cuir jaune orné d'arabesques noires ; mais ce qui le frappa le plus fut un pistolet à mèche, garni de son long poignard à détente. Cette arme nouvelle et terrible se trouvait près de Cornélius.

« Comment comptez-vous gagner votre vie ? lui demanda le torçonnier.

— J'ai peu d'argent, répondit Goulenoire, mais je connais de bonnes rubriques. Si vous voulez seulement me donner un sou sur chaque marc que je vous ferai gagner, je serai content.

— Un sou, un sou ! répéta l'avare, mais c'est beaucoup. »

Là-dessus la vieille sibylle rentra.

« Viens », dit Cornélius à Philippe.

Ils sortirent sous le porche et montèrent une vis en pierre, dont la cage ronde se trouvait à côté de la salle dans une haute tourelle. Au premier étage le jeune homme s'arrêta.

« Nenni, dit Cornélius. Diable ! ce pourpris est le gîte où le roi prend ses ébats. »

L'architecte avait pratiqué le logement de l'apprenti sous le toit pointu de la tour où se trouvait la vis ; c'était une petite chambre ronde, tout en pierre, froide et sans ornement. Cette tour occupait le milieu de la façade située sur la cour, qui, semblable à toutes les cours de province, était étroite et sombre. Au fond, à travers des arcades grillées, se voyait un jardin chétif où il n'y avait que des mûriers soignés sans doute par Cornélius. Le gentilhomme remarqua tout par les jours de la vis, à la lueur de la lune, qui jetait heureusement une vive lumière. Un grabat, une escabelle, une cruche et un bahut disjoint composaient l'ameublement de cette espèce de loge. Le jour n'y venait que par de petites baies carrées, disposées de distance en distance autour du cordon extérieur de la tour, et qui formaient sans doute des ornements, suivant le caractère de cette gracieuse architecture.

« Voilà votre logis, il est simple, il est solide, il renferme tout ce qu'il faut pour dormir. Bonsoir! n'en sortez pas comme les autres. »

Après avoir lancé sur son apprenti un dernier regard empreint de mille pensées, Cornélius ferma la porte à double tour, en emporta la clef, et descendit en laissant le gentilhomme aussi sot qu'un fondeur de cloches qui ne trouve rien dans son moule.

Seul, sans lumière, assis sur une escabelle, et dans ce petit grenier d'où ses quatre prédécesseurs n'étaient sortis que pour aller à l'échafaud, le gentilhomme se vit comme une bête fauve prise dans un sac. Il sauta sur l'escabelle, se dressa de toute sa hauteur pour atteindre aux petites ouvertures supérieures d'où tombait un jour blanchâtre. Il aperçut la Loire, les beaux coteaux de Saint-Cyr et les sombres murailles du Plessis, où brillaient deux ou trois lumières dans les enfoncements de quelques croisées ; au loin, s'étendaient les belles campagnes de la Touraine et les nappes argentées de son fleuve. Les moindres accidents de cette jolie nature avaient alors une grâce inconnue : les vitraux, les eaux, le faîte des maisons reluisaient comme des pierreries aux clartés tremblantes de la lune. L'âme du jeune seigneur ne put se défendre d'une émotion douce et triste.

« Si c'était un adieu! » se dit-il.

Il resta là, savourant déjà les terribles émotions que son aventure lui avait promises, et se livrant à toutes les craintes du prisonnier quand il conserve une lueur d'espérance. Sa maîtresse s'embellissait à chaque difficulté. Ce n'était plus une femme pour lui, mais un être surnaturel entrevu à travers les brasiers du désir.

Un faible cri, qu'il crut avoir été jeté dans l'hôtel de Poitiers, le rendit à lui-même et à sa véritable situation. En se remettant sur son grabat pour réfléchir à cette affaire, il entendit de légers frissonnements qui retentissaient dans la vis ; il écouta fort attentivement, et alors ces mots : « Il se couche ! » prononcés par la vieille, parvinrent à son oreille.

Par un hasard ignoré de l'architecte, le moindre bruit se répercutait dans la chambre de l'apprenti, de sorte que le faux Goulenoire ne perdit pas un seul des mouvements de l'avare et de sa sœur, qui l'espionnaient. Il se déshabilla, se coucha, feignit de dormir, et employa le temps pendant lequel ses deux hôtes restèrent en observation sur les marches de l'escalier à chercher les moyens d'aller de sa prison dans l'hôtel de Poitiers. Vers dix heures, Cornélius et sa sœur, persuadés que leur apprenti dormait, se retirèrent chez eux. Le gentilhomme étudia soigneusement les bruits sourds et lointains que firent les deux Flamands, et crut reconnaître la situation de leurs logements : ils devaient occuper tout le second étage. Comme dans toutes les maisons de cette époque, cet étage était pris sur le toit, d'où les croisées s'élevaient ornées de tympans découpés par de riches sculptures. La toiture était bordée par une espèce de balustrade qui cachait les chéneaux destinés à conduire les eaux pluviales que des gouttières, figurant des gueules de crocodile, rejetaient sur la rue. Le gentilhomme, qui avait étudié cette topographie aussi soigneusement que l'eût fait un chat, comptait trouver un passage de la tour au toit, et pouvoir aller chez Mme de Saint-Vallier par les chéneaux, en s'aidant d'une gouttière ; mais il ignorait que les jours de sa tourelle fussent si petits ; il était impossible d'y passer. Il résolut donc de sortir sur les toits de la maison par la fenêtre de la vis qui éclairait le palier du second étage. Pour accomplir ce hardi projet, il fallait sortir de sa chambre, et Cornélius en avait pris la clef. Par précaution, le jeune seigneur s'était armé d'un ces poignards avec lesquels on donnait jadis le coup de grâce dans les duels à mort, quand l'adversaire vous suppliait de l'achever. Cette arme horrible avait un côté de la lame affilé comme l'est celle d'un rasoir, et l'autre dentelé comme l'est celle d'un rasoir, et l'autre dentelé comme une scie, mais dentelé en sens inverse de celui que suivait le fer en entrant dans le corps. Le gentilhomme compta se servir du poignard pour scier le bois de la porte autour de la serrure. Heureusement pour lui, la gâche de la porte était fixée en dehors par quatre grosses vis. À l'aide du poignard, il put dévisser, non sans de grandes peines, la gâche qui le retenait prisonnier, et posa soigneusement les vis sur le bahut. Vers minuit, il se trouva libre et descendit sans souliers afin de reconnaître les localités. Il ne fut pas médiocrement étonné de voir toute grande ouverte la porte d'un corridor par lequel on entrait dans plusieurs chambres, et au bout duquel se trouvait une fenêtre donnant sur l'espèce de vallée formée par les toits de l'hôtel de Poitiers et de la Malemaison qui se réunissaient là. Rien ne pourrait expliquer sa joie, si ce n'est le vœu qu'il fit aussitôt à la Sainte Vierge de fonder à Tours une messe en son honneur la célèbre paroisse de l'Escrignoles.

Après avoir examiné les hautes et larges cheminées de l'hôtel de Poitiers, il revint sur ses pas pour prendre son poignard ; mas il aperçut en frissonnant de terreur une lumière qui éclaira vivement l'escalier, et il vit Cornélius lui-même en dalmatique, tenant sa lampe, les yeux bien ouverts et fixés sir le corridor, à l'entrée duquel il se montra comme un spectre.

« Ouvrir la fenêtre et sauter sur les toits, il m'entendra ! » se dit le gentilhomme.

Et le terrible Cornélius avançait toujours, il avançait comme avance l'heure de la mort pour le criminel. Dans cette extrémité, Goulenoire, servi par l'amour, retrouva toute sa présence d'esprit ; il se jeta dans l'embrasure d'une porte, s'y serra vers le coin et attendit l'avare au passage. Quand le torçonnier qui tenait sa lampe en avant, se trouva juste dans le rumb du vent que le gentilhomme pouvait produire en soufflant, il éteignit la lumière. Cornélius grommela de vagues paroles et un juron hollandais ; mais il retourna sur ses pas. Le gentilhomme courut alors à sa chambre, y prit son arme, revint à la bienheureuse fenêtre, l'ouvrit doucement et sauta sur le toit. Une fois en liberté sous le ciel, il se sentit défaillir tant il était heureux ; peut-être l'excessive agitation dans laquelle l'avait mis le danger, ou la hardiesse de l'entreprise, causait-elle son émotion ; la victoire est souvent aussi périlleuse que le combat. Il s'accota sur un chéneau, tressaillant d'aise et se disant :

« Par quelle cheminée dévalerai-je chez elle ? »

Il les regardait toutes. Avec un instinct donné par l'amour, il alla les tâter pour voir celle où il y avait eu du feu. Quand il se fut décidé, le hardi gentilhomme planta son poignard dans le joint de deux pierres, y accrocha son échelle, la jeta par la bouche de la cheminée, et se hasarda sans trembler, sur la foi de sa bonne lame, à descendre chez sa maîtresse. Il ignorait si Saint-Vallier serait éveillée ou endormi, mais il était bien décidé à serrer la comtesse dans ses bras, dût-il en coûter la vie à deux hommes!

Il posa doucement les pieds sur des cendres chaudes; il se baissa plus doucement encore, et vit la comtesse assise dans un fauteuil. À la lueur d'une lampe, pâle de bonheur, palpitante, la craintive femme lui montra du doigt Saint-Vallier couché dans un lit à dix pas d'elle. Croyez que leur baiser brûlant et silencieux n'eut d'écho que dans leurs cœurs!

III

Le vol des joyaux du duc de Bavière

Le lendemain, sur les neuf heures du matin, au moment où Louis XI sortit de sa chapelle, après avoir entendu la messe, il trouva maître Cornélius sur son passage.

« Bonne chance, mon compère, dit-il sommairement en redressant son bonnet.

— Sire, je payerais bien volontiers mille écus d'or pour obtenir de vous un moment d'audience, vu que j'ai trouvé le voleur de la chaîne de rubis et de tous les joyaux de…

— Voyons cela ! dit Louis XI en sortant dans la cour du Plessis, suivi de son argentier, de Coyctier, son médecin, d'Olivier le Daim, et du capitaine de sa garde écossaise. Conte-moi ton affaire. Nous aurons donc un pendu de ta façon. Holà ! Tristan ? »

Le grand prévôt, qui se promenait de long en large dans la cour, vint à pas lents, comme un chien qui se carre dans sa fidélité. Le groupe s'arrêta sous un arbre. Le roi s'assit sur un banc, et les courtisans décrivirent un cercle devant lui.

« Sire, un prétendu Flamand m'a si bien entortillé…, dit Cornélius.

— Il doit être bien rusé, celui-là, fit Louis XI en hochant la tête.

— Oh! oui, répondit l'argentier. Mais je ne sais s'il ne vous engluerait pas vous-même. Comment pouvais-je me défier d'un pauvre hère qui m'était recommandé par Oosterlinck, un homme à qui j'ai cent mille livres! Aussi, gagerais-je que le seing du juif est contrefait. Bref, sire, ce matin, je me suis trouvé dénué de ces joyaux que vous avez admirés, tant ils étaient beaux. Ils m'ont été emblés, sire! Embler les joyaux de l'électeur de Bavière! les truands ne respectent rien. Ils vous voleront votre royaume, si vous n'y prenez garde. Aussitôt, je suis monté dans la chambre où était cet apprenti, qui certes est passé maître en volerie. Cette fois, nous ne manquerons pas de preuves. Il a dévissé la gâche de la serrure; mais quand il est revenu, comme il n'y avait plus de lune, il n'a pas su retrouver toutes les vis! Heureusement, en entrant, j'ai senti une vis sous mon pied. Il dormait, le truand, il était fatigué. Figurez-vous, messieurs, qu'il est descendu dans mon cabinet par la cheminée. Demain, ce soir plutôt, je la ferai griller. On apprend toujours quelque chose avec les voleurs. Il a sur lui une échelle de soie, et ses vêtements portent les traces du chemin qu'il a fait sur les toits et dans la cheminée. Il comptait rester chez moi, me ruiner, le hardi compère! Où a-t-il enterré les joyaux? Les gens de campagne l'ont vu de bonne heure revenant chez moi par les toits. Il avait des complices qui l'attendaient sur la levée que vous avez construite. Ah! sire, vous êtes le complice des voleurs qui viennent en bateaux; et, crac, ils emportent tout, sans laisser de traces ! Mais nous tenons le chef, un hardi coquin, un gaillard qui ferait honneur à la mère d'un gentilhomme. Ah ! ce sera un beau fruit de potence, et avec un petit bout de question, nous saurons tout ! Cela n'intéresse-t-il pas la gloire de votre règne ? Il ne devrait point y avoir de voleurs sous un si grand roi ! »

Le roi n'écoutait plus depuis longtemps. Il était tombé dans une de ces sombres méditations qui devinrent si fréquentes pendant les derniers jours de sa vie. Un profond silence régna.

« Cela te regarde, mon compère, dit-il enfin à Tristan ; va grabeler cette affaire. »

Il se leva, fit quelques pas en avant, et ses courtisans le laissèrent seul. Il aperçut alors Cornélius, qui, monté sur sa mule, s'en allait en compagnie du grand prévôt : « Et les mille écus ? lui dit-il.

— Ah ! sire, vous êtes un trop grand roi ! il n'y a pas de somme qui puisse payer votre justice... »

Louis XI sourit. Les courtisans envièrent le franc-parler et les privilèges du vieil argentier, qui disparut promptement dans l'avenue de mûriers plantée entre Tours et le Plessis.

Épuisé de fatigue, le gentilhomme dormait, en effet, du plus profond sommeil. Au retour de son expédition galante, il ne s'était plus senti, pour se défendre contre des dangers lointains ou imaginaires auxquels il ne croyait peut-être plus, le courage et l'ardeur avec lesquels il s'était élancé vers de périlleuses voluptés. Aussi avait-il remis au lendemain le soin de nettoyer ses vêtements souillés, et de faire disparaître les vestiges de son bonheur. Ce fut une grande faute, mais à laquelle tout conspira. En effet, quand, privé des clartés de la lune, qui s'était couchée pendant la fête de son amour, il ne trouva pas toutes les vis de la maudite gâche, il manqua de patience. Puis, avec le laisser-aller d'un homme plein de joie ou affamé de repos, il se fia aux bons hasards de sa destinée, qui l'avait si heureusement servi jusque-là. Il fit bien avec lui-même une sorte de pacte, en vertu duquel il devait se réveiller au petit jour ; mais les événements de la journée et les agitations de la nuit ne lui permirent pas de se tenir parole à lui-même. Le bonheur est oublieux. Cornélius ne sembla plus si redoutable au jeune seigneur quand il se coucha sur le dur grabat d'où tant de malheureux ne s'étaient réveillés que pour aller au supplice, et cette insouciance le perdit. Pendant que l'argentier du roi revenait du Plessis-lès-Tours, accompagné du grand prévôt et de ses redoutables archers, le faux Goulenoire était gardé par la vieille sœur, qui tricotait des bas pour Cornélius, assise sur une des marches de la vis, sans se soucier du froid.

Le jeune gentilhomme continuait les secrètes délices de cette nuit si charmante, ignorant le malheur qui accourait au grand galop. Il rêvait. Ses songes, comme tous ceux du jeune âge, étaient empreints de couleurs si vives, qu'il ne savait plus où commençait l'illusion, où finissait la réalité.

Il se voyait sur un coussin, aux pieds de la comtesse ; la tête sur ses genoux chauds d'amour, il écoutait le récit des persécutions et les détails de la tyrannie que le comte avait fait jusqu'alors éprouver à sa femme ; il s'attendrissait avec la comtesse, qui était en effet celle de ses filles naturelles que Louis XI amait le plus ; il lui promettait d'aller, dès le lendemain, tout révéler à ce terrible père; ils en arrangeaient les vouloirs à leur gré, cassant le mariage et emprisonnant le mari, au moment où ils pouvaient être la proie de son épée au moindre bruit qui l'eût réveillé.

Mais dans le songe, la lueur de la lampe, la flamme de leurs yeux, les couleurs des étoffes et des tapisseries étaient plus vives; une odeur plus pénétrante s'exhalait des vêtements de nuit, il se trouvait plus d'amour dans l'air, plus de feu autour d'eux qu'il n'y en avait eu dans la scène réelle. Aussi, la Marie du sommeil résistait-elle bien moins que la véritable Marie à ces regards langoureux, à ces douces prières, à ces magiques interrogations, à ces adroits silences, à ces voluptueuses sollicitations, à ces fausses générosités qui rendent les premiers instants de la passion si complètement ardents, et répandent dans les âmes une ivresse nouvelle à chaque nouveau progrès de l'amour.

Selon la jurisprudence amoureuse de cette époque, Marie de Saint-Vallier octroyait à son amant les droits superficiels de *la petite oie*. Elle se laissait volontiers baiser les pieds, la robe, les mains, le cou; elle avouait son amour, elle acceptait les soins et la vie de son amant, elle lui permettait de mourir pour elle, elle s'abandonnait à une ivresse que cette demi-chasteté, sévère, souvent cruelle, allumait encore; mais elle restait intraitable, et faisait, des plus hautes récompenses de l'amour, le prix de sa délivrance.

En ce temps, pour dissoudre un mariage, il fallait aller à Rome, avoir à sa dévotion quelques cardinaux, et paraître devant le souverain pontife, armé de la faveur du roi. Marie voulait tenir sa liberté de l'amour, pour la lui sacrifier. Presque toutes les femmes avaient alors assez de puissance pour établir au cœur d'un homme leur empire de manière à faire d'une passion l'histoire de toute une vie, le principe des plus hautes déterminations! Mais aussi les dames se comptaient en France, elles y étaient autant de souveraines, elles avaient de belles fiertés, les amants leur appartenaient plus qu'elles ne se donnaient à eux, souvent leur amour coûtait bien du sang, et, pour être à elles, il fallait courir bien des dangers. Mais, plus clémente et touchée du dévouement de son bien-aimé, la Marie du rêve se défendait mal contre le violent amour du beau gentilhomme. Laquelle était la véritable? Le faux apprenti voyait-il en songe la femme vraie? avait-il vu dans l'hôtel de Poitiers une dame masquée de vertu? La question est délicate à décider, aussi l'honneur des dames veut-il qu'elle reste en litige.

Au moment où peut-être la Marie rêvée allait oublier sa haute dignité de maîtresse, l'amant se sentit pris par un bras de fer, et la voix aigre-douce du grand prévôt lui dit:

« Allons, bon chrétien de minuit, qui cherchiez Dieu à tâtons, réveillons-nous! »

Philippe vit la face noire de Tristan et reconnut son sourire sardonique; puis, sur les marches de la vis, il aperçut Cornélius, sa sœur, et derrière eux, les gardes de la prévôté. À ce spectacle, à l'aspect de tous ces visages diaboliques qui respiraient ou la haine ou la sombre curiosité de gens habitués à pendre, Philippe Goulenoire se mit sur son séant et se frotta les yeux.

« Par la mort de Dieu! s'écria-t-il en saisissant son poignard sous le chevet du lit, voici l'heure où il faut jouer des couteaux!

— Oh! oh, répondit Tristan, voici du gentilhomme! Il me semble voir Georges d'Estouteville, le neveu du grand-maître des arbalétriers. »

En entendant prononcer son véritable nom par Tristan, le jeune d'Estouteville pensa moins à lui qu'aux dangers que courait son infortunée maîtresse, s'il était reconnu. Pour écarter tout soupçon, il cria : « Ventre-Mahom! à moi les truands! »

Après cette horrible clameur, jetée par un homme véritablement au désespoir, le jeune courtisan fit un bond énorme, et, le poignard à la main, sauta sur le palier. Mais les acolytes du grand prévôt étaient habitués à ces rencontres. Quand Georges d'Estouteville fut sur la marche, ils le saisirent avec dextérité, sans s'étonner du vigoureux coup de lame qu'il avait porté à l'un d'eux, et qui, heureusement, glissa sur le corselet du garde; puis, ils le désarmèrent, lui lièrent les mains, et le rejetèrent sur le lit devant leur chef immobile et pensif.

Tristan regarda silencieusement les mains du prisonnier, et, se grattant la barbe, il dit à Cornélius en les lui montrant : « Il n'a pas plus les mains d'un truand que celles d'un apprenti. C'est un gentilhomme!

— Dites un Jean-pille-homme, s'écria douloureusement le torçonnier. Mon bon Tristan, noble ou serf, il m'a ruiné, le scélérat! Je voudrais déjà lui voir les pieds et les mains chauffés ou serrés dans vos jolis petits brodequins. Il est, à n'en pas douter, le chef de cette légion de diables invisibles ou visibles qui connaissent tous mes secrets, ouvrent mes serrures, me dépouillent et m'assassinent. Ils sont bien riches, mon compère! Ah! cette fois, nous aurons leur trésor, car celui-ci a la mine du roi d'Égypte. Je vais recouvrer mes chers rubis et mes notables sommes ; notre digne roi aura des écus à foison…

— Oh, nos cachettes sont plus solides que les vôtres ! dit Georges en souriant.

— Ah ! le damné larron, il avoue ! », s'écria l'avare.

Le grand prévôt était occupé à examiner attentivement les habits de Georges d'Estouteville et la serrure.

« Est-ce toi qui as dévissé toutes ces clavettes ? »

Georges garda le silence.

« Oh ! bien ! tais-toi, si tu veux. Bientôt, tu te confesseras à saint Chevalet, reprit Tristan.

— Voilà qui est parlé, s'écria Cornélius.

— Emmenez-le », dit le prévôt.

Georges d'Estouteville demanda la permission de se vêtir. Sur un signe de leur chef, les estafiers habillèrent le prisonnier avec l'habile prestesse d'une nourrice qui veut profiter, pour changer son marmot, d'un instant où il est tranquille.

Une foule immense encombrait la rue du Mûrier. Les murmures du peuple allaient grossissant, et paraissaient les avant-coureurs d'une sédition. Dès le matin la nouvelle du vol s'était répandue dans la ville. Partout l'apprenti, que l'on disait jeune et joli, avait réveillé les sympathies en sa faveur, et ranimé la haine vouée à Cornélius ; en sorte qu'il ne fut fils de bonne mère ni jeune femme ayant de jolis patins et une mine fraîche à montrer qui ne voulussent point voir la victime.

Quand Georges sortit, emmené par un des gens du prévôt, qui, tout en montant à cheval, gardait, entortillé à son bras, la forte lanière de cuir avec laquelle il tenait le prisonnier, dont les mains avaient été fortement liées, il se fit un horrible brouhaha. Soit pour revoir Philippe Goulenoire, soit pour le délivrer, les derniers venus poussèrent les premiers sur le piquet de cavalerie qui se trouvait devant la Malemaison. En ce moment, Cornélius, aidé par sa sœur, ferma sa porte, et poussa ses volets avec la vivacité que donne une terreur panique. Tristan, qui n'avait pas été accoutumé à respecter le monde de ce temps-là, vu que le peuple n'était pas encore souverain, ne s'embarassait guère d'une émeute.

« Poussez, poussez ! » dit-il à ses gens.

À la voix de leur chef, les archers lancèrent leurs montures vers l'entrée de la rue. En voyant un ou deux curieux tombés sous les pieds des chevaux et quelques autres violemment serrés contre les murs, où ils étouffaient, les gens attroupés prirent le sage parti de rentrer chacun chez eux.

« Place à la justice du roi, criait Tristan. Qu'avez-vous besoin ici ? Voulez-vous qu'on vous pende ? Allez chez vous, mes amis, votre rôti brûle ! Hé ! la femme, les chausses de votre mari sont trouées, retournez à votre aiguille. »

Quoique ces dires annonçassent que le grand prévôt était de bonne humeur, il faisait fuir les plus empressés comme s'il eût lancé la peste noire. Au moment où le premier mouvement de la foule eut lieu, Georges d'Estouteville était resté stupéfait en voyant à l'une des fenêtres de l'hôtel de Poitiers sa chère Marie de Saint-Vallier, riant avec le comte. Elle se moquait de lui, pauvre amant dévoué, marchant à la mort pour elle. Mais peut-être aussi emportés par les armes des archers.

Il faut avoir vingt-trois ans, être riche en illusions, oser croire à l'amour d'une femme, aimer de toutes les puissances de son être, avoir risqué sa vie avec délices sur la foi d'un baiser, et s'être vu trahi, pour comprendre ce qu'il entra de rage, de haine et de désespoir au cœur de Georges d'Estouteville, à l'aspect de sa maîtresse rieuse, de laquelle il reçut un regard froid et indifférent. Elle était là sans doute depuis longtemps, car elle avait les bras appuyés sur un coussin ; elle y était à son aise, et son vieillard paraissait content. Il riait aussi, le bossu maudit !

Quelques larmes s'échappèrent des yeux du jeune homme ; mais, quand Marie de Saint-Vallier le vit pleurant, elle se rejeta vivement en arrière. Puis les pleurs de Georges se séchèrent tout à coup, il entrevit les plumes noires et rouges du page qui lui était dévoué. Le comte ne s'aperçut pas de la venue de ce discret serviteur, qui marchait sur la pointe des pieds. Quand le page eut dit deux mots à l'oreille de sa maîtresse, Marie se remit à la fenêtre. Elle se déroba au perpétuel espionnage de son tyran, et lança sur Georges un regard où brillaient la finesse d'une femme qui trompe son Argus, le feu de l'amour et les joies de l'espérance.

« Je veille sur toi ! » Ce mot, crié par elle, n'eût pas exprimé autant de choses qu'en disait ce coup d'œil empreint de mille pensées et où éclataient les terreurs, les plaisirs, les dangers de leur situation mutuelle. C'était passer du ciel au martyre, et du martyre au ciel. Aussi, le jeune seigneur, léger, content, marcha-t-il gaiement au supplice, trouvant que les douleurs de la question ne paieraient pas encore les délices de son amour. Comme Tristan allait quitter la rue du Mûrier, ses gens s'arrêtèrent à l'aspect d'un officier des gardes écossaises qui accourait à bride abattue.

« Qu'y a-t-il? demanda le prévôt.

— Rien qui vous regarde, répondit dédaigneusement l'officier. Le roi m'envoie quérir le comte et la comtesse de Saint-Vallier, qu'il convie à dîner. »

À peine le grand-prévôt avait-il atteint la levée du Plessis, que le comte et sa femme, tous deux montés, elle sur une mule blanche, lui sur son cheval, et suivis de deux pages, rejoignirent les archers, afin d'entrer tous de compagnies au Plessis-lès-Tours. Tous allaient assez lentement, Georges était à pied, entre deux gardes, dont l'un le tenait toujours par sa lanière. Tristan, le comte et sa femme étaient naturellement en avant, et le criminel les suivait. Mêlé aux archers, le jeune page les questionnait, et parlait aussi parfois au prisonnier, de sorte qu'il saisit adroitement une occasion de lui dire à voix basse :

« J'ai sauté par-dessus les murs du jardin, et suis venu apporter au Plessis une lettre écrite au roi par Madame. Elle a pensé mourir en apprenant le vol dont vous êtes accusé… Ayez bon courage! elle va parler de vous. »

Déjà l'amour avait prêté sa force et sa ruse à la comtesse. Quand elle avait ri, son attitude et ses sourires étaient dus à cet héroïsme que déploient les femmes dans les grandes crises de leur vie.

Malgré la singulière fantaisie que l'auteur de *Quentin Durward* a eue de placer le château royal de Plessis-lès-Tours sur une hauteur, il faut se résoudre à le laisser où il était à cette époque, dans un fond, protégé de deux côtés par le Cher et la Loire; puis par le canal Sainte-Anne, ainsi

nommé par Louis XI en l'honneur de sa fille chérie, Mme
de Beaujeu. En réunissant les deux rivières entre la ville de
Tours et le Plessis, ce canal donnait tout à la fois une redoutable fortification au château fort et une route précieuse au commerce. Du côté du Bréhémont, vaste et
fertile plaine, le parc était défendu par un fossé dont les
vestiges accusent encore aujourd'hui la largeur et la profondeur énormes. À une époque où le pouvoir de l'artillerie était à sa naissance, la position du Plessis, dès
longtemps choisie par Louis XI pour sa retraite, pouvait
alors être regardée comme inexpugnable. Le château, bâti
de briques et de pierres, n'avait rien de remarquable ; mais
il était entouré de beaux ombrages ; et de ses fenêtres, on
découvrait par les percées du parc (*plexitium*) les plus
beaux points de vue du monde. Du reste, nulle maison rivale ne s'élevait auprès de ce château solitaire, placé précisément au centre de la petite plaine réservée au roi par
quatre redoutables enceintes d'eau. S'il faut en croire les
traditions, Louis XI occupait l'aile occidentale, et, de sa
chambre, il pouvait voir, tout à la fois le cours de la Loire,
de l'autre côté du fleuve, la jolie vallée qu'arrose la Choi-
sille et une partie des coteaux de Saint-Cyr ; puis, par les
croisées qui donnaient sur la cour, il embrassait l'entrée de
sa forteresse et la levée par laquelle il avait joint sa demeure
favorite à la ville de Tours. Le caractère défiant de ce monarque donne de la solidité à ces conjectures. D'ailleurs, si
Louis XI eût répandu dans la construction de son château
le luxe d'architecture que, plus tard, déploya François Ier à
Chambord, la demeure des rois de France eût été pour
toujours acquise à le Touraine. Il suffit d'aller voir cette ad-

mirable position et ses magiques aspects pour être convaincu de sa supériorité sur tous les sites des autres maisons royales.

Louis XI, arrivé à la cinquante-septième année de son âge, avait alors à peine trois ans à vivre, il sentait déjà les approches de la mort aux coups que lui portait la maladie. Délivré de ses ennemis, sur le point d'augmenter la France de toutes les possessions des ducs de Bourgogne, à la faveur d'un mariage entre le dauphin et Marie, héritière de Bourgogne, ménagé par les soins de Desquerdes, le commandant de ses troupes en Flandres ; ayant établi son autorité partout, méditant les plus heureuses améliorations, il voyait le temps lui échapper, et n'avait plus que les malheurs de son âge. Trompé par tout le monde, même par ses créatures, l'expérience avait encore augmenté sa défiance naturelle. Le désir de vivre devenait en lui l'égoïsme d'un roi qui s'était incarné à son peuple, et il voulait prolonger sa vie pour achever de vastes desseins. Tout ce que le bon sens des publicistes et le génie des révolutions a introduit de changements dans la monarchie, Louis XI le pensa. L'unité de l'impôt, l'égalité des sujets devant la loi (alors, le prince était la loi), furent l'objet de ses tentatives hardies.

La veille de la Toussaint, il avait mandé de savants orfèvres afin d'établir en France l'unité des mesures et des poids, comme il y avait établi déjà l'unité du pouvoir. Ainsi, cet esprit immense planait en aigle sur tout l'empire, et Louis XI joignait alors à toutes les précautions du roi les bizarreries naturelles aux hommes d'une haute portée. À aucune époque, cette grande figure n'a été ni plus poétique ni plus belle. Assemblage inouï de contrastes ! un grand pouvoir dans un corps débile, un esprit incrédule aux choses d'ici-bas, crédule aux pratiques religieuses un homme luttant avec deux puissances plus fortes que les siennes, le présent et l'avenir ; l'avenir, où il redoutait de rencontrer des tourments, et qui lui faisait faire tant de sacrifices à l'Église ; le présent, ou sa vie elle-même, au nom de laquelle il obéissait à Coyctier. Ce roi, qui écrasait tout, était écrasé par des remords, et plus encore par la maladie, au milieu de toute la poésie qui s'attache aux rois soupçonneux, en qui le pouvoir s'est résumé. C'était le combat gigantesque et toujours magnifique de l'homme, dans la plus haute expression de ses forces, joutant contre la nature.

En attendant l'heure fixée pour son dîner, repas qui se faisait à cette époque entre onze heures et midi, Louis XI, revenu d'une courte promenade, était assis dans une grande chaire de tapisserie, au coin de la cheminée de sa chambre. Olivier le Daim et le médecin Coyctier se regardaient tous deux sans mot dire et restaient debout dans l'embrasure d'une fenêtre, en respectant le sommeil de leur maître. Le seul bruit que l'on entendit était celui que faisaient, en se promenant dans la première salle, deux chambellans de service, le sire de Montrésor, et Jean Dufou, sire de Montbazon. Ces deux seigneurs tourangeaux regardaient le capitaine des Écossais, probablement endormi dans son fauteuil, suivant son habitude. Le roi paraissait assoupi. Sa tête était penchée sur sa poitrine ; son bonnet, avancé sur le front, lui cachait presque entièrement les yeux. Ainsi posé dans la haute chaire surmontée d'une couronne royale, il semblait ramassé comme un homme qui s'est endormi au milieu de quelque méditation.

En ce moment, Tristan et son cortège passaient sur le pont Sainte-Anne, qui se trouvait à deux cents pas de l'entrée du Plessis, sur le canal.

« Qui est-ce ? » dit le roi.

Les deux courtisans s'interrogèrent par un regard, avec surprise.

« Il rêve, dit tout bas Coyctier.

— Pasques-Dieu ! reprit Louis XI, me croyez-vous fou ? Il passe du monde sur le pont. Il est vrai que je suis près de la cheminée et que je dois en entendre le bruit plus facilement que vous autres. Cet effet de la nature pourrait s'utiliser…

— Quel homme ! » dit le Daim.

Louis XI se leva, alla vers celle de ses croisées par laquelle il pouvait voir la ville : alors il aperçut le grand prévôt, et dit : « Ah ! ah ! voici mon compère avec son voleur. Voilà de plus ma petite Marie de Saint-Vallier. J'ai oublié toute cette affaire. Olivier, reprit-il en s'adressant au barbier, va dire à M. de Montbazon qu'il nous fasse servir du bon vin de Bourgueil à table ; vois à ce que le cuisinier ne nous manque pas la lamproie : c'est deux choses que Mme la comtesse aime beaucoup.

— Puis-je manger de la lamproie ? » ajouta-t-il après une pause en regardant Coyctier d'un air inquiet.

Pour toute réponse, le serviteur se mit à examiner le visage de son maître. Ces deux hommes étaient à eux seuls un tableau.

Les romanciers et l'histoire ont consacré le surtout de camelot brun et le haut-de-chausses de même étoffe que portait Louis XI. Son bonnet garni de médailles en plomb et son collier de l'ordre de Saint-Michel ne sont pas moins célèbres : mais aucun écrivain, nul peintre n'a représenté la figure de ce terrible monarque à ses derniers moments ; figure maladive, creusée, jaune et brune, dont tous les traits exprimaient une ruse amère, une ironie froide. Il y avait dans ce masque un front de grand homme, front sillonné de rides et chargé de hautes pensées ; puis, dans ses joues et sur ses lèvres, je ne sais quoi de vulgaire et de commun. À voir certains détails de cette physionomie, vous eussiez dit un vieux vigneron débauché, un commerçant avare ; mais, à travers ces ressemblances vagues et la décrépitude d'un vieillard mourant, le roi, l'homme de pouvoir et d'action, dominait. Ses yeux, d'un jaune clair, paraissaient éteints ; mais une étincelle de courage et de colère y couvait, et, au moindre choc, il pouvait en jaillir des flammes à tout embraser. Le médecin était un gros bourgeois, vêtu de noir, à face fleurie, tranchant, avide, et faisant l'important. Ces deux personnages avaient pour cadre une chambre boisée en noyer, tapissée en tissus de haute lisse de Flandre, et dont le plafond, formé de solives sculptées, était déjà noirci par la fumée. Les meubles, le lit, tout incrustés d'arabesques en étain, paraîtraient aujourd'hui plus précieux peut-être qu'ils ne l'étaient réellement à cette époque, où les arts commençaient à produire tant de chefs-d'œuvre.

« La lamproie ne vous vaut rien », répondit le *physicien*.

Ce nom, récemment substitué à celui de *maître myrrhe*, est resté aux docteurs en Angleterre. Le titre était alors donné partout aux médecins.

« Et que mangerai-je ? demanda humblement le roi.

— De la macreuse au sel. Autrement, vous avez tant de bile en mouvement, que vous pourriez mourir le jour des Morts.

— Aujourd'hui! s'écria le roi, frappé de terreur.

— Eh! sire, rassurez-vous, reprit Coyctier, je suis là. Tâchez de ne point vous tourmenter, et voyez à vous égayer.

— Ah! dit le roi, ma fille réussissait jadis à ce métier difficile. »

Là-dessus, Imbert de Bastarnay, sire de Montrésor et de Bridoré, frappa doucement à l'huis royal. Sur le permis du roi, il entra pour lui annoncer le comte et la comtesse de Saint-Vallier. Louis XI fit un signe. Marie parut, suivie de son vieil époux, qui la laissa passer la première.

« Bonjour, mes enfants, dit le roi.

— Sire, répondit à voix basse la dame en l'embrassant, je voudrais vous parler en secret. »

Louis XI n'eut pas l'air d'avoir entendu. Il se tourna vers la porte et cria d'une voix creuse :

« Holà, Dufou! »

Dufou, seigneur de Montbazon et, de plus, grand échanson de France, vint en grande hâte.

« Va voir le maître d'hôtel, il me faut une macreuse à manger. Puis tu iras chez Mme de Beaujeu lui dire que je veux dîner seul aujourd'hui. Savez-vous, madame, reprit le roi en feignant d'être un peu en colère, que vous me négligez? Voici trois ans bientôt que je ne vous ai vue. Allons, venez là, mignonne, ajouta-t-il en s'asseyant et lui tendant les bras. Vous êtes bien maigrie! Et pourquoi la maigrissez-vous? » demanda brusquement Louis XI au sieur de Poitiers.

Le jaloux jeta un regard si craintif à sa femme, qu'elle en eut presque pitié.

« Le bonheur, sire, répondit-il.

— Ah! vous vous aimez trop, dit le roi, qui tenait sa fille droit entre ses genoux. Allons, je vois que j'avais raison en te nommant Marie-pleine-de-grâce. Coyctier, laissez-nous! Que me voulez-vous? dit-il à sa fille au moment où le médecin s'en alla. Pour m'avoir envoyé votre... »

Dans ce danger, Marie mit hardiment sa main sur la bouche du roi, en lui disant à l'oreille :

« Je vous croyais toujours discret et pénétrant...

— Saint-Vallier, dit le roi en riant, je crois que Bridoré veut t'entretenir de quelque chose. »

Le comte sortit; mais il fit un geste d'épaule, bien connu de sa femme, qui devina les pensées du terrible jaloux, et jugea qu'elle devait en prévenir les mauvais desseins.

« Dis-moi, mon enfant, comment me trouves-tu? Hein! suis-je bien changé?

— En-da, sire, voulez-vous la vraie vérité? ou voulez-vous que je vous trompe?

— Non, dit-il à voix basse j'ai besoin de savoir où j'en suis.

— En ce cas, vous avez aujourd'hui bien mauvais visage. Mais que ma véracité ne nuise pas au succès de mon affaire.

— Quelle est-elle? dit le roi en fronçant les sourcils et promenant une des mains sur son front.

— Eh bien! sire, répondit-elle, le jeune homme que

vous avez fait arrêter chez votre argentier Cornélius, et qui se trouve en ce moment livré à votre grand prévôt, est innocent du vol des joyaux du duc de Bavière.

— Comment sais-tu cela ? » reprit le roi.

Marie baissa la tête et rougit.

« Il ne faut pas demander s'il y a de l'amour là-dessous, dit Louis XI en relevant avec douceur la tête de sa fille et en en caressant le menton. Si tu ne te confesses pas tous les matins, fillette, tu iras en enfer.

— Ne pouvez-vous m'obliger sans violer mes secrètes pensées ?

— Où serait le plaisir ? s'écria le roi en voyant dans cette affaire un sujet d'amusement.

— Ah ! voulez-vous que votre plaisir me coûte des chagrins ?

— Oh ! rusée, n'as-tu pas confiance en moi ?

— Alors, sire, faites mettre ce gentilhomme en liberté.

— Ah ! c'est un gentilhomme, s'écria le roi. Ce n'est donc pas un apprenti ?

— C'est bien sûrement un innocent, répondit-elle.

— Je ne vois pas ainsi, dit froidement le roi. Je suis le grand justicier de mon royaume, et dois punir les malfaiteurs…

— Allons, ne faites pas votre mine soucieuse, et donnez-moi la vie de ce jeune homme !

— Ne serait-ce pas reprendre ton bien ?

— Sire, dit-elle, je suis sage et vertueuse ! Vous vous moquez…

— Alors, dit Louis XI, comme je ne comprends rien à toute cette affaire, laissons Tristan l'éclaircir… »

Marie de Sassenage pâlit, elle fit un violent effort et s'écria : « Sire, je vous assure que vous serez au désespoir de ceci. Le prétendu coupable n'a rien volé. Si vous m'accordez sa grâce, je vous révélerai tout, dussiez-vous me punir.

— Oh! oh! ceci devient sérieux! fit Louis XI en mettant son bonnet de côté. Parle, ma fille.

— Eh! bien, reprit-elle à voix basse, en mettant ses lèvres à l'oreille de son père, ce gentilhomme est resté chez moi pendant toute la nuit.

— Il a bien pu tout ensemble aller chez toi et voler Cornélius, c'est rober deux fois…

— Sire, j'ai de votre sang dans les veines, et ne suis pas faite pour aimer un truand. Ce gentilhomme est neveu du capitaine général de vos arbalétriers.

— Allons donc! dit le roi. Tu es bien difficile à confesser. »

À ces mots, Louis XI jeta sa fille loin de lui, toute tremblante, courut à la porte de sa chambre, mais sur la pointe du pied, et de manière à ne faire aucun bruit.

Depuis un moment, le jour d'une croisée de l'autre salle qui éclairait le dessous de l'huisserie lui avait permis de voir l'ombre des pieds d'un curieux projetée dans sa chambre. Il ouvrit brusquement l'huis garni de ferrures, et surprit le comte de Saint-Vallier aux écoutes.

« Pasques-Dieu! s'écria-t-il, voici une hardiesse qui mérite la hache.

— Sire, répliqua fièrement Saint-Vallier, j'aime mieux un coup de hache à la tête que l'ornement du mariage à mon front.

— Vous pouvez avoir l'un et l'autre, dit Louis XI. Nul de vous n'est exempt de ces deux infirmités, messieurs. Retirez-vous dans l'autre salle. Conyngham, reprit le roi en s'adressant à son capitaine des gardes, vous dormiez? Où donc est M. de Bridoré?... Vous me laissez approcher ainsi?... Pasques-Dieu! le dernier bourgeois de Tours est mieux servi que je ne le suis... »

Ayant ainsi grondé, Louis rentra dans sa chambre; mais il eut soin de tirer la portière en tapisserie qui formait en dedans une seconde porte destinée à étouffer moins le sifflement de la bise que le bruit des paroles du roi.

« Ainsi, ma fille, reprit-il en prenant plaisir à jouer avec elle comme un chat joue avec la souris qu'il a saisie, hier, Georges d'Estouteville a été ton galant.

— Oh! non, sire.

— Non! Ah! par saint Carpion! il mérite la mort!... Le drôle n'a pas trouvé ma fille assez belle, peut-être!

— Oh! n'est-ce que cela? dit-elle. Je vous assure qu'il m'a baisé les pieds et les mains avec une ardeur par laquelle la plus vertueuse de toutes les femmes eût été attendrie. Il m'aime en tout bien, tout honneur.

— Tu me prends donc pour Saint Louis, en pensant que je croirai de telles sornettes? Un jeune gars tourné comme lui aurait risqué sa vie pour baiser tes patins ou tes manches? À d'autres!...

— Oh! sire, cela est vrai. Mais il venait aussi pour un autre motif... »

À ces mots, Marie sentit qu'elle avait risqué la vie de son mari, car aussitôt Louis XI demanda vivement : « Et pour quoi? »

Cette aventure l'amusait infiniment. Certes, il ne s'attendait pas aux étranges confidences que sa fille finit par lui faire, après avoir stipulé le pardon de son mari.

« Ah! ah! monsieur de Saint-Vallier, vous versez ainsi le sang royal, s'écria le roi dont les yeux s'allumèrent de courroux. »

En ce moment, la cloche du Plessis sonna le service du roi. Appuyé sur le bras de sa fille, Louis XI se montra, les sourcils contractés, sur le seuil de sa porte, et trouva tous ses serviteurs sous les armes. Il jeta un regard douteux sur le comte de Saint-Vallier, en pensant à l'arrêt qu'il allait prononcer sur lui. Le profond silence qui régnait fut alors interrompu par les pas de Tristan, qui montait le grand escalier. Il vint jusque dans la salle, et, s'avançant vers le roi :

« Sire, l'affaire est toisée.

— Quoi! tout est achevé? dit le roi.

— Notre homme est entre les mains des religieux. Il a fini par avouer le vol, après un moment de question.

La comtesse poussa un soupir, pâlit, ne trouva même pas de voix, et regarda le roi. Ce coup d'œil fut saisi par Saint-Vallier, qui dit à voix basse : « Je suis trahi, le voleur est de la connaissance de ma femme.

— Silence! s'écria le roi. Il se trouve ici quelqu'un qui veut me lasser. Va vite surseoir à cette exécution, reprit-il en s'adressant au grand prévôt. Tu me réponds du criminel corps pour corps, mon compère! Cette affaire veut être mieux distillée, et je m'en réserve la connaissance. Mets provisoirement le coupable en liberté! Je saurai le retrouver; ces voleurs ont des retraites qu'ils aiment, des terriers où ils se blottissent. Fais savoir à Cornélius que j'irai chez lui, dès ce soir, pour instruire moi-même le procès. Monsieur de Saint-Vallier, dit le roi en regardant fixement le comte, j'ai de vos nouvelles. Tout votre sang ne saurait payer une goutte du mien, le savez-vous? Par Notre-Dame de Cléry! vous avez commis des crimes de lèse-majesté. Vous ai-je donné si gentille femme pour la rendre pâle et bréhaigne? En-da, rentrez chez vous de ce pas. et y allez faire vos apprêts pour un long voyage. »

Le roi s'arrêta sur ces mots par une habitude de cruauté; puis il ajouta :

« Vous partirez ce soir pour voir à ménager mes affaires avec Messieurs de Venise. Soyez sans inquiétude, je ramènerai votre femme ce soir en son château du Plessis; elle y sera, certes, en sûreté. Désormais, je veillerai sur elle mieux que je n'ai fait depuis votre mariage. »

En entendant ces mots, Marie pressa silencieusement le bras de son père, comme pour le remercier de sa clémence et de sa belle humeur.

Quant à Louis XI, il se divertissait sous cape.

IV

Le trésor inconnu

Louis XI aimait beaucoup à intervenir dans les affaires de ses sujets, et mêlait volontiers la majesté royale aux scènes de la vie bourgeoise. Ce goût, sévèrement blâmé par quelques historiens, n'était cependant que la passion de l'incognito, l'un des plus grands plaisirs des princes, espèce d'abdication momentanée qui leur permet de mettre un peu de vie commune dans leur existence affadie, par le défaut d'oppositions ; seulement, Louis XI jouait l'incognito à découvert. En ces sortes de rencontres, il était d'ailleurs bon homme, et s'efforçait de plaire aux gens du tiers état, desquels il avait fait ses alliés contre la féodalité. Depuis longtemps, il n'avait pas trouvé l'occasion de se faire peuple, et d'épouser les intérêts domestiques d'un homme *engarrié* dans quelque affaire processive (vieux mot encore en usage à Tours), de sorte qu'il endossa passionnément les inquiétudes de maître Cornélius et les chagrins secrets de la comtesse de Saint-Vallier. À plusieurs reprises, pendant le dîner, il dit à sa fille :

« Mais qui donc a pu voler mon compère ? Voilà des larcins qui montent à plus de douze cent mille écus depuis huit ans. Douze cent mille écus, messieurs, reprit-il en regardant les seigneurs qui le servaient. Notre-Dame ! avec cette somme on aurait bien des absolutions en cour de Rome. J'aurais pu, Pasques-Dieu ! encaisser la Loire, ou mieux, conquérir le Piémont, une belle fortification toute faite pour notre royaume. » Le dîner fini, Louis XI emmena sa fille, son médecin, le grand prévôt, et, suivi d'une escorte de gens d'armes, vint à l'hôtel de Poitiers, où il trouva encore, suivant ses présomptions, le sire de Saint-Vallier qui attendait sa femme, peut-être pour s'en défaire.

« Monsieur, lui dit le roi, je vous avais recommandé de partir plus vite. Dites adieu à votre femme, et gagnez la frontière ; vous aurez une escorte d'honneur. Quant à vos instructions et lettres de créances, elles seront à Venise avant vous. »

Louis XI donna l'ordre, non sans y joindre quelques instructions secrètes, à un lieutenant de la garde écossaise de prendre une escouade, et d'accompagner son ambassadeur jusqu'à Venise. Saint-Vallier partit en grande hâte, après avoir donné à sa femme un baiser froid qu'il aurait voulu pouvoir rendre mortel. Lorsque la comtesse fut rentrée chez elle, Louis XI vint à la Malemaison, fort empressé de dénouer la triste farce qui se jouait chez son compère le torçonnier, se flattant, en sa qualité de roi, d'avoir assez de perspicacité pour découvrir les secrets des voleurs. Cornélius ne vit pas sans quelque appréhension la compagnie de son maître.

« Est-ce que tous ces gens-là, lui dit-il à voix basse, seront de la cérémonie ? »

Louis XI ne put s'empêcher de sourire en voyant l'effroi de l'avare et de sa sœur.

« Non, mon compère, répondit-il, rassure-toi. Ils souperont avec nous dans mon logis, et nous serons seuls à faire l'enquête. Je suis si bon justicier, que je gage dix mille écus de te trouver le criminel.

— Trouvons-le, sire, et ne gageons pas. »

Aussitôt, ils allèrent dans le cabinet où le Lombard avait mis ses trésors. Là, Louis XI, s'étant fait montrer d'abord la layette où étaient les joyaux de l'électeur de Bavière, puis la cheminée par laquelle le prétendu voleur avait dû descendre, convainquit facilement le Brabançon de la fausseté de ses suppositions, attendu qu'il ne se trouvait point de suie dans l'âtre, où il se faisait, à vrai dire, rarement du feu ; nulle trace de route dans le tuyau ; et, de plus, la cheminée prenait naissance sur le toit, dans une partie presque inaccessible. Enfin, après deux heures de perquisitions empreintes de cette sagacité qui distinguait le génie méfiant de Louis XI, il lui fut évidemment démontré que personne n'avait pu s'introduire dans le trésor de son compère. Aucune marque de violence n'existait ni dans l'intérieur des serrures, ni sur les coffres de fer où se trouvaient l'or, l'argent et les gages précieux donnés par de riches débiteurs.

« Si le voleur a ouvert cette layette, dit Louis XI, pourquoi n'a-t-il pris que les joyaux de Bavière ? Pour quelle raison a-t-il respecté ce collier de perles ?... Singulier truand ! »

À cette réflexion, le pauvre torçonnier blêmit; le roi et lui s'entre-regardèrent pendant un moment.

« Eh! bien, sire, qu'est donc venu faire ici le voleur que vous avez pris sous votre protection, et qui s'est promené pendant la nuit? demanda Cornélius.

— Si tu ne le devines pas, mon compère, je t'ordonne de toujours l'ignorer; c'est un de mes secrets.

— Alors le diable est chez moi », dit piteusement l'avare.

En toute autre circonstance, le roi eût peut-être ri de l'exclamation de son argentier; mais il était devenu pensif, et jetait sur maître Cornélius ces coups d'œil à traverser la tête qui sont si familiers aux hommes de talent et de pouvoir; aussi le Brabançon en fut-il effrayé, craignant d'avoir offensé son redoutable maître.

« Ange ou diable, je tiens les malfaiteurs, s'écria brusquement Louis XI. Si tu es volé cette nuit, je saurai dès demain par qui. Fais monter cette vieille guenon que tu nommes ta sœur », ajouta-t-il.

Cornélius hésita presque à laisser le roi tout seul dans la chambre où étaient ses trésors; mais il sortit, vaincu par la puissance du sourire amer qui errait sur les lèvres flétries de Louis XI. Cependant, malgré sa confiance, il revint promptement, suivi de la vieille.

« Avez-vous de la farine? demanda le roi.

— Oh! certes, nous avons fait notre provision pour l'hiver, répondit-elle.

— Eh bien! montez-la, dit le roi.

— Et que voulez-vous faire de notre farine, sire? » s'écria-t-elle effarée, sans être aucunement atteinte par la majesté royale, ressemblant en cela à toutes les personnes en proie à quelque violente passion.

« Vieille folle, veux-tu bien exécuter les ordres de notre gracieux maître ?, s'écria Cornélius. Le roi manque-t-il de farine ?

— Achetez donc de la belle farine ! dit-elle en grommelant dans les escaliers. Ah ! ma farine ! »

Elle revint et dit au roi :

« Sire, est-ce donc une royale idée que de vouloir examiner ma farine ? »

Enfin, elle reparut armée d'une de ces poches en toile qui, de temps immémorial, servent en Touraine à porter au marché ou à en rapporter les noix, les fruits et le blé. La poche était à moitié pleine de farine ; la ménagère l'ouvrit et la montra timidement au roi, sur qui elle jetait ces regards fauves et rapides par lesquels les vieilles filles semblent vouloir darder du venin sur les hommes.

« Elle vaut six sous la septérée…, dit-elle.

— Qu'importe, répondit le roi ; répandez-la sur le plancher. Surtout, ayez soin de l'y étaler de manière à produire une couche bien égale, comme s'il y était tombé de la neige. »

La vieille fille ne comprit pas. Cette proposition l'étonnait plus que n'eût fait la fin du monde.

« Ma farine, sire ! par terre… mais… »

Maître Cornélius, commençant à concevoir, mais vaguement, les intentions du roi, saisit la poche et la versa doucement sur le plancher. La vieille tressaillit, mais elle tendit la main pour reprendre la poche ; et, quand son frère la lui eut rendue, elle disparut en poussant un grand soupir. Cornélius prit un plumeau, commença par un côté du cabinet à étendre la farine qui produisait comme une nappe de neige, en se reculant à mesure, suivi du roi qui paraissait s'amuser beaucoup de cette opération. Quand ils arrivèrent à l'huis, Louis XI dit à son compère : « Existe-t-il deux clefs de la serrure ?

— Non, sire. »

Le roi regarda le mécanisme de la porte, qui était maintenue par de grandes plaques et par des barres en fer ; les pièces de cette armure aboutissaient toutes à une serrure à secret dont la clef était gardée par Cornélius.

Après avoir tout examiné, Louis XI fit venir Tristan, il lui dit d'aposter à la nuit quelques-uns de ses gens d'armes, dans le plus grand secret, soit sur les mûriers de la levée, soit sur les chéneaux des hôtels voisins, et de rassembler toute son escorte pour se rendre au Plessis, afin de faire croire qu'il ne souperait pas chez maître Cornélius ; puis il recommanda sur toute chose à l'avare de fermer assez exactement ses croisées pour qu'il ne s'en échappât aucun rayon de lumière, et de préparer un festin sommaire, afin de ne pas donner lieu de penser qu'il le logeât pendant cette nuit. Le roi partit en cérémonie par la levée, et rentra secrètement, lui le troisième, par la porte du rempart, chez son compère le torçonnier. Tout fut si bien disposé, que les voisins, les gens de ville et de cour pensèrent que le roi était retourné par fantaisie au Plessis, et devait revenir le lendemain soir souper chez son argentier. La sœur de Cornélius confirma cette croyance en achetant de la sauce verte à la boutique du bon faiseur, qui demeurait près du *quarroir aux herbes*, appelé depuis le *carroir de Beaune*, à cause de la magnifique fontaine en marbre blanc que le malheureux Semblançay (Jacques de Beaune) fit venir d'Italie pour orner la capitale de sa patrie.

Vers les huit heures du soir, au moment où le roi soupait en compagnie de son médecin, de Cornélius et du capitaine de sa garde écossaise, disant de joyeux propos, et oubliant qu'il était Louis XI malade et presque mort, le plus profond silence régnait au-dehors, et les passants, un voleur même, auraient pu prendre la Malemaison pour quelque maison inhabitée.

« J'espère, dit le roi en souriant, que mon compère sera volé cette nuit, pour que ma curiosité soit satisfaite. Or ça, messieurs, que nul ici ne sorte de sa chambre demain sans mon ordre, sous peine de quelque grième pénitence. »

Là-dessus, chacun se coucha. Le lendemain matin, Louis XI sortit le premier de son appartement, et se dirigea vers le trésor de Cornélius ; mais il ne fut pas médiocrement étonné en apercevant les marques d'un large pied semées par les escaliers et les corridors de la maison. Respectant avec soin ces précieuses empreintes, il alla vers la porte du cabinet aux écus, et la trouva fermée, sans aucune trace de fracture. Il étudia la direction des pas, mais, comme ils étaient graduellement plus faibles et finissaient par ne plus laisser le moindre vestige, il lui fut impossible de découvrir par où s'était enfui le voleur.

« Ah ! mon compère, cria le roi à Cornélius, tu as été bel et bien volé. »

À ces mots, le vieux Brabançon sortit, en proie à une visible épouvante. Louis XI le mena voir les pas tracés sur les planchers ; et, tout en les examinant derechef, le roi, ayant regardé par hasard les pantoufles de l'avare, reconnut le type de la semelle, dont tant d'exemplaires étaient gravés sur les dalles. Il ne dit mot, et retint son rire, en pensant à tous les innocents qui avaient été pendus. L'avare alla promptement à son trésor. Le roi, lui ayant commandé de faire avec son pied une nouvelle marque auprès de celles qui existaient déjà, le convainquit que le voleur n'était autre que lui-même.

« Le collier de perles me manque, s'écria Cornélius. Il y a de la sorcellerie là-dessous. Je ne suis pas sorti de ma chambre...

— Nous allons le savoir au plus tôt, dit le roi, que la visible bonne foi de son argentier rendit encore plus pensif. »

Aussitôt, il fit venir dans son appartement les gens d'armes de guette, et leur demanda : « Or çà, qu'avez-vous vu pendant la nuit ?

— Ah ! sire, un spectacle de magie ! dit le lieutenant. Monsieur votre argentier a descendu comme un chat le long des murs, et si lestement, que nous avons cru d'abord que c'était une ombre.

— Moi ! cria Cornélius, qui, après ce mot, resta debout et silencieux, comme un homme perclus de ses membres.

— Allez-vous-en, vous autres, reprit le roi en s'adressant aux archers, et dites à MM. Conyngham, Coyctier, Bridoré, ainsi qu'à Tristan, qu'ils peuvent sortir de leurs lits et venir céans.

— Tu as encouru la peine de mort, dit froidement Louis XI au Brabançon, qui heureusement ne l'entendit pas, tu en as au moins dix sur la conscience, toi ! »

Là, Louis XI laissa échapper un rire muet, et fit une

pause : « Mais, rassure-toi, reprit-il en remarquant la pâleur étrange répandue sur le visage de l'avare, tu es meilleur à saigner qu'à tuer ! Et, moyennant quelque bonne grosse amende au profit de mon épargne, tu te tireras des griffes de ma justice ; mais, si tu ne fais pas bâtir au moins une chapelle en l'honneur de la Vierge, tu es en passe de te bailler des affaires graves et chaudes pendant toute l'éternité.

— Douze cent trente et quatre-vingt-sept mille écus, répondit machinalement Cornélius, absorbé dans ses calculs. Treize cent dix-sept mille écus de détournés !

— Il les aura enfouis dans quelque retrait, dit le roi, qui commençait à trouver la somme royalement belle. Voilà l'aimant qui l'attirait toujours ici : il sentait son trésor. »

Là-dessus, Coyctier entra. Voyant l'attitude de Cornélius, il l'observa savamment pendant que le roi lui racontait l'aventure.

« Sire, répondit le médecin, rien n'est surnaturel en cette affaire. Notre torçonnier a la propriété de marcher pendant son sommeil. Voici le troisième exemple que je rencontre de cette singulière maladie. Si vous vouliez vous donner le plaisir d'être témoin de ses effets, vous pourriez voir ce vieillard aller sans danger au bord des toits, à la première nuit où il sera pris par un accès. J'ai remarqué, dans les deux hommes que j'ai déjà observés, des liaisons curieuses entre les affections de cette vie nocturne et leurs affaires, ou leurs occupations du jour.

— Ah ! maître Coyctier, tu es savant.

— Ne suis-je pas votre médecin ? » dit insolemment le physicien.

À cette réponse, Louis XI laissa échapper le geste qu'il lui était familier de faire lorsqu'il rencontrait une bonne idée, et qui consistait à rehausser vivement son bonnet.

« Dans cette occurrence, reprit Coyctier en continuant, les gens font leurs affaires en dormant. Comme celui-ci ne hait pas de thésauriser, il se sera livré tout doucement à sa plus chère habitude. Aussi a-t-il dû avoir des accès toutes les fois qu'il a pu concevoir pendant la journée des craintes pour ses trésors.

— Pasque-Dieu ! quel trésor ! s'écria le roi.

— Où est-il ? demanda Cornélius, qui, par un singulier privilège de notre nature, entendait les propos du médecin et du roi, tout en restant presque engourdi par ses idées et par son malheur.

— Ah ! reprit Coyctier avec un gros rire diabolique, les noctambules n'ont au réveil aucun souvenir de leurs faits et gestes…

— Laissez-nous », dit le roi.

Quand Louis XI fut seul avec son compère, il le regarda en ricanant à froid.

« Messire Hoogworst, ajouta-t-il en s'inclinant, tous les trésors enfouis en France sont au roi.

— Oui, sire, tout est à vous, et vous êtes le maître absolu de nos vies et de nos fortunes ; mais, jusqu'à présent, vous avez eu la clémence de ne prendre que ce qui vous était nécessaire.

— Écoute, mon compère : si je t'aide à retrouver ce trésor, tu peux hardiment et sans crainte en faire le partage avec moi.

— Non, sire, je ne veux pas le partager, mais vous

l'offrir tout entier, après ma mort. Mais quel est votre expédient?

— Je n'aurai qu'à t'épier moi-même pendant que tu feras tes courses nocturnes. Un autre que moi serait à craindre.

— Ah! sire, reprit Cornélius en se jetant aux pieds de Louis XI, vous êtes le seul homme du royaume à qui je voudrais me confier pour cet office, et je saurai bien vous prouver ma reconnaissance pour la bonté dont vous usez envers votre serviteur, en m'employant de mes quatre fers au mariage de l'héritière de Bourgogne avec monseigneur. Voilà un beau trésor, non plus d'écus, mais de domaines, qui saura rendre votre couronne toute ronde.

— La la, Flamand, tu me trompes, dit le roi en fronçant les sourcils, ou tu m'as mal servi.

— Comment, sire, pouvez-vous douter de mon dévouement, vous qui êtes le seul homme que j'aime?

— Paroles que ceci, reprit le roi en envisageant le Brabançon. Tu ne devais pas attendre cette occasion pour m'être utile. Tu me vends ta protection, Pasques-Dieu! à moi Louis le Onzième. Est-ce toi qui es le maître, et suis-je donc le serviteur?

— Ah! sire, répliqua le vieux torçonnier, je voulais vous surprendre agréablement par la nouvelle des intelligences que je vous ai ménagées avec ceux de Gand; et j'en attendais la confirmation par l'apprenti d'Oosterlinck. Mais qu'est-il devenu?

— Assez! dit le roi. Nouvelle faute. Je n'aime pas qu'on se mêle, malgré moi, de mes affaires. Assez! je veux réfléchir à tout ceci. »

Maître Cornélius retrouva l'agilité de la jeunesse pour courir à la salle basse, où était sa sœur.

« Ah ! Jeanne, ma chère âme, nous avons ici un trésor où j'ai mis les treize cent mille écus ! Et c'est moi, moi qui suis le voleur. »

Jeanne Hoogworst se leva de son escabelle, et se dressa sur ses pieds comme si le siège qu'elle quittait eût été de fer rouge. Cette secousse était si violente pour une vieille fille accoutumée depuis longues années à s'exténuer par des jeûnes volontaires, qu'elle tressaillit de tous ses membres et ressentit une horrible douleur dans le dos. Elle pâlit par degrés, et sa face, dont il était si difficile de déchiffrer les altérations parmi les rides, se décomposa pendant que son frère lui expliquait et la maladie don il était la victime, et l'étrange situation dans laquelle ils se trouvaient tous deux.

« Nous venons, Louis XI et moi, dit-il en finissant, de nous mentir l'un à l'autre comme deux marchands de myrobolan. Tu comprends, mon enfant, que, s'il me suivait, il aurait à lui seul le secret du trésor. Le roi seul au monde peut épier mes courses nocturnes. Je ne sais si la conscience du roi, tout près qu'il est de la mort, pourrait résister, dénicher les merles, envoyer tous nos trésors à Gand ; et toi seule... »

Cornélius s'arrêta soudain, en ayant l'air de peser le cœur de ce souverain, qui rêvait déjà le parricide à vingt-deux ans. Lorsque l'argentier eut jugé Louis XI, il se leva brusquement, comme un homme pressé de fuir un danger. À ce mouvement, sa sœur, trop faible ou trop forte pour une telle crise, tomba raide ; elle était morte... Maître Cornélius saisit sa sœur, la remua violemment, en lui disant :

« Il ne s'agit pas de mourir. Après, tu en auras tout le temps… Oh! c'est fini. La vieille guenon n'a jamais rien su faire à propos. »

Il lui ferma les yeux et la coucha sur le plancher; mais alors il revint à tous les sentiments nobles et bons qui étaient dans le plus profond de son âme, et, oubliant à demi son trésor inconnu :

« Ma pauvre compagne, s'écria-t-il douloureusement, je t'ai donc perdue, toi qui me comprenais si bien! Oh! tu étais un vrai trésor. Le voilà, le trésor. Avec toi, s'en vont ma tranquillité, mes affections. Si tu avais su quel profit il y avait à vivre seulement encore deux nuits, tu ne serais pas morte, uniquement pour me plaire, pauvre petite!… Hé! Jeanne, treize cent dix-sept mille écus! Ah! si cela ne te réveille pas… Non…; elle est morte! »

Là-dessus, il s'assit, ne dit plus rien; mais deux grosses larmes sortirent de ses yeux et roulèrent dans ses joues creuses; puis, en laissant échapper plusieurs « Ah! ah! » il ferma la salle et remonta chez toi. Louis XI fut frappé par la douleur empreinte dans les traits mouillés de son vieil ami.

« Qu'est ceci? demanda-t-il.

— Ah! sire, un malheur n'arrive jamais seul. Ma sœur est morte. Elle me précède là-dessous, dit-il en montrant le plancher par un geste effrayant.

— Assez! s'écria Louis XI qui n'aimait pas à entendre parler de la mort.

— Je vous fais mon héritier… Je ne tiens plus à rien. Voilà mes clefs. Pendez-moi, si c'est votre bon plaisir, prenez tout, fouillez la maison, elle est pleine d'or. Je vous donne tout…

— Allons, compère, reprit Louis XI, qui fut à demi attendri par le spectacle de cette étrange peine, nous retrouverons le trésor par quelque belle nuit, et la vue de tant de richesses te redonnera cœur à la vie. Je reviendrai cette semaine…

— Quand il vous plaira, sire! »

À cette réponse, Louis XI, qui avait fait quelques pas vers la porte de sa chambre, se retourna brusquement. Alors, ces deux hommes se regardèrent l'un l'autre avec une expression que ni le pinceau ni la parole ne peuvent reproduire.

« Adieu, mon compère! dit enfin Louis XI d'une voix brève et en redressant son bonnet.

— Que Dieu et la Vierge vous conservent leurs bonnes grâces! » répondit humblement le torçonnier en reconduisant le roi.

Après une si longue amitié, ces deux hommes trouvaient entre eux une barrière élevée par la défiance et par l'argent, lorsqu'ils s'étaient toujours entendus en fait d'argent et de défiance; mais ils se connaissaient si bien, ils avaient tous deux une telle habitude l'un de l'autre, que le roi devait deviner, par l'accent dont Cornélius prononça l'imprudent « Quand il vous plaira, sire! » la répugnance que sa visite causerait désormais à l'argentier, comme celui-ci reconnut une déclaration de guerre dans l'« Adieu, mon compère! » dit par le roi. Aussi, Louis XI et son torçonnier se quittèrent-ils bien embarrassés de la conduite qu'ils devaient tenir l'un envers l'autre. Le monarque possédait bien le secret du Brabançon; mais celui-ci pouvait aussi, par ses relations, assurer le succès de la plus belle conquête que jamais roi de France ait pu faire, celle des domaines appartenant à la maison de Bourgogne, et qui excitaient alors l'envie de tous les souverains de l'Europe. Le mariage de la célèbre Marie dépendait des gens de Gand et des Flamands, qui l'entouraient. L'or et l'influence de Cornélius devaient puissamment servir les négociations entamées par Desquerdes, le général auquel Louis XI avait confié le commandement de l'armée campée sur la frontière de Belgique. Ces deux maîtres renards étaient donc comme deux duellistes dont les forces auraient été neutralisées par le hasard. Aussi, soit que depuis cette matinée la santé de Louis XI eût empiré, soit que Cornélius eût contribué à faire venir en France Marie de Bourgogne, qui arriva effectivement à Amboise, au mois de juillet de l'année 1483, pour épouser le dauphin, auquel elle fut fiancée dans la chapelle du château, le roi ne leva point d'amende sur son argentier, aucune procédure n'eut lieu, mais ils restèrent l'un et l'autre dans les demi-mesures d'une amitié armée. Heureusement pour le torçonnier, le bruit se répandit à Tours que sa sœur était l'auteur des vols, et qu'elle avait été secrètement mise à mort par Tristan. Autrement, si la véritable histoire y eût été connue, la ville entière se serait ameutée pour détruire la Malemaison avant qu'il eût été possible au roi de la défendre. Mais, si toutes ces présomptions historiques ont quelque fondement relativement à l'inaction dans laquelle resta Louis XI, il n'en fut pas de même chez maître Cornélius Hoogworst. Le torçonnier passa les premiers jours qui suivirent cette fatale matinée dans une occupation continuelle. Semblable aux animaux carnassiers enfermés dans une cage, il allait et venait, flairant l'or à tous les coins de sa maison ; il en étudiait les crevasses, il en consultait les murs, redemandant son trésor aux arbres du jardin, aux fondations et aux toits des tourelles à la terre et au ciel. Souvent, il demeurait pendant des heures entières debout, jetant ses yeux sur tout à la fois, les plongeant dans le vide. Sollicitant les miracles de l'extase et la puissance des sorciers, il tâchait de voir ses richesses à travers les espaces et les obstacles. Il était constamment perdu dans une pensée accablante, dévoré par un désir qui lui brûlait les entrailles, mais rongé plus grièvement encore par les angoisses renaissantes du duel qu'il avait avec lui-même, depuis que sa passion pour l'or s'était tournée contre elle-même : espèce de suicide inachevé et celles de la mort. Jamais le vice ne s'était mieux étreint lui-même ; car l'avare, s'enfermant par imprudence dans le cachot souterrain où gît son or, a, comme Sardanapale, la jouissance de mourir au sein de sa fortune. Mais Cornélius, tout à la fois le voleur et le volé, n'ayant le secret ni de l'un ni de l'autre, possédait et ne possédait pas ses trésors : torture toute nouvelle, toute bizarre, mais continuellement terrible. Quelquefois, devenu presque oublieux, il laissait ouvertes les petites grilles de sa porte, et alors les passants pouvaient voir cet homme déjà desséché, planté sur ses deux jambes au milieu de son jardin inculte, y restant dans une immobilité complète, et jetant à ceux qui l'examinaient un regard fixe, dont la lueur insupportable les glaçait d'effroi. Si, par hasard, il allait dans les rues de Tours, vous eussiez dit d'un étranger : il ne savait jamais où il était, ni s'il faisait soleil ou clair de lune. Souvent, il demandait son chemin aux gens qui passaient, en se croyant à Gand, et semblait toujours en quête de son bien perdu. L'idée la plus vivace et la mieux matérialisé de toutes les idées humaines, l'idée par laquelle l'homme se représente lui-même en créant en dehors de lui cet être tout fictif, nommé la propriété, ce démon moral lui enfonçait à chaque instant ses griffes acérées dans le cœur. Puis, au milieu de ce supplice, la peur se dressait avec tous les sentiments qui lui servent de cortège. En effet, deux hommes avaient son secret, ce secret qu'il ne connaissait pas lui-même. Louis XI ou Coyctier pouvaient aposter des gens pour surveiller ses démarches pendant son sommeil, et deviner l'abîme ignoré dans lequel il avait jeté se richesses au milieu du sang de tant d'innocents ; car auprès de ses craintes veillait aussi le remords. Pour ne pas se laisser enlever, de son vivant, son trésor inconnu, il prit, pendant les premiers jours qui suivirent son désastre, les précautions les plus sévères contre son sommeil ; puis ses relations commerciales lui permirent de se procurer les antinarcotiques les plus puissants. Ses veilles durent être affreuses : il était seul aux prises avec la nuit, le silence, le remord, la peur, avec toutes les pensées que l'homme a le mieux personnifiées, instinctivement peut-être, obéissant ainsi à une vérité morale encore dénuée de preuves sensibles. Enfin, cet homme si puissant, ce cœur endormi par la vie politique et la vie commerciale, ce génie obscur dans l'histoire dut succomber aux horreurs du supplice qu'il s'était créé. Tué par quelques pensées plus aiguës que toutes celles auxquelles il avait résisté jusqu'alors, il se coupa la gorge avec un rasoir. Cette mort coïncida presque avec celle de Louis XI, en sorte que la Malemaison fut entièrement pillée par le peuple. Quelques anciens du pays de Touraine ont prétendu qu'un traitant, nommé Bohier, trouva le trésor du torçonnier, et s'en servit pour commencer les constructions de Chenonceaux, château merveilleux qui, malgré les richesses de plusieurs rois, le goût de Diane de Poitiers et celui de sa rivale Catherine de Médis pour les bâtiments, reste encore inachevé.

Heureusement pour Marie de Sassenage, le sire de Saint-Vallier mourut, comme on sait, dans son ambassade. Cette maison ne s'éteignit pas. La comtesse eut, après le départ du comte, un fils dont la destinée est fameuse dans notre histoire de France, sous le règne de Françoise Ier. Il fut sauvé par sa fille, la célèbre Diane de Poitiers, l'arrière-petite-fille illégitime de Louis XI, laquelle devint l'épouse illégitime, la maîtresse bien-aimée de Henri II ; car la bâtardise et l'amour furent héréditaires dans cette noble famille !

Au château de Saché, novembre et décembre 1831.

Facino Cane

Je demeurais alors dans une petite rue que vous ne connaissez sans doute pas, la rue de Lesdiguières : elle commence à la rue Saint-Antoine, en face d'une fontaine près de la place de la Bastille et débouche dans la rue de La Cerisaie. L'amour de la science m'avait jeté dans une mansarde où je travaillais pendant la nuit, et je passais le jour dans une bibliothèque voisine, celle de monsieur. Je vivais frugalement, j'avais accepté toutes les conditions de la vie monastique, si nécessaire aux travailleurs. Quand il faisait beau, à peine me promenais-je sur le boulevard Bourdon. Une seule passion m'entraînait en dehors de mes habitudes studieuses ; mais n'était-ce pas encore de l'étude ? J'allais observer les mœurs du faubourg, ses habitants et leurs caractères. Aussi mal vêtu que les ouvriers, indifférent au décorum, je ne les mettais point en garde contre moi ; je pouvais me mêler à leurs groupes, les voir concluant leurs marchés, et se disputant à l'heure où ils quittent le travail. Chez moi l'observation était déjà devenue intuitive, elle pénétrait l'âme sans négliger le corps ; ou plutôt elle saisissait si bien les détails extérieurs, qu'elle allait sur le champ au-delà ; elle me donnait la faculté de vivre de la vie de l'individu sur laquelle elle s'exerçait, en me permettant de me substituer à lui comme le derviche des *Mille et une Nuits* prenait le corps et l'âme des personnes sur lesquelles il prononçait certaines paroles.

Lorsque, entre onze heures et minuit, je rencontrais un ouvrier et sa femme revenant ensemble de l'Ambigu-Comique, je m'amusais à les suivre depuis le boulevard du Pont-aux-Choux jusqu'au boulevard Beaumarchais. Ces braves gens parlaient d'abord de la pièce qu'ils avaient vue ; de fil en aiguille, ils arrivaient à leurs affaires ; la mère tirait son enfant par la main, sans écouter ni ses plaintes ni ses demandes ; les deux époux comptaient l'argent qui leur serait payé le lendemain, ils le dépensaient de vingt manières différentes. C'était alors des détails de ménage, des doléances sur le prix excessif des pommes de terre, ou sur la longueur de l'hiver et le renchérissement des mottes, des représentations énergiques sur ce qui était dû au boulanger ; enfin des discussions qui s'envenimaient, et où chacun d'eux déployait son caractère en mots pittoresques. En entendant ces gens, je pouvais épouser leur vie, je me sentais leurs guenilles sur le dos, je marchais les pieds dans leurs souliers percés ; leurs désirs, leurs besoins, tout passait dans mon âme, ou mon âme passait dans la leur. C'était le rêve d'un homme éveillé. Je m'échauffais avec eux contre les chefs d'atelier qui les tyrannisaient, ou contre les mauvaises pratiques qui les faisaient revenir plusieurs fois sans les payer. Quitter ses habitudes, devenir un autre que soi par l'ivresse des facultés morales, et jouer ce jeu à volonté, telle était ma distraction. À quoi dois-je ce don ? Est-ce une seconde vue ? est-ce une de ces qualités dont l'abus mènerait à la folie ? Je n'ai jamais recherché les causes de cette puissance ; je la possède et m'en sers, voilà tout. Sachez seulement que, dès ce temps, j'avais décomposé les éléments de cette masse hétérogène nommée le peuple, que je l'avais analysée de manière à pouvoir évaluer ses qualités bonnes ou mauvaises. Je savais déjà de quelle utilité pourrait être ce faubourg, ce séminaire de révolutions qui renferme des héros, des inventeurs, des savants pratiques, des coquins, des scélérats, des vertus et des vices, tous comprimés par la misère, étouffés par la nécessité, noyés dans le vin, usés par les liqueurs fortes. Vous ne sauriez imaginer combien d'aventures perdues, combien de drames oubliés dans cette ville de douleur! Combien d'horribles et belles choses! L'imagination n'atteindra jamais au vrai qui s'y cache et que personne ne peut aller découvrir; il faut descendre trop bas pour trouver ces admirables scènes ou tragiques ou comiques, chefs-d'œuvre enfantés pas le hasard. Je ne sais comment j'ai si longtemps gardé sans la dire l'histoire que je vais vous raconter, elle fait partie de ces récits curieux restés dans le sac d'où la mémoire les tire capricieusement comme des numéros de loterie : j'en ai bien d'autres, aussi singuliers que celui-ci, également enfouis; mais ils auront leur tout, croyez-le.

Un jour ma femme de ménage, la femme d'un ouvrier, vint me prier d'honorer de ma présence la noce d'une de ses sœurs. Pour vous faire comprendre ce que pouvait être cette noce il vous faut dire que je donnais quarante sous par mois à cette pauvre créature, qui venait tous les matins faire mon lit, nettoyer mes souliers, brosser mes habits, balayer la chambre et préparer mon déjeuner; elle allait pendant le reste du temps tourner la manivelle d'une mécanique, et gagnait à ce dur métier dix sous par jour. Son mari, un ébéniste, gagnait quatre francs. Mais comme ce ménage avait trois enfants, il pouvait à peine honnêtement manger du pain. Je n'ai jamais rencontré de probité plus solide que celle de cet homme et de cette femme. Quand j'eus quitté le quartier, pendant cinq ans, la mère Vaillant est venue me souhaiter ma fête en m'apportant un bouquet et des oranges, elle qui n'avait jamais dix sous d'économie. La misère nous avait rapprochés. Je n'ai jamais pu lui donner autre chose que dix francs, souvent empruntés pour cette circonstance. Ceci peut expliquer ma promesse d'aller à la noce, je comptais me blottir dans la joie de ces pauvres gens.

Le festin, le bal, tout eut lieu chez un marchand de vin de la rue de Charenton, au premier étage, dans une grande chambre éclairée par des lampes à réflecteurs en fer-blanc, tendue d'un papier crasseux à hauteurs des tables, et le long des murs de laquelle il y avait des bancs de bois. Dans cette chambre, quatre-vingts personnes endimanchées, flanquées de bouquets et de rubans, toutes animées par l'esprit de la Courtille, le visage enflammé, dansaient comme si le monde allait finir. Les mariés s'embrassaient à la satisfaction générale, et c'étaient des hé! hé! des ha! ha! facétieux mais réellement moins indécents que ne le sont les timides œillades des jeunes filles biens élevées. Tout ce monde exprimait un contentement brutal qui avait je ne sais quoi de communicatif.

Mais ni les physionomies de cette assemblée, ni la noce, ni rien de ce monde n'a trait à mon histoire. Retenez seulement la bizarrerie du cadre. Figurez-vous bien la boutique ignoble et peinte en rouge, sentez l'odeur du vin, écoutez les hurlements de cette joie, restez bien dans ce faubourg, au milieu de ces ouvriers, de ces vieillards, de ces pauvres femmes livrés au plaisir d'une nuit!

L'orchestre se composait de trois aveugles des Quinze-Vingts; le premier était violon, le second clarinette, et le troisième flageolet. Tous trois étaient payés en bloc sept francs pour la nuit. Sur ce prix-là, certes, ils ne donnaient ni du Rossini, ni du Beethoven, ils jouaient ce qu'ils voulaient et ce qu'ils pouvaient, personne ne leur faisait de reproches, charmante délicatesse! Leur musique attaquait si brutalement le tympan, qu'après avoir jeté les yeux sur l'assemblée, je regardai ce trio d'aveugles, et fus tout d'abord disposé à l'indulgence en reconnaissant leur uniforme. Ces artistes étaient dans l'embrasure d'une croisée; pour distinguer leurs physionomies, il fallait donc être près d'eux : je n'y vins pas sur-le-champ; mais quand je m'en rapprochai, je ne sais pourquoi, tout fut dit, la noce et sa musique disparurent, ma curiosité fut excitée au plus haut degré, car mon âme passa dans le corps du joueur de clarinette. Le violon et le flageolet avaient tous deux des figures vulgaires, la figure si connue de l'aveugle, pleine de contention, attentive et grave; mais celle de la clarinette était un de ces phénomènes qui arrêtent tout court l'artiste et le philosophe.

Figurez-vous le masque en plâtre de Dante, éclairé par la lueur rouge du quinquet, et surmonté d'une forêt de cheveux blanc argenté. L'expression amère et douloureuse de cette magnifique tête était agrandie par la cécité, car les yeux morts revivaient par la pensée; il s'en échappait comme une lueur brûlante, produite par un désir unique, incessant, énergiquement inscrit sur un front bombé que traversaient des rides pareilles aux assises d'un vieux mur. Ce vieillard soufflait au hasard, sans faire la moindre attention à la mesure ni à l'air, ses doigts se baissaient ou se levaient, agitaient les vieilles clefs par une habitude machinale, il ne se gênait pas pour faire ce que l'on nomme des *canards* en termes d'orchestre, les danseurs ne s'en apercevaient pas plus que les deux acolytes de mon Italien ; car je voulais que ce fût un Italien, et c'était un Italien. Quelque chose de grand et de despotique se rencontrait dans ce vieil Homère qui gardait en lui-même une *Odyssée* condamnée à l'oubli. C'était une grandeur si réelle qu'elle triomphait encore de son abjection, c'était un despotisme si vivace qu'il dominait la pauvreté. Aucune des violentes passions qui conduisent l'homme au bien comme au mal en fait un forçat ou un héros, ne manquait à ce visage noblement coupé, livide-ment italien, ombragé par des sourcils grisonnants qui projetaient leur ombre sur des cavités profondes où l'on tremblait de voir reparaître la lumière de la pensée, comme on craint de voir venir à la bouche d'une caverne quelques brigands armés de torches et de poignards. Il existait un lion dans cette cage de chair, un lion dont la rage s'était in-utilement épuisée contre le fer de ses barreaux. L'incendie du désespoir s'était éteint dans ses cendres, la lave s'était re-froidie ; mais les sillons, les bouleversements, un peu de fumée attestaient la violence de l'éruption, les ravages du feu. Ces idées, réveillées par l'aspect de cet homme, étaient aussi chaudes dans mon âme qu'elles étaient froides sur sa figure.

Entre chaque contredanse, le violon et le flageolet, sé-rieusement occupés de leur verre et de leur bouteille, sus-pendaient leur instrument au bouton de leur redingote rougeâtre, avançaient la main sur une petite table placée dans l'embrasure de la croisée où était leur cantine, et offraient toujours à l'Italien un verre plein qu'il ne pouvait prendre lui-même, car la table se trouvait derrière sa chaise; chaque fois, la clarinette les remerciait par un signe de tête amical. Leurs mouvements s'accomplissaient avec cette précision, qui étonne toujours chez les aveugles des Quinze-Vingts, et qui semble faire croire qu'ils voient. Je m'approchai des trois aveugles pour les écouter : mais quand je fus près d'eux, ils m'étudièrent, ne reconnurent sans doute pas la nature ouvrière, et se tinrent cois.

« De quel pays êtes-vous, vous qui jouez de la clarinette ?

— De Venise, répondit l'aveugle avec un léger accent italien.

— Êtes-vous né aveugle, ou êtes-vous aveugle par...

— Par accident, répondit-il vivement, une maudite goutte sereine.

— Venise est une belle ville, j'ai toujours eu la fantaisie d'y aller. »

La physionomie du vieillard s'anima, ses rides s'agitèrent, il fut violemment ému.

« Si j'y allais avec vous, vous ne perdriez pas votre temps, me dit-il.

— Ne lui parlez pas de Venise, me dit le violon, ou notre doge va commencer son train; avec ça qu'il a déjà deux bouteilles dans le bocal, le prince !

— Allons, en avant, père Canard », dit le flageolet.

Tous trois se mirent à jouer; mais pendant le temps qu'ils mirent à exécuter les quatre contredanses, le Vénitien me flairait, il devinait l'excessif intérêt que je lui portais. Sa physionomie quitta se froide expression de tristesse ; je ne sais quelle espérance égaya tous ses traits, se coula comme une flamme bleue dans ses rides ; il sourit, et s'essuya le front, ce front audacieux et terrible ; enfin il devint gai comme un homme qui monte sur son dada.

« Quel âge avez-vous ? lui demandai-je.

— Quatre-vingt-deux ans !

— Depuis quand êtes-vous aveugle ?

— Voici bientôt cinquante ans, répondit-il avec un accent qui annonçait que ses regrets ne portaient pas seulement sur la perte de sa vue, mais sur quelque grand pouvoir dont il aurait été dépouillé.

— Pourquoi vous appellent-ils donc le doge ? lui demandai-je.

— Ah ! une farce, me dit-il, je suis patricien de Venise, et j'aurais été doge tout comme un autre.

— Comment vous nommez-vous donc ?

— Ici, me dit-il, le père Canet. Mon nom n'a jamais pu s'écrire autrement sur les registres ; mais, en italien, c'est *Marco Facino Cane, principe di Varese*.

— Comment ? vous descendez du fameux condottiere Facino Cane dont les conquêtes ont passé aux ducs de Milan ?

— *E vero*, me dit-il. Dans ce temps-là, pour n'être pas tué par les Visconti, le fils de Cane s'est réfugié à Venise et s'est fait inscrire sur le Livre d'or. Mais il n'y a pas plus de Cane maintenant que de livre. Et il fit un geste effrayant de patriotisme éteint et de dégoût pour les choses humaines.

— Mais si vous étiez sénateur de Venise, vous deviez être riche ; comment avez-vous pu perdre votre fortune ? »

À cette question il leva la tête vers moi, comme pour me contempler par un mouvement vraiment tragique, et me répondit : « Dans les malheurs ! »

Il ne songeait plus à boire, il refusa par un geste le verre de vin que lui tendit en ce moment le vieux flageolet, puis il baissa la tête. Ces détails n'étaient pas de nature à éteindre ma curiosité. Pendant la contredanse que jouèrent ces trois machines, je contemplai le vieux noble vénitien avec les sentiments qui dévorent un homme de vingt ans. Je voyais Venise et l'Adriatique, je la voyais en ruines sur cette figure ruinée. Je me promenais dans cette ville si chère à ses habitants, j'allais du Rialto au grand canal, du quai des Esclavons au Lido, je revenais à sa cathédrale, si originalement sublime ; je regardais les fenêtres de la *Casa d'Oro*, dont chacune a des ornements différents ; je contemplais ses vieux palais si riches de marbre, enfin toutes ces merveilles avec lesquelles le savant sympathise d'autant plus qu'il les colore à son gré, et ne dépoétise pas ses rêves par le spectacle de la réalité. Je remontais le cours de la vie de ce rejeton du plus grand des condottieri, en y cherchant les traces de ses malheurs et les causes de cette profonde dégradation physique et morale qui rendait plus belles encore les étincelles de grandeur et de noblesse ranimées en ce moment. Nos pensées étaient sans doute communes, car je crois que la cécité rend les communications intellectuelles beaucoup plus rapides en défendant à l'attention de s'éparpiller sur les objets extérieurs. La preuve de notre sympathie ne se fit pas attendre. Facino Cane cessa de jouer, se leva, vint à moi et me dit un : « Sortons ! » qui produisit sur moi l'effet d'une douche électrique. Je lui donnai le bras, et nous nous en allâmes.

Quand nous fûmes dans la rue, il me dit : « Voulez-vous me mener à Venise, m'y conduire, voulez-vous avoir foi en moi ? vous serez plus riche que ne le sont les dix maisons les plus riches d'Amsterdam ou de Londres, plus riches que les Rothschild, enfin riche comme les *Mille et une Nuits*. »

Je pensai que cet homme était fou ; mais il y avait dans sa voix une puissance à laquelle j'obéis. Je me laissai conduire et il me mena vers les fossés de la Bastille comme s'il avait eu des yeux. Il s'assit sur une pierre dans un endroit fort solitaire où depuis fut bâti le pont par lequel le canal Saint-Martin communique avec la Seine. Je me mis sur une autre pierre devant ce vieillard dont les cheveux blancs brillèrent comme des fils d'argent à la clarté de la lune. Le silence que troublait à peine le bruit orageux des boulevards qui arrivait jusqu'à nous, la pureté de la nuit, tout contribuait à rendre cette scène vraiment fantastique.

« Vous parlez de millions à un jeune homme, et vous croyez qu'il hésiterait à endurer mille maux pour les recueillir ! Ne vous moquez-vous pas de moi ?

— Que je meure sans confession, me dit-il avec violence, si ce que je vais vous dire n'est pas vrai. J'ai eu vingt ans comme vous les avez en ce moment, j'étais riche, j'étais beau, j'étais noble, j'ai commencé par la première des folies, par l'amour. J'ai aimé comme l'on n'aime plus, jusqu'à me mettre dans un coffre et risquer d'y être poignardé sans avoir reçu autre chose que la promesse d'un baiser. Mourir pour *elle* me semblait toute une vie. En

1760 je devins amoureux d'une Vendramini, une femme de dix-huit ans, mariée à un Sagredo, l'un des plus riches sénateurs, un homme de trente ans, fou de sa femme. Ma maîtresse et moi nous étions innocents comme deux chérubins, quand le *sposo* nous surprit causant d'amour ; j'étais sans armes, il me manqua, je sautai sur lui, je l'étranglai de mes deux mains en lui tordant le cou comme à un poulet. Je voulus partir avec Bianca, elle ne voulut pas me suivre. Voilà les femmes ! Je m'en allai seul, je fus condamné, mes biens furent séquestrés au profit de mes héritiers ; mais j'avais emporté mes diamants, cinq tableaux de Titien roulés, et tout mon or. J'allai à Milan, où je ne fus pas inquiété : mon affaire n'intéressait point l'État.

» Une petite observation avant de continuer, dit-il après une pause. Que les fantaisies d'une femme influent ou non sur son enfant pendant qu'elle le porte ou quand elle le conçoit, il est certain que ma mère eut une passion pour l'or pendant sa grossesse. J'ai pour l'or une monomanie dont la satisfaction est si nécessaire à ma vie que, dans toutes les situations où je me suis trouvé, je n'ai jamais été sans or sur moi ; je manie constamment de l'or ; jeune, je portais toujours des bijoux et j'avais toujours sur moi deux ou trois cents ducats. »

En disant ces mots, il tira deux ducats de sa poche et me les montra.

« Je sens l'or. Quoique aveugle, je m'arrête devant les boutiques de joailliers. Cette passion m'a perdu, je suis devenu joueur pour jouer de l'or. Je n'étais pas fripon, je fus friponné, je me ruinai. Quand je n'eus plus de fortune, je fus pris par la rage de voir Bianca : je revins secrètement à Venise, je la retrouvai, je fus heureux pendant six mois, caché chez elle, nourri par elle. Je pensais délicieusement à finir ainsi ma vie. Elle était recherchée par le Provéditeur ; celui-ci devina un rival, en Italie on les sent : il nous espionna, nous surprit au lit, le lâche ! Jugez combien vive fut notre lutte : je ne le tuai pas, je le blessai grièvement. Cette aventure brisa mon bonheur. J'ai eu de grands plaisirs, j'ai vécu à la cour de Louis XV parmi les femmes les plus célèbres ; nulle part je n'ai trouvé les qualités, les grâces, l'amour de ma chère Vénitienne ; Le Provéditeur avait des gens, il les appela, le palais fut cerné, envahi ; je me défendis pour pouvoir mourir sous les yeux de Bianca qui m'aidait à tuer le Provéditeur. Jadis cette femme n'avait pas voulu s'enfuir avec moi ; mais après six mois de bonheur elle voulait mourir de ma mort, et reçut plusieurs coups. Pris dans un grand manteau que l'on jeta sur moi, je fus roulé, porté dans une gondole et transporté dans un cachot des Puits. J'avais vingt-deux ans, je tenais si bien le tronçon de mon épée que pour l'avoir il aurait fallu me couper le poing. Par un singulier hasard, ou plutôt inspiré par une pensée de précaution, je cachai ce morceau de fer dans un coin, comme s'il pouvait me servir. Je fus soigné. Aucune de mes blessures n'était mortelle. À vingt-deux ans, on revient de tout. Je devais mourir décapité, je fis le malade afin de gagner du temps. Je croyais être dans un cachot voisin du canal, mon projet était de m'évader en creusant le mur et traversant le canal à la nage, au risque de me noyer. Voici sur quels raisonnements s'appuyait mon espérance. Toutes les fois que le geôlier m'apportait à manger, je lisais des indications écrites sur les murs, comme *côté du palais, côté du canal, côté du souterrain*, et je finis par apercevoir un plan dont le sens m'inquiétait peu, mais explicable par l'état actuel du palais ducal qui n'est pas terminé. Avec le génie que donne le désir de recouvrer la liberté, je parvins à déchiffrer, en tâtant du bout des doigts la superficie d'une pierre, une inscription arabe par laquelle l'auteur de ce travail avertissait ses successeurs qu'il avait détaché deux pierres de la dernière assise, et creusé onze pieds de souterrain. Pour continuer son œuvre, il fallait répandre sur le sol même du cachot les parcelles de pierre et de mortier produites par le travail de l'excavation. Quand même les gardiens ou les inquisiteurs n'eussent pas été rassurés par la construction de l'édifice qui n'exigeait qu'une surveillance extérieure, la disposition des puits, où l'on descend par quelques marches, permettait d'exhausser graduellement le sol sans que les gardiens s'en aperçussent. Cet immense travail avait été superflu, du moins pour celui qui l'avait entrepris, car son inachèvement annonçait la mort de l'inconnu. Pour que son dévouement ne fût pas à jamais perdu, il fallait qu'un prisonnier sût l'arabe ; mais j'avais étudié les langues orientales au couvent des Arméniens. Une phrase écrite derrière la pierre disait le destin de ce malheureux, mort victime de ses immenses richesses, que Venise avait convoitées et dont elle s'était emparée. Il me fallut un mois pour arriver à un résultat. Pendant que je travaillais, et dans les moments où la fatigue m'anéantissait, j'entendais le son de l'or, je voyais de l'or devant moi, j'étais ébloui par des diamants ! Oh ! attendez. Pendant une nuit, mon acier émoussé trouva du bois. J'aiguisai mon bout d'épée, et fis un trou dans ce bois. Pour pouvoir travailler, je me roulais comme un serpent sur le ventre, je me mettais nu pour travailler à la manière des taupes, en portant mes mains en avant et me faisant de la pierre même un point d'appui. La surveille du jour où je devais comparaître devant mes juges, pendant la nuit, je voulus tenter un dernier effort ; je perçai le bois, et mon fer ne rencontra rien au-delà. Jugez de ma surprise quand j'appliquai les yeux sur le trou ! J'étais dans le lambris d'une cave où une faible lumière me permettait d'apercevoir un monceau d'or. Le doge et l'un des Dix étaient dans ce cerveau, j'entendais leur voix ; leurs discours m'apprirent que là était le trésor secret de la République, les dons des doges, et les réserves du butin appelé le denier de Venise, et pris sur le produit des expéditions. J'étais sauvé ! Quand le geôlier vint, je lui proposai de favoriser ma fuite et de partir avec moi en emportant tout ce que nous pourrions prendre. Il n'y avait pas à hésiter, il accepta. Un navire faisait voile pour le Levant, toutes les précautions furent prises, Bianca favorisa les mesures que je dictais à mon complice. Pour ne pas donner l'éveil, Bianca devait nous rejoindre à Smyrne. En une nuit le trou fut agrandi, et nous descendîmes dans le trésor secret de Venise. Quelle nuit ! J'ai vu quatre tonnes pleines d'or. Dans la pièce précédente, l'argent était également amassé en deux tas qui laissaient un chemin au milieu pour traverser la chambre où les pièces relevées en talus garnissaient les murs à cinq pieds de hauteur. Je crus que le geôlier deviendrait fou ; il chantait, il sautait, il riait, il gambadait dans l'or ; je le menaçai de l'étrangler s'il perdait le temps ou s'il faisait du bruit. Dans sa joie, il ne vit pas d'abord une table où étaient les diamants. Je me jetai dessus assez habilement pour emplir ma veste de matelot et les poches de mon pantalon. Mon Dieu! je n'en pris pas le tiers. Sous cette table étaient des lingots d'or. Je persuadai à mon compagnon de remplir d'or autant de sacs que nous pourrions en porter, en lui faisant observer que c'était la seule manière de n'être pas découverts à l'étranger. "Les perles, les bijoux, les diamants nous feraient reconnaître", lui dis-je. Quelle que fût notre avidité, nous ne pûmes prendre que deux mille livres d'or, qui nécessitèrent six voyages à travers la prison jusqu'à la gondole. La sentinelle à la porte d'eau avait été gagnée moyennant un sac de dix livres d'or. Quant aux deux gondoliers, ils croyaient servir la république. Au jour, nous partîmes. Quand nous fûmes en pleine mer, et que je me souvins de cette nuit; quand je me rappelai les sensations que j'avais éprouvées, que je revis cet immense trésor où, suivant mes évaluations, je laissais trente millions en argent et vingt millions en or, plusieurs millions en diamants, perles et rubis, il se fit en moi comme un mouvement de folie. J'eus la fièvre de l'or. Nous nous fîmes débarquer à Smyrne, et nous nous embarquâmes aussitôt pour la France. Comme nous montions sur le bâtiment français, Dieu me fit la grâce de me débarrasser de mon complice. En ce moment je ne pensais pas à toute la portée de ce méfait du hasard, dont je me réjouis beaucoup. Nous étions si complètement énervés que nous demeurions hébétés, sans nous rien dire, attendant que nous fussions en sûreté pour jouir à notre aise. Il n'est pas étonnant que la tête ait tourné à ce drôle. Vous verrez combien Dieu m'a puni. Je ne me crus tranquille qu'après avoir vendu les deux tiers de mes diamants à Londres et à

Amsterdam, et réalisé ma poudre d'or en valeurs commerciales. Pendant cinq ans, je me cachai dans Madrid ; puis, en 1770, je vins à Paris sous un nom espagnol, et menai le train le plus brillant. Bianca était morte. Au milieu de mes voluptés, quand je jouissais d'une fortune de six millions, je fus frappé de cécité. Je ne doute pas que cette infirmité ne soit le résultat de mon séjour dans le cachot, de mes travaux dans la pierre, si toutefois ma faculté de voir l'or n'emportait pas un abus de la puissance visuelle qui me prédestinait à perdre les yeux. En ce moment, j'aimais une femme à laquelle je comptais lier mon sort ; je lui avais dit le secret de mon nom, elle appartenait à une famille puissante, j'espérais tout de la faveur que m'accordait Louis XV ; j'avais mis ma confiance en cette femme, qui était l'amie de Mme du Barry ; elle me conseilla de consulter un fameux oculiste de Londres : mais, après quelques mois de séjour dans cette ville, j'y fus abandonné par cette femme dans Hyde-Park, elle m'avait dépouillé de toute ma fortune sans me laisser aucune ressource ; car, obligé de cacher mon nom, qui me livrait à la vengeance de Venise, je ne pouvais invoquer l'assistance de personne, je craignais Venise. Mon infirmité fut exploitée par les espions que cette femme avait attachés à ma personne. Je vous fais grâce d'aventures dignes de Gil Blas. Votre révolution vint. Je fus forcé d'enter aux Quinze-Vingts, où cette créature me fit admettre après m'avoir tenu pendant deux ans à Bicêtre comme fou ; je n'ai jamais pu la tuer, je n'y voyais point, et j'étais trop pauvre pour acheter un bras. Si avant de perdre Benedetto Carpi, mon geôlier, je l'avais consulté sur la situation de mon cachot, j'aurais pu reconnaître le trésor et retourner à Venise quand la république fut anéantie par Napoléon. Cependant, malgré ma cécité, allons à Venise! Je retrouvai la porte de la prison, je verrai l'or à travers les murailles, je le sentirai sous les eaux où il est enfoui; car les événements qui ont renversé la puissance de Venise sont tels que le secret de ce trésor a dû mourir avec Vendramino, le frère de Bianca, un doge, qui, je l'espérais, aurait fait ma paix avec les Dix. J'ai adressé des notes au Premier Consul, j'ai proposé un traité à l'empereur d'Autriche, tous m'ont éconduit comme un fou! Venez, partons pour Venise, partons mendiants, nous reviendrons millionnaires; nous rachèterons mes biens, et vous serez mon héritier, vous serez prince de Varese. »

Étourdi de cette confidence, qui dans mon imagination prenait les proportions d'un poème, à l'aspect de cette tête blanchie, et devant l'eau noire des fossés de la Bastille, eau dormante comme celle des canaux de Venise, je ne répondis pas. Facino Cane crut sans doute que je le jugeais comme tous les autres, avec une pitié dédaigneuse, il fit un geste qui exprima toute la philosophie du désespoir. Ce récit l'avait reporté peut-être à ses heureux jours, à Venise : il saisit sa clarinette et joua mélancoliquement une chanson vénitienne, barcarolle pour laquelle il retrouva son premier talent, son talent de patricien amoureux. Ce fut quelque chose comme le *Super flumina Babylonis*. Mes yeux s'emplirent de larmes. Si quelques promeneurs attardés vinrent à passer le long du boulevard Bourdon, sans doute ils s'arrêtèrent pour écouter cette dernière prière du banni, le dernier regret d'un nom perdu, auquel se mêlait le souvenir de Bianca. Mais l'or reprit bientôt le dessus, et la fatale passion éteignit cette lueur de jeunesse.

« Ce trésor, me dit-il, je le vois toujours, éveillé comme en rêve ; je m'y promène, les diamants étincellent, je ne suis pas aussi aveugle que vous le croyez : l'or et les diamants éclairent ma nuit, la nuit du dernier Facino Cane, car mon titre passe aux Memmi. Mon Dieu ! la punition du meurtrier a commencé de bien bonne heure ! *Ave Maria...* »

Il récita quelques prières que je n'entendis pas.

« Nous irons à Venise, m'écriai-je quand il se leva.

— J'ai donc trouvé un homme, s'écria-t-il le visage en feu. »

Je le reconduisis en lui donnant le bras ; il me serra la main à la porte des Quinze-Vingts, au moment où quelques personnes de la noce revenaient en criant à tue-tête.

« Partirons-nous demain ? dit le vieillard.

— Aussitôt que nous aurons quelque argent.

— Mais nous pouvons aller à pied, je demanderai l'aumône... Je suis robuste, et l'on est jeune quand on voit de l'or devant soi. »

Facino Cane mourut pendant l'hiver, après avoir langui deux mois. Le pauvre homme avait un catarrhe.

Paris, mars 1836

Adieu

Au prince Frédéric de Schwarzenberg

> Pendant cette soirée, je vis un monsieur qui avait une tabatière sur laquelle était l'œil étincelant d'une maîtresse morte à la fleur de l'âge et dont il fut jadis adoré.
>
> (*Monographie de la vertu*, ouvrage inédit de l'auteur)

« Allons, député du centre, en avant ! Il s'agit d'aller au pas accéléré, si nous voulons être à table en même temps que les autres. Haut le pied ! Saute, marquis ! là, donc ! bien. Vous franchissez les sillons comme un véritable cerf ! »

Ces paroles étaient prononcées par un chasseur paisiblement assis sur une lisière de la forêt de l'Isle-Adam, et qui achevait de fumer un cigare de La Havane en attendant son compagnon, sans doute égaré depuis longtemps dans les halliers de la forêt. À ses côtés, quatre chiens haletants regardaient comme lui le personnage auquel il s'adressait. Pour comprendre combien étaient railleuses ces allocutions répétées par intervalles, il faut dire que le chasseur était un gros homme court dont le ventre proéminent accusait un embonpoint véritablement ministériel. Aussi arpentait-il avec peine les sillons d'un vaste champ récemment moissonné, dont les chaumes gênaient considérablement sa marche ; puis, pour surcroît de douleur, les rayons du soleil qui frappaient obliquement sa figure y amassaient de grosses gouttes de sueur. Préoccupé par le soin de garder son équilibre, il se penchait tantôt en avant, tantôt en arrière, en imitant ainsi les soubresauts d'une voiture fortement cahotée. Ce jour était un de ceux qui, pendant le mois de septembre, achèvent de mûrir les raisins par des feux équatoriaux. Le temps annonçait un orage. Quoique plusieurs grands espaces d'azur séparassent encore vers l'horizon de gros nuages noirs, on voyait des nuées blondes s'avancer avec une effrayante rapidité, en étendant, de l'ouest à l'est, un léger rideau grisâtre. Le vent n'agissant que dans la haute région de l'air, l'atmosphère comprimait vers les bas-fonds les brûlantes vapeurs de la terre. Entouré de hautes futaies qui le privaient d'air, le vallon que franchissait le chasseur avait la température d'une fournaise. Ardente et silencieuse, la forêt semblait avoir soif. Les oiseaux, les insectes étaient muets, et les cimes des arbres s'inclinaient à peine. Les personnes auxquelles il reste quelque souvenir de l'été de 1819 doivent donc compatir aux maux du pauvre ministériel, qui suait sang et eau pour rejoindre son compagnon moqueur. Tout en fumant son cigare, celui-ci avait calculé, par la position du soleil, qu'il pouvait être environ cinq heures du soir.

« Où diable sommes-nous? dit le gros chasseur en s'essuyant le front et s'appuyant contre un arbre du champ, presque en face de son compagnon; car il ne se sentit plus la force de sauter le large fossé qui l'en séparait.

— Et c'est à moi que tu le demandes? » répondit en riant le chasseur couché dans les hautes herbes jaunes qui couronnaient le talus.

Il jeta le bout de son cigare dans le fossé, en s'écriant :

« Je jure par saint Hubert qu'on ne me reprendra plus à m'aventurer dans un pays inconnu avec un magistrat, fût-il, comme toi, mon cher d'Albon, un vieux camarade de collège!

— Mais, Philippe, vous ne comprenez donc plus le français? Vous avez sans doute laissé votre esprit en Sibérie, répliqua le gros homme en lançant un regard douloureusement comique sur un poteau qui se trouvait à cent pas de là.

— J'entends, répondit Philippe, qui saisit son fusil, se leva tout à coup, s'élança d'un seul bond dans le champ et courut vers le poteau. Par ici, d'Albon, par ici! demi-tour à gauche! cria-t-il à son compagnon en lui indiquant par un geste une large voie pavée. *Chemin de Baillet à l'Isle-Adam!* reprit-il; ainsi nous trouverons dans cette direction celui de Cassan, qui doit s'embrancher sur celui de l'Isle-Adam.

— C'est juste, mon colonel, dit M. d'Albon en remettant sur sa tête une casquette avec laquelle il venait de s'éventer.

— En avant donc! mon respectable conseiller, répondit le colonel Philippe en sifflant les chiens, qui semblaient déjà lui mieux obéir qu'au magistrat auquel ils appartenaient.

— Savez-vous, monsieur le marquis, reprit le militaire
goguenard, que nous avons encore plus de deux lieues à
faire? Le village que nous apercevons là-bas doit être
Baillet.

— Grand Dieu! s'écria le marquis d'Albon, allez à Cassan, si cela peut vous être agréable, mais vous irez tout
seul. Je préfère attendre ici, malgré l'orage, un cheval que
vous m'enverrez du château. Vous vous êtes moqué de
moi, Sucy. Nous devions faire une jolie petite partie de
chasse, ne pas nous éloigner de Cassan, fureter sur les
terres que je connais. Bah! au lieu de nous amuser, vous
m'avez fait courir comme un lévrier depuis quatre heures
du matin, et nous n'avons eu pour tout déjeuner que deux
tasses de lait! Ah! si vous avez jamais un procès à la cour,
je vous le ferai perdre, eussiez-vous cent fois raison. »

Le chasseur découragé s'assit sur une des bornes qui
étaient au pied du poteau, se débarrassa de son fusil, de sa
carnassière vide, et poussa un long soupir.

« France! voilà tes députés, s'écria en riant le colonel de
Sucy. Ah! mon pauvre d'Albon, si vous aviez été comme
moi six ans au fond de la Sibérie... »

Il n'acheva pas et leva les yeux au ciel, comme si ses malheurs étaient un secret entre Dieu et lui.

« Allons, marchez! ajouta-t-il. Si vous restez assis, vous
êtes perdu.

— Que voulez-vous, Philippe! c'est une si vieille habitude chez un magistrat! D'honneur, je suis excédé! Encore si j'avais tué un lièvre! »

Les deux chasseurs présentaient un contraste assez rare. Le ministériel était âgé de quarante-deux ans et ne paraissait pas en avoir plus de trente, tandis que le militaire, âgé de trente ans, semblait en avoir au moins quarante. Tous deux étaient décorés de la rosette rouge, attribut des officiers de la Légion d'honneur. Quelques mèches de cheveux, mélangés de noir et de blanc comme l'aile d'une pie, s'échappaient de dessous la casquette du colonel ; de belles boucles blondes ornaient les tempes du magistrat. L'un était d'une haute taille, sec, maigre, nerveux, et les rides de sa figure blanche trahissaient des passions terribles ou d'affreux malheurs ; l'autre avait un visage brillant de santé, jovial et digne d'un épicurien. Tous deux étaient fortement hâlés par le soleil, et leurs longues guêtres de cuir fauve portaient les marques de tous les fossés, de tous les marais qu'ils avaient traversés.

« Allons, s'écria M. de Sucy, en avant ! Après une petite heure de marche, nous serons à Cassan, devant une bonne table.

— Il faut que vous n'ayez jamais aimé, répondit le conseiller d'un air piteusement comique, vous êtes aussi impitoyable que l'article 304 du code pénal ! »

Philippe de Sucy tressaillit violemment ; son large front se plissa, sa figure devint aussi sombre que l'était le ciel en ce moment. Quoiqu'un souvenir d'une affreuse amertume crispât tous ses traits, il ne pleura pas. Semblable aux hommes puissants, il savait refouler ses émotions au fond de son cœur, et trouvait peut-être, comme beaucoup de caractères purs, une sorte d'impudeur à dévoiler ses peines quand aucune parole humaine n'en peut rendre la profondeur, et qu'on redoute la moquerie des gens qui ne veulent pas les comprendre. M. d'Albon avait une de ces âmes délicates qui devinent les douleurs et ressentent vivement la commotion qu'elles ont involontairement produite par quelque maladresse. Il respecta le silence de son ami, se leva, oublia sa fatigue, et le suivit silencieusement, tout chagrin d'avoir touché une plaie qui probablement n'était pas cicatrisée.

« Un jour, mon ami, lui dit Philippe en lui serrant la main et en le remerciant de son muet repentir par un regard déchirant, un jour, je te raconterai ma vie. Aujourd'hui, je ne saurais. »

Ils continuèrent à marcher en silence. Quand la douleur du colonel parut dissipée, le conseiller retrouva sa fatigue ; et, avec l'instinct ou plutôt le vouloir d'un homme harassé, son œil sonda toutes les profondeurs de la forêt ; il interrogea les cimes des arbres, examina les avenues, en espérant y découvrir quelque gîte où il pût demander l'hospitalité. En arrivant à un carrefour, il crut apercevoir une légère fumée qui s'élevait entre les arbres. Il s'arrêta, regarda fort attentivement, et reconnut, au milieu d'un massif immense, les branches vertes et sombres de quelques sapins.

« Une maison ! une maison ! s'écria-t-il avec le plaisir qu'aurait eu un marin à crier : "Terre ! terre !" »

Puis il s'élança vivement à travers un hallier assez épais, et le colonel, qui était tombé dans une profonde rêverie, l'y suivit machinalement.

« J'aime mieux trouver ici une omelette, du pain de ménage et une chaise, que d'aller chercher à Cassan des divans, des truffes et du vin de Bordeaux ! »

Ces paroles étaient une exclamation d'enthousiasme arrachée au conseiller par l'aspect d'un mur dont la couleur blanchâtre tranchait, dans le lointain, sur la masse brune des troncs noueux de la forêt.

« Ah! ah! ceci m'a l'air d'être quelque ancien prieuré », s'écria derechef le marquis d'Albon en arrivant à une grille antique et noire, d'où il put voir, au milieu d'un parc assez vaste, un bâtiment construit dans le style employé jadis pour les monuments monastiques. « Comme ces coquins de moines savaient choisir un emplacement! »

Cette nouvelle exclamation était l'expression de l'étonnement que causait au magistrat le poétique ermitage qui s'offrait à ses regards. La maison était située à mi-côte, sur le revers de la montagne dont le sommet est occupé par le village de Nerville. Les grands chênes séculaires de la forêt, qui décrivait un cercle immense autour de cette habitation, en faisaient une véritable solitude. Le corps de logis jadis destiné aux moines avait son exposition au midi. Le parc paraissait avoir une quarantaine d'arpents. Auprès de la maison régnait une verte prairie, heureusement découpée par plusieurs ruisseaux clairs, par des nappes d'eau gracieusement posées, et sans aucun artifice apparent. Çà et là s'élevaient des arbres verts aux formes élégantes, aux feuillages variés. Puis des grottes habilement ménagées, des terrasses massives avec leurs escaliers dégradés et leurs rampes rouillées imprimaient une physionomie particulière à cette sauvage Thébaïde. L'art y avait élégamment uni ses constructions aux plus pittoresques effets de la nature. Les passions humaines semblaient devoir mourir au pied de ces grands arbres qui défendaient l'approche de cet asile aux bruits du monde, comme ils y tempéraient les feux du soleil.

« Quel désordre! » se dit M. d'Albon après avoir joui de la sombre expression que les ruines donnaient à ce paysage, qui paraissait frappé de malédiction.

C'était comme un lieu funeste abandonné par les hommes. Le lierre avait étendu partout ses nerfs tortueux et ses riches manteaux. Des mousses brunes, verdâtres, jaunes ou rouges, répandaient leurs teintes romantiques sur les arbres, sur les bancs, sur les toits, sur les pierres. Les fenêtres vermoulues étaient usées par la pluie, creusées par le temps; les balcons étaient brisés, les terrasses démolies. Quelques persiennes ne tenaient plus que par un de leurs gonds. Les portes disjointes paraissaient ne pas devoir résister à un assaillant. Chargées des touffes luisantes du gui, les branches des arbres fruitiers négligés s'étendaient au loin sans donner de récolte. De hautes herbes croissaient dans les allées. Ces débris jetaient dans le tableau des effets d'une poésie ravissante et des idées rêveuses dans l'âme du spectateur. Un poète serait resté là plongé dans une longue mélancolie, en admirant ce désordre plein d'harmonie cette destruction qui n'était pas sans grâce. En ce moment, quelques rayons de soleil se firent jour à travers les crevasses des nuages, illuminèrent par des jets de mille couleurs cette scène à demi sauvage. Les tuiles brunes resplendirent, les mousses brillèrent, des ombres fantastiques s'agitèrent sur les prés, sous les arbres; des couleurs mortes se réveillèrent, des oppositions piquantes se combattirent, les feuillages se découpèrent dans la clarté. Tout à coup, la lumière disparut. Ce paysage qui semblait avoir parlé se tut, et redevint sombre, ou plutôt doux comme la plus douce teinte d'un crépuscule d'automne.

« C'est le palais de la Belle au bois dormant, se dit le conseiller, qui ne voyait déjà plus cette maison qu'avec les yeux d'un propriétaire. À qui cela peut-il donc appartenir ? Il faut être bien bête pour ne pas habiter une si jolie propriété ! »

Aussitôt, une femme s'élança de dessous un noyer planté à droite de la grille, et, sans faire de bruit, passa devant le conseiller aussi rapidement que l'ombre d'un nuage ; cette vision le rendit muet de surprise.

« Eh bien, d'Albon, qu'avez-vous ? lui demanda le colonel.

— Je me frotte les yeux pour savoir si je dors ou si je veille, répondit le magistrat en se collant sur la grille pour tâcher de revoir le fantôme. Elle est probablement sous ce figuier, dit-il en montrant à Philippe le feuillage d'un arbre qui s'élevait au-dessus du mur, à gauche de la grille.

— Qui, elle ?

— Eh ! puis-je le savoir ? répondit M. d'Albon. Il vient de se lever là, devant moi, ajouta-t-il à voix basse, une femme étrange ; elle m'a semblé plutôt appartenir à la nature des ombres qu'au monde des vivants. Elle est si svelte, si légère, si vaporeuse, qu'elle doit être diaphane. Sa figure est aussi blanche que du lait. Ses vêtements, ses yeux, ses cheveux sont noirs. Elle m'a regardé en passant, et quoique je ne sois point peureux, son regard immobile et froid m'a figé le sang dans les veines.

— Est-elle jolie ? demanda Philippe.

— Je ne sais pas. Je ne lui ai vu que les yeux dans la figure.

— Au diable le dîner de Cassan! s'écria le colonel, restons ici. J'ai une envie d'enfant d'entrer dans cette singulière propriété. Vois-tu ces châssis de fenêtres peints en rouge, et ces filets rouges dessinés sur les moulures des portes et des volets? Ne semble-t-il pas que ce soit la maison du diable? il aura peut-être hérité des moines. Allons, courons après la dame blanche et noire! En avant! » s'écria Philippe avec une gaieté factice.

En ce moment, les deux chasseurs entendirent un cri assez semblable à celui d'un oiseau pris au piège. Ils écoutèrent. Le feuillage de quelques arbustes froissés retentit dans le silence comme le murmure d'une onde agitée ; mais, quoiqu'ils prêtassent l'oreille pour saisir quelques nouveaux sons, la terre resta silencieuse et garda le secret des pas de l'inconnue, si toutefois elle avait marché.

« Voilà qui est singulier! » s'écria Philippe en suivant les contours que décrivaient les murs du parc.

Les deux amis arrivèrent bientôt à une allée de la forêt qui conduit au village de Chauvry. Après avoir remonté ce chemin vers la route de Paris, ils se trouvèrent devant une grande grille, et virent alors la façade principale de cette habitation mystérieuse. De ce côté, le désordre était à son comble. D'immenses lézardes sillonnaient les murs de trois corps de logis bâtis en équerre. Des débris de tuiles et d'ardoises amoncelés à terre et des toits dégradés annonçaient une complète incurie. Quelques fruits étaient tombés sous les arbres et pourrissaient sans qu'on les récoltât. Une vache paissait à travers les boulingrins, et foulait les fleurs des plates-bandes, tandis qu'une chèvre broutait les raisins verts et les pampres d'une treille.

« Ici, tout est harmonie, et le désordre y est en quelque sorte organisé », dit le colonel en tirant la chaîne d'une cloche.

Mais la cloche était sans battant... Les deux chasseurs n'entendirent que le bruit singulièrement aigre d'un ressort rouillé. Quoique très délabrée, la petite porte pratiquée dans le mur auprès de la grille résista néanmoins à tout effort.

« Oh ! oh ! tout ceci devient très curieux, dit Philippe à son compagnon.

— Si je n'étais pas magistrat, répondit M. d'Albon, je croirais que la femme noire est une sorcière. »

À peine avait-il achevé ces mots, que la vache vint à la grille et leur présenta son mufle chaud, comme si elle éprouvait le besoin de voir des créatures humaines. Alors, une femme, si toutefois ce nom pouvait appartenir à l'être indéfinissable qui se leva de dessous une touffe d'arbustes, tira la vache par sa corde. Cette femme portait sur la tête un mouchoir rouge d'où s'échappaient des mèches de cheveux blonds assez semblables à l'étoupe d'une quenouille. Elle n'avait pas de fichu. Un jupon de laine grossière à raies alternativement noires et grises, trop court de quelques pouces, permettait de voir ses jambes. On pouvait croire qu'elle appartenait à une des tribus de Peaux-Rouges célébrées par Cooper, car ses jambes, son cou et ses bras nus semblaient avoir été peints en couleur de brique. Aucun rayon d'intelligence n'animait sa figure plate. Ses yeux bleuâtres étaient sans chaleur et ternes.

Quelques poils blancs clairsemés lui tenaient lieu de sourcils. Enfin, sa bouche était contournée de manière à laisser passer des dents mal rangées, mais aussi blanches que celles d'un chien.

« Ohé! la femme! » cria M. de Sucy.

Elle arriva lentement jusqu'à la grille, en contemplant d'un air niais les deux chasseurs, à la vue desquels il lui échappa un sourire pénible et forcé.

« Où sommes-nous? Quelle est cette maison-là? À qui est-elle? Qui êtes-vous? Êtes-vous d'ici? »

À ces questions et à une foule d'autres que lui adressèrent successivement les deux amis, elle ne répondit que par des grognements gutturaux qui semblaient appartenir plus à l'animal qu'à la créature humaine.

« Ne voyez-vous pas qu'elle est sourde et muette? dit le magistrat.

— Bons-Hommes! s'écria la paysanne.

— Ah! elle a raison. Ceci pourrait bien être l'ancien couvent des Bons-Hommes », dit M. d'Albon.

Les questions recommencèrent. Mais, comme un enfant capricieux, la paysanne rougit, joua avec son sabot, tortilla la corde de la vache qui s'était remise à paître, regarda les deux chasseurs, examina toutes les parties de leur habillement; elle glapit, grogna, gloussa, mais elle ne parla pas.

« Ton nom? lui dit Philippe en la contemplant fixement comme s'il eût voulu l'ensorceler.

— Geneviève, répondit-elle en riant d'un rire bête.

— Jusqu'à présent, la vache est la créature la plus intelligente que nous ayons vue, s'écria le magistrat. Je vais tirer un coup de fusil pour faire venir du monde. »

Au moment où d'Albon saisissait son arme, le colonel l'arrêta par un geste, et lui montra du doigt l'inconnue qui avait si vivement piqué leur curiosité. Cette femme semblait ensevelie dans une méditation profonde, et venait à pas lents par une allée assez éloignée, en sorte que les deux amis eurent le temps de l'examiner. Elle était vêtue d'une robe de satin noir tout usée. Ses longs cheveux tombaient en boucles nombreuses sur son front, autour de ses épaules, descendaient jusqu'en bas de sa taille et lui servaient de châle. Accoutumée sans doute à ce désordre, elle ne chassait que rarement sa chevelure de chaque côté de ses tempes ; mais alors, elle agitait la tête par un mouvement brusque, et ne s'y prenait pas à deux fois pour dégager son front ou ses yeux de ce voile épais. Son geste avait d'ailleurs, comme celui d'un animal, cette admirable sécurité de mécanisme dont la prestesse pouvait paraître un prodige dans une femme. Les deux chasseurs, étonnés, la virent sauter sur une branche de pommier et s'y attacher avec la légèreté d'un oiseau. Elle y saisit des fruits, les mangea, puis se laissa tomber à terre avec la gracieuse mollesse qu'on admire chez les écureuils. Ses membres possédaient une élasticité qui ôtait à ses moindres mouvements jusqu'à l'apparence de la gêne ou de l'effort. Elle joua sur le gazon, s'y roula comme aurait pu le faire un enfant ; puis, tout à coup, elle jeta ses pieds et ses mains en avant, et resta étendue sur l'herbe avec l'abandon, la grâce, le naturel d'une jeune chatte endormie au soleil. Le tonnerre ayant grondé dans le lointain, elle se retourna subitement, et se mit à quatre pattes avec la miraculeuse adresse d'un chien qui entend venir un étranger. Par l'effet de cette bizarre attitude, sa noire chevelure se sépara tout à coup en deux larges bandeaux qui retombèrent de chaque côté de sa tête et permirent aux deux spectateurs de cette scène singulière d'admirer des épaules dont la peau blanche brilla comme des marguerites de la prairie, un cou dont la perfection faisait juger celle de toutes les proportions du corps.

Elle laissa échapper un cri douloureux, et se leva tout à fait sur ses pieds. Ses mouvements se succédaient si gracieusement, s'exécutaient si lestement, qu'elle semblait être non pas une créature humaine, mais une de ces filles de l'air célébrées par les poésies d'Ossian. Elle alla vers une nappe d'eau, secoua légèrement une de ses jambes pour la débarrasser de son soulier, et parut se plaire à tremper son pied blanc comme l'albâtre dans la source, en y admirant sans doute les ondulations qu'elle y produisait et qui ressemblaient à des pierreries. Puis elle s'agenouilla sur le bord du bassin, s'amusa, comme un enfant, à y plonger ses longues tresses et à les en tirer brusquement pour voir tomber goutte à goutte l'eau dont elles étaient chargées, et qui, traversées par les rayons du jour, formaient comme des chapelets de perles.

« Cette femme est folle ! » s'écria le conseiller.

Un cri rauque, poussé par Geneviève, retentit et parut s'adresser à l'inconnue, qui se redressa vivement en chassant ses cheveux de chaque côté de son visage. En ce moment, le colonel et d'Albon purent voir distinctement les traits de cette femme, qui, en apercevant les deux amis, accourut en quelques bonds à la grille avec la légèreté d'une biche.

« Adieu ! » dit-elle d'une voix douce et harmonieuse, mais sans que cette mélodie, impatiemment attendue par les chasseurs, parût dévoiler le moindre sentiment ou la moindre idée.

M. d'Albon admira les longs cils de ses yeux, ses sourcils noirs bien fournis, une peau d'une blancheur éblouissante et sans la plus légère nuance de rougeur. De petites veines bleues tranchaient seules sur son teint blanc. Quand le conseiller se tourna vers son ami pour lui faire part de l'étonnement que lui inspirait la vue de cette femme étrange, il le trouva étendu sur l'herbe et comme mort. M. d'Albon déchargea son fusil en l'air pour appeler du monde, et cria : « Au secours ! » en essayant de relever le colonel. An bruit de la détonation, l'inconnue, qui était restée immobile, s'enfuit avec la rapidité d'une flèche, jeta des cris d'effroi comme un animal blessé, et tournoya sur la prairie en donnant les marques d'une terreur profonde. M. d'Albon entendit le roulement d'une calèche sur la route de l'Isle-Adam, et implora l'assistance des promeneurs en agitant son mouchoir. Aussitôt, la voiture se dirigea vers les Bons-Hommes, et M. d'Albon y reconnut M. et Mme de Granville, ses voisins, qui s'empressèrent de descendre de leur voiture en l'offrant au magistrat. Mme de Granville avait, par hasard, un flacon de sels, que l'on fit respirer à M. de Sucy. Quand le colonel ouvrit les yeux, il les tourna vers la prairie où l'inconnue ne cessait de courir en criant, et laissa échapper une exclamation indistincte, mais qui révélait un sentiment d'horreur ; puis il ferma de nouveau les yeux en faisant un geste comme pour demander à son ami de l'arracher à ce spectacle. M. et Mme de Granville laissèrent le conseiller libre de disposer de leur voiture, en lui disant obligeamment qu'ils allaient continuer leur promenade à pied.

« Quelle est donc cette dame ? demanda le magistrat en désignant l'inconnue.

— On présume qu'elle vient de Moulins, répondit M. de Granville. Elle se nomme la comtesse de Vandière ; on la dit folle, mais, comme elle n'est ici que depuis deux mois, je ne saurais vous garantir la véracité de tous ces ouï-dire. »

M. d'Albon remercia M. et Mme de Granville et partit pour Cassan.

« C'est elle ! s'écria Philippe en reprenant ses sens.

— Qui, elle ? demanda d'Albon.

— Stéphanie… Ah ! morte et vivante, vivante et folle !… j'ai cru que j'allais mourir. »

Le prudent magistrat, qui apprécia la gravité de la crise à laquelle son ami était tout en proie, se garda bien de le questionner ou de l'irriter ; il souhaitait impatiemment arriver au château, car le changement qui s'opérait dans les traits et dans toute la personne du colonel lui faisait craindre que la comtesse n'eût communiqué à Philippe sa terrible maladie. Aussitôt que la voiture atteignit l'avenue de l'Isle-Adam, d'Albon envoya le laquais chez le médecin du bourg ; en sorte qu'au moment où le colonel fut couché, le docteur se trouva au chevet de son lit.

« Si M. le colonel n'avait pas été presque à jeun, dit le chirurgien, il était mort. Sa fatigue l'a sauvé. »

Après avoir indiqué les premières précautions à prendre, le docteur sortit pour aller préparer lui-même une potion calmante. Le lendemain matin, M. de Sucy était mieux ; mais le médecin avait voulu le veiller lui-même.

« Je vous avouerai, M. le marquis, dit le docteur à M. d'Albon, que j'ai craint une lésion au cerveau. M. de Sucy a reçu une bien violente commotion. Ses passions sont vives ; mais, chez lui, le premier coup porté décide de tout. Demain, il sera peut-être hors de danger. »

Le médecin ne se trompa point, et, le lendemain, il permit au magistrat de revoir son ami.

« Mon cher d'Albon, dit Philippe en lui serrant la main, j'attends de toi un service ! Cours promptement aux Bons-Hommes ! informe-toi de tout ce qui concerne la dame que nous y avons vue, et revient promptement, car je compterai les minutes. »

M. d'Albon sauta sur un cheval, et galopa jusqu'à l'ancienne abbaye. En y arrivant, il aperçut devant la grille un grand homme sec dont la figure était prévenante, et qui répondit affirmativement quand le magistrat lui demanda s'il habitait cette maison ruinée. M. d'Albon lui raconta les motifs de sa visite.

« Eh quoi ! monsieur, s'écria l'inconnu, serait-ce vous qui avez tiré ce coup de fusil fatal ? Vous avez failli tuer ma pauvre malade !

— Eh ! monsieur, j'ai tiré en l'air.

— Vous auriez fait moins de mal à Mme la comtesse, si vous l'eussiez atteinte !

— Eh bien, nous n'avons rien à nous reprocher, car la vue de votre comtesse a failli tuer mon ami, M. de Sucy.

— Serait-ce le baron Philippe de Sucy ? s'écria le médecin

en joignant les mains. Est-il allé en Russie, au passage de la Bérésina?

— Oui, répondit d'Albon; il a été pris par des Cosaques et mené en Sibérie, d'où il est revenu depuis onze mois environ.

— Entrez, monsieur », dit l'inconnu en conduisant le magistrat dans un salon situé au rez-de-chaussée de l'habitation, où tout portait les marques d'une dévastation capricieuse.

Des vases de porcelaine précieux étaient brisés à côté d'une pendule dont la cage était respectée. Les rideaux de soie drapés devant les fenêtres étaient déchirés, tandis que le double rideau de mousseline était intact.

« Vous voyez, dit-il à M. d'Albon en entrant, les ravages causés par la charmante créature à laquelle je me suis consacré. C'est ma nièce; malgré l'impuissance de mon art, j'espère lui rendre un jour la raison, en essayant une méthode qu'il n'est malheureusement permis qu'aux gens riches de suivre. »

Puis, comme toutes les personnes qui vivent dans la solitude, en proie à une douleur renaissante, il raconta longuement au magistrat l'aventure suivante, dont le récit a été coordonné et dégagé des nombreuses digressions que firent le narrateur et le conseiller.

En quittant, sur les neuf heures du soir, les hauteurs de Studzianka, qu'il avait défendues pendant toute la journée du 28 novembre 1812, le maréchal Victor y laissa un millier d'hommes chargés de protéger jusqu'au dernier moment celui des deux ponts construits sur la Bérésina qui subsistait encore. Cette arrière-garde s'était dévouée pour tâcher de sauver une effroyable multitude de traînards engourdis par le froid, qui refusaient obstinément de quitter les équipages de l'armée. L'héroïsme de cette généreuse troupe devait être inutile. Les soldats qui affluaient par masses sur les bords de la Bérésina y trouvaient, par malheur, l'immense quantité de voitures, de caissons et de meubles de toute espèce que l'armée avait été obligée d'abandonner en effectuant son passage pendant les journées des 27 et 28 novembre. Héritiers de richesses inespérées, ces malheureux, abrutis par le froid, se logeaient dans les bivouacs vides, brisaient le matériel de l'armée pour se construire des cabanes, faisaient du feu avec tout ce qui leur tombait sous la main, dépeçaient les chevaux pour se nourrir, arrachaient le drap ou les toiles des voitures pour se couvrir, et dormaient au lieu de continuer leur route et de franchir paisiblement pendant la nuit cette Bérésina qu'une incroyable fatalité avait déjà rendue si funeste à l'armée. L'apathie de ces pauvres soldats ne peut être comprise que par ceux qui se souviennent d'avoir traversé ces vastes déserts de neige, sans autre boisson que la neige, sans autre lit que la neige, sans autre perspective qu'un horizon de neige, sans autre aliment que la neige ou quelques betteraves gelées, quelques poignées de farine ou de la chair de cheval. Mourants de faim, de soif, de fatigue et de sommeil, ces infortunés arrivaient sur une plage où ils apercevaient du bois, des feux, des vivres, d'innombrables équipages abandonnés, des bivouacs, enfin toute une ville improvisée. Le village de Studzianka avait été entièrement dépecé, partagé, transporté des hauteurs dans la plaine. Quelque *dolente* et périlleuse que fût cette cité, ses misères et ses dangers souriaient à des gens qui ne voyaient devant eux que les épouvantables déserts de la Russie. Enfin, c'était un vaste hôpital qui n'eut pas vingt heures d'existence. La lassitude de la vie et le sentiment d'un bien-être inattendu rendaient cette masse d'hommes inaccessible à toute pensée autre que celle du repos. Quoique l'artillerie de l'aile gauche des Russes tirât sans relâche sur cette masse, qui se dessinait comme une grande tache, tantôt noire, tantôt flamboyante, au milieu de la neige, ces infatigables boulets ne semblaient à la foule engourdie qu'une incommodité de plus. C'était comme un orage dont la foudre était dédaignée par tout le monde, parce qu'elle devait n'atteindre, çà et là, que des mourants, des malades ou des morts, peut-être. À chaque instant, les traînards arrivaient par groupes. Ces espèces de cadavres ambulants se divisaient aussitôt, et allaient mendier une place de foyer en foyer ; puis, repoussés le plus souvent, ils se réunissaient de nouveau pour obtenir de force l'hospitalité qui leur était refusée. Sourds à la voix de quelques officiers qui leur prédisaient la mort pour le lendemain, ils dépensaient la somme de courage nécessaire pour passer le fleuve à se construire un asile d'une nuit, à faire un repas souvent funeste ; cette mort qui les attendait ne leur paraissait plus un mal, puisqu'elle leur laissait une heure de sommeil. Ils ne donnaient le nom de *mal* qu'à la faim, à la soif, au froid. Quand il ne se trouva plus ni bois, ni feu, ni toile, ni abris, d'horribles luttes s'établirent entre ceux qui survenaient dénués de tout et les riches qui possédaient une demeure. Les plus faibles succombèrent. Enfin, il arriva un moment où quelques hommes chassés par les Russes n'eurent plus que la neige pour bivouac, et s'y couchèrent pour ne plus se relever. Insensiblement, cette masse d'êtres presque anéantis devint si compacte, si sourde, si stupide, ou si heureuse peut-être, que le maréchal Victor, qui en avait été l'héroïque défenseur en résistant à vingt mille Russes commandés par Wittgenstein, fut obligé de s'ouvrir un passage, de vive force, à travers cette forêt d'hommes, afin de faire franchir la Bérésina aux cinq mille braves qu'il amenait à l'empereur. Ces infortunés se laissaient écraser plutôt que de bouger, et périssaient en silence, en souriant à leurs feux éteints, et sans penser à la France…

À dix heures du soir seulement, le duc de Bellune se trouva de l'autre côté du fleuve. Avant de s'engager sur les ponts qui menaient à Zembin, il confia le sort de l'arrière-garde de Studzianka à Éblé, ce sauveur de tous ceux qui survécurent aux calamités de la Bérésina. Ce fut environ vers minuit que ce grand général, suivi d'un officier de courage, quitta la petite cabane qu'il occupait auprès du pont, et se mit à contempler le spectacle que présentait le camp situé entre la rive de la Bérésina et le chemin de Borizof à Studzianka. Le canon des Russes avait cessé de tonner ; des feux innombrables, qui, au milieu de cet amas de neige, pâlissaient et semblaient ne pas jeter de lueur, éclairaient çà et là des figures qui n'avaient rien d'humain. Des malheureux, au nombre de trente mille environ, appartenant à toutes les nations que Napoléon avait jetées sur la Russie, étaient là, jouant leur vie avec une brutale insouciance.

« Sauvons tout cela, dit le général à l'officier. Demain matin, les Russes seront maîtres de Studzianka. Il faudra donc brûler le pont au moment où ils paraîtront; ainsi, mon ami, du courage! Fais-toi jour jusqu'à la hauteur. Dis au général Fournier qu'à peine a-t-il le temps d'évacuer sa position, de percer tout ce monde, et de passer le pont. Quand tu l'auras vu se mettre en marche, tu le suivras. Aidé par quelques hommes valides, tu brûleras sans pitié les bivouacs, les équipages, les caissons, les voitures, tout! Chasse ce monde-là sur le pont! Contrains tout ce qui a deux jambes à se réfugier sur l'autre rive. L'incendie est maintenant notre dernière ressource. Si Berthier m'avait laissé détruire ces damnés équipages, ce fleuve n'aurait englouti personne que mes pauvres pontonniers, ces cinquante héros qui ont sauvé l'armée, et qu'on oubliera! »

Le général porta la main à son front et resta silencieux. Il sentait que la Pologne serait son tombeau, et qu'aucune voix ne s'élèverait en faveur de ces hommes sublimes qui se tinrent dans l'eau, l'eau de la Bérésina! pour y enfoncer les chevalets des ponts. Un seul d'entre eux vit encore, ou, pour être exact, souffre dans un village ignoré! L'aide de camp partit. À peine ce généreux officier avait-il fait cent pas vers Studzianka, que le général Éblé réveilla plusieurs de ses pontonniers souffrants, et commença son œuvre charitable en brûlant les bivouacs établis autour du pont, et obligeant ainsi les dormeurs qui l'entouraient à passer la Bérésina. Cependant, le jeune aide de camp était arrivé, non sans peine, à la seule maison de bois qui fût restée debout à Studzianka.

« Cette baraque est donc bien pleine, mon camarade ? dit-il à un homme qu'il aperçut en dehors.

— Si vous y entrez, vous serez un habile troupier, répondit l'officier sans se détourner et sans cesser de démolir avec son sabre le bois de la maison.

— Est-ce vous, Philippe ? dit l'aide de camp en reconnaissant au son de la voix l'un de ses amis.

— Oui... Ah ! ah ! c'est toi, mon vieux, répliqua M. de Sucy en regardant l'aide de camp, qui n'avait, comme lui, que vingt-trois ans. Je te croyais de l'autre côté de cette sacrée rivière. Viens-tu nous apporter des gâteaux et des confitures pour notre dessert ? Tu seras bien reçu, ajouta-t-il en achevant de détacher l'écorce du bois qu'il donnait, en guise de provende, à son cheval.

— Je cherche votre commandant pour le prévenir, de la part du général Éblé, de filer sur Zembin. Vous avez à peine le temps de percer cette masse de cadavres, que je vais incendier tout à l'heure afin de les faire marcher...

— Tu me réchauffes presque ! ta nouvelle me fait suer. J'ai deux amis à sauver ! Ah ! sans ces deux marmottes, mon vieux, je serais déjà mort ! C'est pour eux que je soigne mon cheval, et que je ne le mange pas. Par grâce, as-tu quelque croûte ? Voilà trente heures que je n'ai rien mis dans mon coffre, et je me suis battu comme un enragé, afin de conserver le peu de chaleur et de courage qui me restent.

— Pauvre Philippe, rien !... rien !... Mais votre général est là ?...

— N'essaye pas d'entrer! Cette grange contient nos blessés. Monte encore plus haut! tu rencontreras, sur ta droite, une espèce de toit à porc, le général est là! Adieu, mon brave. Si jamais nous dansons la trénis sur un parquet de Paris... »

Il n'acheva pas, la bise souffla dans ce moment avec une telle perfidie, que l'aide de camp marcha pour ne pas se geler et que les lèvres du major Philippe se glacèrent. Le silence régna bientôt. Il n'était interrompu que par les gémissements qui partaient de la maison, et par le bruit sourd que faisait le cheval de M. de Sucy en broyant, de faim et de rage, l'écorce glacée des arbres avec lesquels la maison était construite. Le major remit son sabre dans le fourreau, prit brusquement la bride du précieux animal qu'il avait su conserver, et l'arracha, malgré sa résistance, à la déplorable pâture dont il paraissait friand.

« En route, Bichette! en route! Il n'y a que toi, ma belle, qui puisse sauver Stéphanie. Va, plus tard, il nous sera permis de nous reposer, de mourir, sans doute. »

Philippe, enveloppé d'une pelisse à laquelle il devait sa conservation et son énergie, se mit à courir en frappant de ses pieds la neige durcie pour entretenir la chaleur. À peine le major eut-il fait cinq cents pas, qu'il aperçut un feu considérable à la place où, depuis le matin, il avait laissé sa voiture sous la garde d'un vieux soldat. Une inquiétude horrible s'empara de lui. Comme tous ceux qui, pendant cette déroute, furent dominés par un sentiment puissant, il trouva, pour secourir ses amis, des forces qu'il n'aurait pas eues pour se sauver lui-même. Il arriva bientôt à quelques pas d'un pli formé par le terrain, et au fond duquel il avait mis à l'abri des boulets une jeune femme, sa compagne d'enfance et son bien le plus cher !

À quelques pas de la voiture, une trentaine de traînards étaient réunis autour d'un immense foyer qu'ils entretenaient en y jetant des planches, des dessus de caissons, des roues et des panneaux de voitures. Ces soldats étaient, sans doute, les derniers venus de tous ceux qui, depuis le large sillon décrit par le terrain au bas de Studzianka jusqu'à la fatale rivière, formaient comme un océan de têtes, de feux, de baraques, une mer vivante agitée par des mouvements presque insensibles, et d'où il s'échappait un sourd bruissement, parfois mêlé d'éclats terribles. Poussés par la faim et par le désespoir, ces malheureux avaient probablement visité de force la voiture. Le vieux général et la jeune femme qu'ils y trouvèrent couchés sur des hardes, enveloppés de manteaux et de pelisses, gisaient en ce moment accroupis devant le feu. L'une des portières de la voiture était brisée. Aussitôt que les hommes placés autour du feu entendirent les pas du cheval et du major, il s'éleva parmi eux un cri de rage inspiré par la faim.

« Un cheval ! un cheval !… »

Les voix ne formèrent qu'une seule voix.

« Retirez-vous ! gare à vous ! » s'écrièrent deux ou trois soldats en ajustant le cheval.

Philippe se mit devant sa jument en disant :

« Gredins ! je vais vous culbuter tous dans votre feu. Il y a des chevaux morts là-haut : allez les chercher !

— Est-il farceur, cet officier-là… Une fois, deux fois, te déranges-tu ? répliqua un grenadier colossal. Non ? Eh bien, comme tu voudras alors. »

Un cri de femme domina la détonation. Philippe ne fut heureusement pas atteint; mais Bichette, qui avait succombé, se débattait contre la mort; trois hommes s'élancèrent et l'achevèrent à coups de baïonnettes.

« Cannibales! laissez-moi prendre la couverture et mes pistolets, dit Philippe au désespoir.

— Va pour les pistolets, répliqua le grenadier. Quant à la couverture, voilà un fantassin qui depuis deux jours *n'a rien dans le fanal*, et qui grelotte avec son méchant habit de vinaigre. C'est notre général... »

Philippe garda le silence en voyant un homme dont la chaussure était usée, le pantalon troué en dix endroits, et qui n'avait sur la tête qu'un mauvais bonnet de police chargé de givre. Il s'empressa de prendre ses pistolets. Cinq hommes amenèrent la jument devant le foyer, et se mirent à la dépecer avec autant d'adresse qu'auraient pu le faire des garçons bouchers de Paris. Les morceaux étaient miraculeusement enlevés et jetés sur des charbons. Le major alla se placer auprès de la femme qui avait poussé un cri d'épouvante en le reconnaissant; il la trouva immobile, assise sur un coussin de la voiture et se chauffant; elle le regarda silencieusement, sans lui sourire. Philippe aperçut alors près de lui le soldat auquel il avait confié la défense de la voiture; le pauvre homme était blessé. Accablé par le nombre, il venait de céder aux traînards qui l'avaient attaqué; mais, comme le chien qui a défendu jusqu'au dernier moment le dîner de son maître, il avait pris sa part du butin, et s'était fait une espèce de manteau avec un drap blanc. En ce moment, il s'occupait à retourner un morceau de la jument, et le major vit sur sa figure la joie que lui causaient les apprêts du festin. Le comte de Vandières, tombé depuis trois jours comme en enfance, restait sur un coussin, près de sa femme, et regardait d'un œil fixe ces flammes dont la chaleur commençait à dissiper son engourdissement. Il n'avait pas été plus ému du danger et de l'arrivée de Philippe que du combat par suite duquel sa voiture venait d'être pillée. D'abord Sucy saisit la main de la jeune comtesse, comme pour lui donner un témoignage d'affection et lui exprimer la douleur qu'il éprouvait de la voir ainsi réduite à la dernière misère ; mais il resta silencieux près d'elle, assis sur un tas de neige qui ruisselait en fondant, et céda lui-même au bonheur de se chauffer, en oubliant le péril, en oubliant tout. Sa figure contracta malgré lui une expression de joie presque stupide, et il attendit avec impatience que le lambeau de jument donné à son soldat fût rôti. L'odeur de cette chair charbonnée irritait sa faim, et sa faim faisait taire son cœur, son courage et son amour. Il contempla sans colère les résultats du pillage de sa voiture. Tous les hommes qui entouraient le foyer s'étaient partagé les couvertures, les coussins, les pelisses, les robes, les vêtements d'homme et de femme appartenant au comte, à la comtesse et au major. Philippe se retourna pour voir si l'on pouvait encore tirer parti de la caisse. Il aperçu à la lueur des flammes l'or, les diamants, l'argenterie, éparpillés sans que personne songeât à s'en approprier la moindre parcelle. Chacun des individus réunis par le hasard autour de ce feu gardait un silence qui avait quelque chose d'horrible, et ne faisait que ce qu'il jugeait nécessaire à son bien-être. Cette misère était grotesque.

Les figures, décomposées par le froid, étaient enduites d'une couche de boue sur laquelle les larmes traçaient, à partir des yeux jusqu'au bas des joues, un sillon qui attestait l'épaisseur de ce masque. La malpropreté de leur longue barbe rendait ces soldats encore plus hideux. Les uns étaient enveloppés dans des châles de femme ; les autres portaient des chabraques de cheval, des couvertures crottées, des haillons empreints de givre qui fondait ; quelques-uns avaient un pied dans une botte et l'autre dans un soulier ; enfin, il n'y avait personne dont le costume n'offrît une singularité risible. En présence de choses si plaisantes, ces hommes restaient graves et sombres. Le silence n'était interrompu que par le craquement du bois, par les pétillements de la flamme, par le lointain murmure du camp, et par les coups de sabre que les plus affamés donnaient à Bichette pour en arracher les meilleurs morceaux. Quelques malheureux, plus las que les autres, dormaient, et, si l'un d'eux venait à rouler dans le foyer, personne ne le relevait. Ces logiciens sévères pensaient que, s'il n'était pas mort, la brûlure devait l'avertir de se mettre en un lieu plus commode. Si le malheureux se réveillait dans le feu et périssait, personne ne le plaignait. Quelques soldats se regardaient, comme pour justifier leur propre insouciance par l'indifférence des autres. La jeune comtesse eut deux fois ce spectacle, et resta muette. Quand les différents morceaux que l'on avait mis sur des charbons furent cuits, chacun satisfit sa faim avec cette gloutonnerie qui, vue chez les animaux, nous semble dégoûtante.

« Voilà la première fois qu'on aura vu trente fantassins sur un cheval ! s'écria le grenadier qui avait abattu la jument. »

Ce fut la seule plaisanterie qui attestât l'esprit national.

Bientôt, la plupart de ces pauvres soldats se roulèrent dans leurs habits, se placèrent sur des planches, sur tout ce qui pouvait les préserver du contaĉt de la neige, et dormirent, insoucieux du lendemain. Quand le major fut réchauffé et qu'il eut apaisé sa faim, un invincible besoin de dormir lui appesantit les paupières. Pendant le temps assez court que dura son débat contre le sommeil, il contempla cette jeune femme qui, s'étant tourné la figure vers le feu pour dormir, laissait voir ses yeux clos et une partie de son front ; elle était enveloppée dans une pelisse fourrée et dans un gros manteau de dragon ; sa tête portait sur un oreiller taché de sang ; son bonnet d'astrakan, maintenu par un mouchoir noué sous le menton, lui préservait le visage du froid autant que cela était possible ; elle s'était caché les pieds dans le manteau. Ainsi roulée sur elle-même, elle ne ressemblait réellement à rien. Était-ce la dernière des vivandières ? était-ce cette charmante femme, la gloire d'un amant, la reine des bals parisiens ? Hélas ! l'œil même de son ami le plus dévoué n'apercevait plus rien de féminin dans cet amas de linges et de haillons. L'amour avait succombé sous le froid dans le cœur d'une femme. À travers les voiles épais que le plus irrésistible de tous les sommeils étendait sur les yeux du major, il ne voyait plus le mari et la femme que comme deux points. Les flammes du foyer, ces figures étendues, ce froid terrible qui rugissait à trois pas d'une chaleur fugitive, tout était rêve. Une pensée importune effrayait Philippe :

« Nous allons tous mourir, si je dors ! je ne veux pas dormir », se disait-il.

Il dormait. Une clameur terrible et une explosion réveillèrent M. de Sucy après une heure de sommeil. Le sentiment de son devoir, le péril de son amie retombèrent tout à coup sur son cœur. Il jeta un cri semblable à un rugissement. Lui et son soldat étaient seuls debout. Ils virent une mer de feu qui découpait devant eux, dans l'ombre de la nuit, une foule d'hommes, en dévorant les bivouacs et les cabanes ; ils entendirent des cris de désespoir, des hurlements ; ils aperçurent des milliers de figures désolées et de faces furieuses. Au milieu de cet enfer, une colonne de soldats se frayait un chemin vers le pont, entre deux haies de cadavres.

« C'est la retraite de notre arrière-garde, s'écria le major. Plus d'espoir !

— J'ai respecté votre voiture, Philippe », dit une voix amie.

En se retournant, Sucy reconnut le jeune aide de camp à la lueur des flammes.

« Ah ! tout est perdu, répondit le major. Ils ont mangé mon cheval... D'ailleurs comment pourrai-je faire marcher ce stupide général et sa femme ?

— Prenez un tison, Philippe, et menacez-les !

— Menacer la comtesse ?...

— Adieu ! s'écria l'aide de camp. Je n'ai que le temps de passer cette fatale rivière, et il le faut : j'ai une mère en France !... Quelle nuit ! Cette foule aime mieux rester sur la neige, et la plupart de ces malheureux se laissent brûler plutôt que de se lever... Il est quatre heures, Philippe ! Dans deux heures, les Russes commenceront à se remuer. Je vous assure que vous verrez la Bérésina encore une fois chargée de cadavres. Philippe, songez à vous! Vous n'avez pas de chevaux, vous ne pouvez pas porter la comtesse; ainsi, allons, venez avec moi, dit-il en le prenant par le bras.

— Mon ami, abandonner Stéphanie!... »

Le major saisit la comtesse, la mit debout, la secoua, avec la rudesse d'un homme au désespoir, et la contraignit de se réveiller; elle le regarda d'un œil fixe et mort.

« Il faut marcher, Stéphanie, ou nous mourrons ici! »

Pour toute réponse, la comtesse essayait de se laisser aller à terre pour dormir. L'aide de camp saisit un tison et l'agita devant la figure de Stéphanie.

« Sauvons-la malgré elle! » s'écria Philippe en soulevant la comtesse, qu'il porta dans la voiture.

Il revint implorer l'aide de son ami. Tous deux prirent le vieux général, sans savoir s'il était mort ou vivant, et le mirent auprès de sa femme. Le major fit rouler avec le pied chacun des hommes qui gisaient à terre, leur reprit ce qu'ils avaient pillé, entassa toutes les hardes sur les deux époux, et jeta dans un coin de la voiture quelques lambeaux rôtis de sa jument.

« Que voulez-vous donc faire? lui dit l'aide de camp.

— La traîner! répondit le major.

— Vous êtes fou!

— C'est vrai! » s'écria Philippe en se croisant les bras sur la poitrine.

Il parut tout à coup saisi par une pensée de désespoir.

« Toi, dit-il en saisissant le bras valide de son soldat, je te la confie pour une heure! Songe que tu dois plutôt mourir que de laisser approcher qui que ce soit de cette voiture. »

Le major s'empara des diamants de la comtesse, les tint d'une main, tira de l'autre son sabre, se mit à frapper rageusement ceux des dormeurs qu'il jugeait devoir être les plus intrépides, et réussit à réveiller le grenadier colossal et deux autres hommes dont il était impossible de connaître le grade.

« Nous sommes *flambés*! leur dit-il.

— Je le sais bien, répondit le grenadier, mais ça m'est égal.

— Eh bien! mort pour mort, ne vaut-il pas mieux vendre sa vie pour une jolie femme, et risquer de revoir encore la France?

— J'aime mieux dormir, dit un homme en se roulant sur la neige, si tu me tracasses encore, major, je te *fiche* mon briquet dans le ventre!

— De quoi s'agit-il, mon officier? reprit le grenadier. Cet homme est ivre. C'est un Parisien, ça aime ses aises.

— Ceci sera pour toi, brave grenadier! s'écria le major en lui présentant une rivière de diamants, si tu veux me suivre, et te battre comme un enragé. Les Russes sont à dix minutes d'ici; ils ont des chevaux; nous allons marcher sur leur première batterie et ramener deux lapins.

— Mais les sentinelles, major?

— L'un de nous trois…, dit-il au soldat. »

Il s'interrompit, regarda l'aide de camp :

« Vous venez, Hippolyte, n'est-ce pas? »

Hippolyte consentit par un signe de tête.

« L'un de nous, reprit le major, se chargera de la sentinelle. D'ailleurs, ils dorment peut-être aussi, ces sacrés Russes…

— Va, major! tu es un brave! Mais tu me mettras dans ton berlingot? dit le grenadier.

— Oui, si tu ne laisses pas ta peau là-haut.

— Si je succombais, Hippolyte, et toi, grenadier, dit le major en s'adressant à ses deux compagnons, promettez-moi de vous dévouer au salut de la comtesse?

— Convenu! » s'écria le grenadier.

Ils se dirigèrent vers la ligne russe, sur les batteries qui avaient si cruellement foudroyé la masse des malheureux gisant sur le bord de la rivière. Quelques moments après leur départ, le galop de deux chevaux retentissait sur la neige, et la batterie réveillée envoyait des volées qui passaient sur la tête des dormeurs; le pas des chevaux était si précipité, qu'on eût dit des maréchaux battant un fer. Le généreux aide de camp avait succombé... Le grenadier athlétique était sain et sauf. Philippe, en défendant son ami, avait reçu un coup de baïonnette dans l'épaule; néanmoins il se cramponnait aux crins du cheval, et le serrait si bien avec ses jambes, que l'animal se trouvait pris comme dans un étau.

« Dieu soit loué! s'écria le major en retrouvant son soldat immobile et sa voiture à sa place.

— Si vous êtes juste, mon officier, vous me ferez avoir la croix. Nous avons joliment joué de la clarinette et du bancal, hein?

— Nous n'avons encore rien fait! Attelons les chevaux. Prenez ces cordes.

— Il n'y en a pas assez.

— Eh bien! grenadier, mettez-moi la main sur ces dormeurs, et servez-vous de leurs châles, de leur linge...

— Tiens, il est mort, ce farceur-là! s'écria lé grenadier en dépouillant le premier auquel il s'adressa... Ah! c'te farce, ils sont morts!

— Tous?

— Oui, tous! Il paraît que le cheval est indigeste quand on le mange à la neige. »

Ces paroles firent trembler Philippe. Le froid avait redoublé.

« Dieu! perdre une femme que j'ai déjà sauvée vingt fois! »

Le major secoua la comtesse en criant :

« Stéphanie! Stéphanie! »

La jeune femme ouvrit les yeux.

« Madame, nous sommes sauvés!

— Sauvés! » répéta-t-elle en retombant.

Les chevaux furent attelés tant bien que mal. Le major, tenant son sabre de sa meilleure main, gardant les guides de l'autre, armé de ses pistolets, monta sur un des chevaux, et le grenadier sur le second. Le vieux soldat, dont les pieds étaient gelés, avait été jeté en travers de la voiture, sur le général et sur la comtesse. Excités à coups de sabre, les chevaux emportèrent l'équipage avec une sorte de furie dans la plaine, où d'innombrables difficultés attendaient le major. Bientôt il fut impossible d'avancer sans risquer d'écraser des hommes, des femmes et jusqu'à des enfants endormis, qui tous refusaient de bouger quand le grenadier les éveillait. En vain, M. de Sucy chercha-t-il la route que l'arrière-garde s'était frayée naguère au milieu de cette masse d'hommes, elle s'était effacée comme s'efface le sillage du vaisseau sur la mer; il n'allait qu'au pas, le plus souvent arrêté par des soldats qui le menaçaient de tuer ses chevaux.

« Voulez-vous arriver ? lui dit le grenadier.

— Au prix de tout mon sang ! au prix du monde entier ! répondit le major.

— Marche !… On ne fait pas d'omelette sans casser des œufs. »

Et le grenadier de la garde poussa les chevaux sur les hommes, ensanglanta les roues, renversa les bivouacs, en se traçant un double sillon de morts à travers ce champ de têtes. Mais rendons-lui la justice de dire qu'il ne se fit jamais faute de crier d'une voix tonnante :

« Gare donc, charognes !

— Les malheureux ! s'écria le major.

— Bah ! ça ou le froid, ça ou le canon ! » dit le grenadier en animant les chevaux et les piquant avec la pointe de son briquet.

Une catastrophe qui aurait dû leur arriver bien plus tôt, et dont un hasard fabuleux les avait préservés jusque là, vint tout à coup les arrêter dans leur marche. La voiture versa.

« Je m'y attendais ! s'écria l'imperturbable grenadier. Oh ! oh ! le camarade est mort.

— Pauvre Laurent ! dit le major.

— Laurent ? N'est-il pas du 5e chasseurs ?

— Oui.

— C'est mon cousin… Bah ! la chienne de vie n'est pas assez heureuse pour qu'on la regrette, par le temps qu'il fait. »

La voiture ne fut pas relevée, les chevaux ne furent pas dégagés sans une perte de temps immense, irréparable. Le choc avait été si violent, que la jeune comtesse, réveillée, et tirée de son engourdissement par la commotion, se débarrassa de ses couvertures et se leva.

« Philippe, où sommes-nous ? s'écria-t-elle d'une voix douce, en regardant autour d'elle.

— À cinq cents pas du pont. Nous allons passer la Bérésina. De l'autre côté de la rivière, Stéphanie, je ne vous tourmenterai plus, je vous laisserai dormir ; nous serons en sûreté ; nous gagnerons tranquillement Vilna. Dieu veuille que vous ne sachiez jamais ce que votre vie aura coûté !

— Tu es blessé ?

— Ce n'est rien. »

L'heure de la catastrophe était venue. Le canon des Russes annonça le jour. Maîtres de Studzianka, ils foudroyèrent la plaine ; et aux premières lueurs du matin, le major aperçut leurs colonnes se mouvant et se formant sur les hauteurs. Un cri d'alarme s'éleva du sein de la multitude, qui fut debout en un moment. Chacun comprit instinctivement son péril, et tous se dirigèrent vers le pont par un mouvement de vague. Les Russes descendaient avec la rapidité de l'incendie. Hommes, femmes, enfants, chevaux, tout marcha vers le pont. Heureusement, le major et la comtesse se trouvaient encore éloignés de la rive. Le général Éblé venait de mettre le feu aux chevalets de l'autre bord. Malgré les avertissements donnés à ceux qui envahissaient cette planche de salut, personne ne voulut reculer. Non seulement le pont s'abîma chargé de monde, mais l'impétuosité du fut d'hommes lancés vers cette fatale berge était si furieuse, qu'une masse humaine fut précipitée dans les eaux comme une avalanche. On n'entendit pas un cri, mais comme le bruit sourd d'une énorme pierre qui tombe à l'eau ; puis la Bérésina fut couverte de cadavres. Le mouvement rétrograde de ceux qui se reculèrent dans la plaine pour échapper à cette mort fut si violent, et leur choc contre ceux qui marchaient en avant fut si terrible, qu'un grand nombre de gens moururent étouffés. Le comte et la comtesse de Vandières durent la vie à leur voiture. Les chevaux, après avoir écrasé, pétri, une masse de mourants, périrent écrasés, foulés aux pieds par une trombe humaine qui se porta sur la rive. Le major et le grenadier trouvèrent leur salut dans leur force. Ils tuaient pour n'être pas tués. Cet ouragan de faces humaines, ce flux et reflux de corps animés par un même mouvement eut pour résultat de laisser pendant quelques moments la rive de la Bérésina déserte. La multitude s'était rejetée dans la plaine. Si quelques hommes se lancèrent à la rivière du haut de la berge, ce fut moins dans l'espoir d'atteindre l'autre rive, qui pour eux était la France, que pour éviter les déserts de la Sibérie. Le désespoir devint une égide pour quelques gens hardis. Un officier sauta de glaçon en glaçon jusqu'à l'autre bord ; un soldat rampa miraculeusement sur un amas de cadavres et de glaçons. Cette immense population finit par comprendre que les Russes ne tueraient pas vingt mille hommes sans armes, engourdis, stupides, qui ne se défendaient pas, et chacun attendit son sort avec une horrible résignation. Alors, le major, son grenadier, le vieux général et sa femme restèrent seuls à quelques pas de l'endroit où était le pont. Ils étaient là, tous quatre debout, les yeux secs, silencieux, entourés d'une masse de morts. Quelques soldats valides, quelques officiers auxquels la circonstance rendait toute leur énergie se trouvaient avec eux. Ce groupe assez nombreux comptait environ cinquante hommes. Le major aperçut, à deux cents pas de là, les ruines du pont fait pour les voitures, et qui s'était brisé l'avant-veille.

« Construisons un radeau ! » s'écria-t-il.

À peine avait-il laissé tomber cette parole, que le groupe entier courut vers ces débris. Une foule d'hommes se mirent à ramasser des crampons de fer, à chercher des pièces de bois, des cordes, enfin tous les matériaux nécessaires à la construction du radeau. Une vingtaine de soldats et d'officiers armés formèrent une garde commandée par le major pour protéger les travailleurs contre les attaques désespérées que pourrait tenter la foule en devinant leur dessein. Le sentiment de la liberté qui anime les prisonniers et leur inspire des miracles ne peut pas se comparer à celui qui faisait agir en ce moment ces malheureux Français.

« Voilà les Russes ! voilà les Russes ! » criaient aux travailleurs ceux qui les défendaient.

Et les bois criaient, le plancher croissait de largeur, de hauteur, de profondeur. Généraux, soldats, colonels, tous pliaient sous le poids des roues, des fers, des cordes, des planches : c'était une image réelle de la construction de l'arche de Noé. La jeune comtesse, assise auprès de son mari, contemplait ce spectacle avec le regret de ne pouvoir contribuer en rien à ce travail ; cependant, elle aidait à faire les nœuds pour consolider les cordages. Enfin, le radeau fui achevé. Quarante hommes le lancèrent dans les eaux de la rivière, tandis qu'une dizaine de soldats tenaient les cordes qui devaient servir à l'amarrer près de la berge. Aussitôt que les constructeurs virent leur embarcation flottant sur la Bérésina, ils s'y jetèrent du haut de la rive avec un horrible égoïsme. Le major, craignant la fureur de ce premier mouvement, tenait Stéphanie et le général par la main ; mais il frissonna quand il vit l'embarcation noire de monde et les hommes pressés dessus comme des spectateurs au parterre d'un théâtre.

« Sauvages ! s'écria-t-il, c'est moi qui vous ai donné l'idée de faire le radeau ; je suis votre sauveur, et vous me refusez une place ! »

Une rumeur confuse servit de réponse. Les hommes placés au bord du radeau et armés de bâtons qu'ils appuyaient sur la berge poussaient avec violence le train de bois, pour le lancer vers l'autre bord et lui faire fendre les glaçons et les cadavres.

« Tonnerre de Dieu ! je vous *fiche* à l'eau si vous ne recevez pas le major et ses deux compagnons, s'écria le grenadier, qui levant son sabre, empêcha le départ, et fit serrer les rangs, malgré des cris horribles.

— Je vais tomber !... Je tombe ! criaient ses compagnons. Partons ! en avant ! »

Le major regardait d'un œil sec sa maîtresse, qui levait les yeux au ciel par un sentiment de résignation sublime.

« Mourir avec toi ! » dit-elle.

Il y avait quelque chose de comique dans la situation des gens installés sur le radeau. Quoiqu'ils fissent entendre des rugissements affreux, aucun d'eux n'osait résister au grenadier; car ils étaient si pressés, qu'il suffisait de pousser une seule personne pour tout renverser. Dans ce danger, un capitaine essaya de se débarrasser du soldat, qui aperçut le mouvement hostile de l'officier, le saisit, et le précipita dans l'eau en lui disant :

« Ah! ah! canard, tu veux boire! Va!... Voilà deux places! s'écria-t-il. Allons major, jetez-nous votre petite femme, et venez! Laissez ce vieux roquentin, qui crèvera demain.

— Dépêchez-vous! cria une voix composée de cent voix.

— Allons, major! ils grognent, les autres, et ils ont raison. »

Le comte de Vandières se débarrassa de ses haillons et se montra debout dans son uniforme de général.

« Sauvons le comte », dit Philippe.

Stéphanie serra la main de son ami, se jeta sur lui et l'embrassa par une horrible étreinte.

« Adieu! » dit-elle.

Ils s'étaient compris. Le comte de Vandières retrouva ses forces et sa présence d'esprit pour sauter dans l'embarcation où Stéphanie le suivit après avoir donné un dernier regard à Philippe.

« Major, voulez-vous ma place? Je me moque de la vie, s'écria le grenadier; je n'ai ni femme, ni enfant, ni mère...

— Je te les confie, cria le major en désignant le comte et sa femme.

— Soyez tranquille, j'en aurai soin comme de mon œil. »

Le radeau fut lancé avec tant de violence vers la rive opposée à celle où Philippe restait immobile, qu'en touchant terre la secousse ébranla tout. Le comte, qui était au bord, roula dans la rivière. Au moment où il y tombait, un glaçon lui coupa la tête et la lança au loin, comme un boulet.

« Hein ! major ! cria le grenadier.

— Adieu ! » cria une voix de femme.

Philippe de Sucy tomba glacé d'horreur, accablé par le froid, par le regret et par la fatigue.

« Ma pauvre nièce était devenue folle, ajouta le médecin après un moment de silence. Ah ! Monsieur, reprit-il en saisissant la main de M. d'Albon, combien la vie a été affreuse pour cette petite femme, si jeune, si délicate ! Après avoir été, par un malheur inouï, séparée de ce grenadier de la garde, nommé Fleuriot, elle fut traînée, pendant deux ans, à la suite de l'armée, le jouet d'un tas de misérables. Elle allait, m'a-t-on dit, pieds nus, mal vêtue, restait des mois entiers sans soins, sans nourriture ; tantôt gardée dans les hôpitaux, tantôt chassée comme un animal. Dieu seul connaît les malheurs auxquels cette infortunée a pourtant survécu. Elle était dans une petite ville d'Allemagne, enfermée avec des fous, pendant que ses parents, qui la croyaient morte, partageaient ici sa succession. En 1816, le grenadier Fleuriot la reconnut dans une auberge de Strasbourg, où elle venait d'arriver après s'être évadée de sa prison. Quelques paysans racontèrent au grenadier que la comtesse avait vécu un mois entier dans une forêt, et qu'ils l'avaient traquée pour s'emparer d'elle, sans pouvoir y parvenir. J'étais alors à quelques lieues de

Strasbourg. En entendant parler d'une fille sauvage, j'eus le désir de vérifier les faits extraordinaires qui donnaient matière à des contes ridicules. Que devins-je en reconnaissant la comtesse ? Fleuriot m'apprit tout ce qu'il savait de cette déplorable histoire. J'emmenai ce pauvre homme avec ma nièce en Auvergne, où j'eus le malheur de le perdre. Il avait un peu d'empire sur Mme de Vandières. Lui seul a pu obtenir d'elle qu'elle s'habillât. *Adieu !* ce mot qui, pour elle, est toute la langue, elle le disait jadis rarement. Fleuriot avait entrepris de réveiller en elle quelques idées ; mais il a échoué, et n'a gagné que de lui faire prononcer un peu plus souvent cette triste parole. Le grenadier savait la distraire et l'occuper en jouant avec elle, et, par lui, j'espérais ; mais...

L'oncle de Stéphanie se tut pendant un moment.

« Ici, reprit-il, elle a trouvé une autre créature avec laquelle elle paraît s'entendre. C'est une paysanne idiote, qui, malgré sa laideur et sa stupidité, a aimé un maçon. Ce maçon a voulu l'épouser, parce qu'elle possède quelques quartiers de terre. La pauvre Geneviève a été pendant un an la plus heureuse créature qu'il y eût au monde. Elle se parait, et allait le dimanche danser avec Dallot ; elle comprenait l'amour ; il y avait place dans son cœur et dans son esprit pour un sentiment. Mais Dallot a fait des réflexions. Il a trouvé une jeune fille qui a son bon sens et deux quartiers de terre de plus que n'en a Geneviève. Dallot a donc laissé Geneviève. Cette pauvre créature a perdu le peu d'intelligence que l'amour avait développée en elle, et ne sait plus que garder les vaches ou faire de l'herbe. Ma nièce et cette pauvre fille sont en quelque sorte unies par la chaîne invisible de leur commune destinée et par le sentiment qui cause leur folie. Tenez, voyez ! » dit l'oncle de Stéphanie en conduisant le marquis d'Albon à la fenêtre.

Le magistrat aperçut, en effet, la jolie comtesse assise à terre entre les jambes de Geneviève. La paysanne, armée d'un énorme peigne d'os, mettait toute son attention à démêler la longue chevelure noire de Stéphanie, qui se laissait faire en jetant des cris étouffés dont l'accent trahissait un plaisir instinctivement ressenti. M. d'Albon frissonna en voyant l'abandon du corps et la nonchalance animale qui trahissait chez la comtesse une complète absence de l'âme.

« Philippe ! Philippe ! s'écria-t-il, les malheurs passés ne sont rien. N'y a-t-il donc point d'espoir ? » demanda-t-il.

Le vieux médecin leva les yeux au ciel.

« Adieu, monsieur, dit M. d'Albon en serrant la main du vieillard. Mon ami m'attend ; vous ne tarderez pas à le voir. »

« C'est donc bien elle ? s'écria Sucy après avoir entendu les premiers mots du marquis d'Albon… Ah ! j'en doutais encore ! ajouta-t-il en laissant tomber quelques larmes de ses yeux noirs, dont l'expression était habituellement sévère.

— Oui, c'est la comtesse de Vandières », répondit le magistrat.

Le colonel se leva brusquement et s'empressa de s'habiller.

« Eh bien, Philippe, dit le magistrat stupéfait, deviendrais-tu fou ?

— Mais je ne souffre plus, répondit le colonel avec sim-
plicité. Cette nouvelle a calmé toutes mes douleurs, et
quel mal pourrait se faire sentir quand je pense à Stéphanie ? Je vais aux Bons-Hommes, la voir, lui parler, la gué-
rir. Elle est libre : et bien, le bonheur nous sourira, ou il
n'y aurait pas de Providence. Crois-tu donc que cette
pauvre femme puisse m'entendre et ne pas recouvrer la
raison ?

— Elle t'a déjà vu sans te reconnaître », répliqua doucement le magistrat, qui, s'apercevant de l'espérance exaltée
de son ami, cherchait à lui inspirer des doutes salutaires.

Le colonel tressaillit ; mais il se mit à sourire en laissant
échapper un léger mouvement d'incrédulité. Personne
n'osa s'opposer au dessein du colonel. En peu d'heures, il
fut établi dans le vieux prieuré, auprès du médecin et de
la comtesse de Vandières.

« Où est-elle ? s'écria-t-il en arrivant.

— Chut ! lui répondit M. Fanjat, l'oncle de Stéphanie.
Elle dort. Tenez, la voici. »

Philippe vit la pauvre folle accroupie au soleil sur un
banc. Sa tête était protégée contre les ardeurs de l'air par
une forêt de cheveux épars sur son visage ; ses bras pen-
daient avec grâce jusqu'à terre ; son corps gisait élégamment posé comme celui d'une biche ; ses pieds étaient
pliés sous elle, sans effort ; son sein se soulevait par intervalles égaux ; sa peau, son teint avaient cette blancheur de
porcelaine qui nous fait tant admirer la figure transpa-
rente des enfants. Immobile auprès d'elle, Geneviève tenait à la main un rameau que Stéphanie avait sans doute
été détacher de la plus haute cime d'un peuplier, et l'idiote

agitait doucement ce feuillage au-dessus de sa compagne endormie, pour chasser les mouches et rafraîchir l'atmosphère. La paysanne regarda M. Fanjat et le colonel ; puis, comme un animal qui a reconnu son maître, elle retourna lentement la tête vers la comtesse et continua de veiller sur elle, sans avoir donné la moindre marque d'étonnement ou d'intelligence. L'air était brûlant. Le banc de pierre semblait étinceler, et la prairie élançait vers le ciel ces lutines vapeurs qui voltigent et flambent au-dessus des herbes comme une poussière d'or ; mais Geneviève paraissait ne pas sentir cette chaleur dévorante. Le colonel serra violemment les mains du médecin dans les siennes. Des pleurs échappés des yeux du militaire roulèrent le long de ses joues mâles et tombèrent sur le gazon, aux pieds de Stéphanie.

« Monsieur, dit l'oncle, voilà deux ans que mon cœur se brise tous les jours. Bientôt vous serez comme moi. Si vous ne pleurez pas, vous n'en sentirez pas moins votre douleur.

— Vous l'avez soignée ! » dit le colonel, dont les yeux exprimaient autant de reconnaissance que de jalousie.

Ces deux hommes s'entendirent ; et, de nouveau, se pressant fortement la main, ils restèrent immobiles, en contemplant le calme admirable que le sommeil répandait sur cette charmante créature. De temps en temps, Stéphanie poussait un soupir, et ce soupir, qui avait toutes les apparences de la sensibilité, faisait frissonner d'aise le malheureux colonel.

« Hélas ! lui dit doucement M. Fanjat, ne vous abusez pas, monsieur, vous la voyez en ce moment dans toute sa raison. »

Ceux qui sont restés avec délices pendant des heures entières occupés à voir dormir une personne tendrement aimée, dont les yeux devaient leur sourire au réveil, comprendront sans doute le sentiment doux et terrible qui agitait le colonel. Pour lui, ce sommeil était une illusion ; le réveil devait être une mort, et la plus horrible de toutes les morts. Tout à coup, un jeune chevreau, accouru en trois bonds vers le banc, flaira Stéphanie, que ce bruit réveilla ; elle se mit légèrement sur ses pieds, sans que ce mouvement effrayât le capricieux animal ; mais, quand elle eut aperçu Philippe, elle se sauva, suivie de son compagnon quadrupède, jusqu'à une baie de sureaux ; puis elle jeta ce petit cri d'oiseau effarouché que déjà le colonel avait entendu près de la grille où la comtesse était apparue à M. d'Albon pour la première fois. Enfin, elle grimpa sur un faux ébénier, se nicha dans la houppe verte de cet arbre, et se mit à regarder l'*étranger* avec l'attention du plus curieux de tous les rossignols de la forêt.

« Adieu, adieu, adieu ! » dit-elle sans que l'âme communiquât une seule inflexion sensible à ce mot.

C'était l'impassibilité de l'oiseau sifflant son air.

« Elle ne me reconnaît pas ! s'écria le colonel au désespoir... Stéphanie, c'est Philippe, ton Philippe !... Philippe ! »

Et le pauvre militaire s'avança vers l'ébénier ; mais quand il fut à trois pas de l'arbre, la comtesse le regarda comme pour le défier, quoiqu'une sorte d'expression craintive passât dans son œil ; puis, d'un seul bond, elle se sauva de l'ébénier sur un acacia, et, de là, sur un sapin du Nord, où elle se balança de branche en branche avec une légèreté inouïe.

« Ne la poursuivez pas, dit M. Fanjat au colonel. Vous mettriez entre elle et vous une aversion qui pourrait devenir insurmontable ; je vous aiderai à vous en faire connaître et à l'apprivoiser. Venez sur ce banc. Si vous ne faites point attention à cette pauvre folle, alors vous ne tarderez pas à la voir s'approcher insensiblement pour vous examiner.

— *Elle !* ne pas me reconnaître, et me fuir ! » répéta le colonel en s'asseyant le dos contre un arbre dont le feuillage ombrageait un banc rustique.

Et sa tête se pencha sur sa poitrine. Le docteur garda le silence. Bientôt la comtesse descendit doucement du haut de son sapin, en voltigeant comme un feu follet, en se laissant aller parfois aux ondulations que le vent imprimait aux arbres. Elle s'arrêtait à chaque branche pour épier l'étranger ; mais, en le voyant immobile, elle finit par sauter sur l'herbe, se mit debout, et vint à lui d'un pas lent, à travers la prairie. Quand elle se fut posée contre un arbre qui se trouvait à dix pieds environ du banc, M. Fanjat dit à voix basse au colonel :

« Prenez adroitement, dans ma poche, quelques morceaux de sucre, et montrez-les-lui, elle viendra ; je renoncerai volontiers, en votre faveur, au plaisir de lui donner des friandises. À l'aide du sucre, qu'elle aime avec passion, vous l'habituerez à s'approcher de vous et à vous reconnaître.

— Quand elle était femme, répondit tristement Philippe, elle n'avait aucun goût pour les mets sucrés. »

Lorsque le colonel agita vers Stéphanie le morceau de sucre qu'il tenait entre le pouce et l'index de la main droite, elle poussa de nouveau son cri sauvage, et s'élança vivement sur Philippe ; puis elle s'arrêta, combattue par la peur instinctive qu'il lui causait ; elle regardait le sucre et détournait la tête alternativement, comme ces malheureux chiens à qui leurs maîtres défendent de toucher à un mets avant qu'on ait dit une des dernières lettres de l'alphabet qu'on récite lentement. Enfin la passion bestiale triompha de la peur : Stéphanie se précipita sur Philippe, avança timidement sa jolie main brune pour saisir sa proie, toucha les doigts de son amant, attrapa le sucre et disparut dans un bouquet de bois. Cette horrible scène acheva d'accabler le colonel, qui fondit en larmes et s'enfuit dans le salon.

« L'amour aurait-il donc moins de courage que l'amitié ? lui dit M. Fanjat. J'ai de l'espoir, monsieur le baron. Ma pauvre nièce était dans un état bien plus déplorable que celui où vous la voyez.

— Est-ce possible ? s'écria Philippe.

— Elle restait nue », reprit le médecin.

Le colonel fit un geste d'horreur et pâlit ; le docteur crut reconnaître dans cette pâleur quelques fâcheux symptômes, il vint lui tâter le pouls, et le trouva en proie à une fièvre violente ; à force d'instances, il parvint à le faire mettre au lit, et lui prépara une légère dose d'opium afin de lui procurer un sommeil calme.

Huit jours environ s'écoulèrent, pendant lesquels le baron de Sucy fut souvent aux prises avec des angoisses mortelles ; aussi, bientôt ses yeux n'eurent-ils plus de larmes. Son âme, souvent brisée, ne put s'accoutumer au spectacle que lui présentait la folie de la comtesse ; mais il pactisa, pour ainsi dire, avec cette cruelle situation, et trouva des adoucissements dans sa douleur. Son héroïsme ne connut pas de bornes. Il eut le courage d'apprivoiser Stéphanie en lui choisissant des friandises ; il mit tant de soin à lui apporter cette nourriture, il sut si bien graduer les modestes conquêtes qu'il voulait faire sur l'instinct de sa maîtresse, ce dernier lambeau de son intelligence, qu'il parvint à la rendre plus *privée* qu'elle ne l'avait jamais été. Le colonel descendait chaque matin dans le parc ; et si, après avoir longtemps cherché la comtesse, il ne pouvait deviner sur quel arbre elle se balançait mollement, ni le coin dans lequel elle s'était tapie pour y jouer avec un oiseau, ni sur quel toit elle s'était perchée, il sifflait l'air si célèbre de *Partant pour la Syrie*, auquel se rattachait le souvenir d'une scène de leurs amours. Aussitôt Stéphanie accourait avec la légèreté d'un faon. Elle s'était si bien habituée à voir le colonel, qu'il ne l'effrayait plus ; bientôt elle s'accoutuma à s'asseoir sur lui, à l'entourer de son bras sec et agile. Dans cette attitude, si chère aux amants, Philippe donnait lentement quelques sucreries à la friande comtesse. Après les avoir mangées toutes, il arrivait souvent à Stéphanie de visiter les poches de son ami par des gestes qui avaient la vélocité mécanique des mouvements du singe. Quand elle était bien sûre qu'il n'y avait plus rien, elle regardait Philippe d'un œil clair, sans idées, sans reconnaissance ; elle jouait alors avec lui ; elle essayait de lui ôter ses bottes pour voir son pied, elle déchirait ses gants, mettait son chapeau ; mais elle lui laissait passer les mains dans sa chevelure, lui permettait de la prendre dans ses bras, et recevait sans plaisir des baisers ardents ; enfin, elle le regardait silencieusement quand il versait des larmes ; elle comprenait bien le sifflement de *Partant pour la Syrie*, mais il ne put réussir à lui faire prononcer son propre nom de *Stéphanie!* Philippe était soutenu dans son horrible entreprise par un espoir qui ne l'abandonnait jamais. Si, par une belle matinée d'automne, il voyait la comtesse paisiblement assise sur un banc, sous un peuplier jauni, le pauvre amant se couchait à ses pieds, et la regardait dans les yeux aussi longtemps qu'elle voulait bien se laisser voir, en espérant que la lumière qui s'en échappait redeviendrait intelligente; parfois il se faisait illusion, il croyait avoir aperçu ces rayons durs et immobiles, vibrant de nouveau, amollis, vivants, et il s'écriait:

« Stéphanie! Stéphanie! tu m'entends, tu me vois! »

Mais elle écoutait le son de cette voix comme un bruit, comme l'effort du vent qui agitait les arbres, comme le mugissement de la vache sur laquelle elle grimpait; et le colonel se tordait les mains de désespoir, désespoir toujours nouveau. Le temps et ces vaines épreuves ne faisaient qu'augmenter sa douleur. Un soir, par un ciel calme, au milieu du silence et de la paix de ce champêtre asile, M. Fanjat aperçut de loin le baron occupé à charger un pistolet. Le vieux médecin comprit que Philippe n'avait plus d'espoir; il sentit tout son sang affluer à son cœur, et, s'il résista au vertige qui s'emparait de lui, c'est qu'il aimait mieux voir sa nièce vivante et folle que morte. Il accourut.

« Que faites-vous? dit-il.

— Ceci est pour moi, répondit le colonel en montrant sur le banc un pistolet chargé, et voilà pour elle! ajouta-t-il en achevant de fouler la bourre au fond de l'arme qu'il tenait. »

La comtesse était étendue par terre, et jouait avec les balles.

« Vous ne savez donc pas, reprit froidement le médecin, qui dissimula son épouvante, que cette nuit, en dormant, elle a dit : « Philippe ! »

— Elle m'a nommé ! s'écria le baron en laissant tomber son pistolet, que Stéphanie ramassa ; mais il le lui arracha des mains, s'empara de celui qui était sur le banc, et se sauva.

— Pauvre petite ! » s'écria le médecin, heureux du succès qu'avait eu sa supercherie.

Il pressa la folle sur son sein, et dit, en continuant :

« Il t'aurait tuée, l'égoïste ! Il veut te donner la mort, parce qu'il souffre. Il ne sait pas t'aimer pour toi, mon enfant ! Nous lui pardonnons, n'est-ce pas ? Il est insensé, et toi, tu n'es que folle. Va ! Dieu seul doit te rappeler près de lui. Nous te croyons malheureuse, parce que tu ne participes plus à nos misères, sots que nous sommes !... Mais, dit-il en l'asseyant sur ses genoux, tu es heureuse, rien ne te gêne ; tu vis comme l'oiseau, comme le daim... »

Elle s'élança sur un jeune merle qui sautillait, le prit en jetant un petit cri de joie, l'étouffa, le regarda mort, et le laissa au pied d'un arbre sans plus y penser.

Le lendemain, aussitôt qu'il fit jour, le colonel descendit dans les jardins, il chercha Stéphanie, il croyait au bonheur ; ne la trouvant pas, il siffla. Quand sa maîtresse fut venue, il la prit par le bras ; et, marchant pour la première fois ensemble, ils allèrent sous un berceau d'arbres flétris dont les feuilles tombaient sous la brise matinale.

Le colonel s'assit, et Stéphanie se posa d'elle-même sur lui. Philippe en trembla d'aise.

« Mon amour, lui dit-il en baisant avec ardeur les mains de la comtesse, je suis Philippe…

Elle le regarda avec curiosité.

« Viens, ajouta-t-il en la pressant. Sens-tu battre mon cœur ? Il n'a battu que pour toi. Je t'aime toujours. Philippe n'est pas mort, il est là, tu es sur lui. Tu es ma Stéphanie, et je suis ton Philippe !

— Adieu, dit-elle, adieu. »

Le colonel frissonna, car il crut s'apercevoir que son exaltation se communiquait à sa maîtresse. Son cri déchirant, excité par l'espoir, ce dernier effort d'un amour éternel, d'une passion délirante, réveillait la raison de son amie.

« Ah ! Stéphanie, nous serons heureux. »

Elle laissa échapper un cri de satisfaction, et ses yeux eurent un vague éclair d'intelligence.

« Elle me reconnaît !… Stéphanie !… »

Le colonel sentit son cœur se gonfler, ses paupières devenir humides. Mais il vit tout à coup la comtesse lui montrer un peu de sucre qu'elle avait trouvé en le fouillant pendant qu'il parlait. Il avait donc pris pour une pensée humaine ce degré de raison que suppose la malice du singe… Philippe perdit connaissance. M. Fanjat trouva la comtesse assise sur le corps du colonel. Elle mordait son sucre en témoignant son plaisir par des minauderies qu'on aurait admirées si, quand elle avait sa raison, elle eût voulu imiter par plaisanterie sa perruche ou sa chatte.

« Ah! mon ami, s'écria Philippe en reprenant ses sens, je meurs tous les jours, à tous les instants! J'aime trop! Je supporterais tout si, dans sa folie, elle avait gardé un peu du caractère féminin. Mais la voir toujours sauvage, et même dénuée de pudeur; la voir…

— Il vous fallait donc une folie d'opéra, dit aigrement le docteur, et vos dévouements d'amour sont donc soumis à des préjugés! Eh quoi! monsieur, je me suis privé pour vous du triste bonheur de nourrir ma nièce, je vous ai laissé le plaisir de jouer avec elle, je n'ai gardé pour moi que les charges les plus pesantes… Pendant que vous dormez, je veille sur elle, je… Allez, monsieur, abandonnez-la. Quittez ce triste ermitage. Je sais vivre avec cette chère petite créature; je comprends sa folie, j'épie ses gestes, je suis dans ses secrets. Un jour, vous me remercierez. »

Le colonel quitta les Bons-Hommes, pour n'y plus revenir qu'une fois. Le docteur fut épouvanté de l'effet qu'il avait produit sur son hôte, il commençait à l'aimer à l'égal de sa nièce. Si, des deux amants, il y en avait un digne de pitié, c'était certes Philippe : ne portait-il pas à lui seul le fardeau d'une épouvantable douleur! Le médecin fit prendre des renseignements sur le colonel, et apprit que le malheureux s'était réfugié dans une terre qu'il possédait près de Saint-Germain. Le baron avait, sur la foi d'un rêve, conçu un projet pour rendre la raison à la comtesse. À l'insu du docteur, il employait le reste de l'automne aux préparatifs de cette immense entreprise. Une petite rivière coulait dans son parc, où elle inondait, en hiver, un grand marais qui ressemblait à peu près à celui qui s'étendait le long de la rive droite de la Bérésina. Le village de Satout, situé sur une colline, achevait d'encadrer cette scène d'horreur, comme Studzianka enveloppait la plaine de la Bérésina. Le colonel rassembla des ouvriers pour faire creuser un canal qui représentât la dévorante rivière où s'étaient perdus les trésors de la France, Napoléon et son armée. Aidé par ses souvenirs, Philippe réussit à copier dans son parc la rive où le général Éblé avait construit ses ponts. Il planta des chevalets et les brûla de manière à figurer les ais noircis et à demi consumés qui, de chaque côté de la rive, avaient attesté aux traînards que la route de France leur était fermée.

Le colonel fit apporter des débris semblables à ceux dont s'étaient servis ses compagnons d'infortune pour construire leur embarcation. Il ravagea son parc, afin de compléter l'illusion sur laquelle il fondait sa dernière espérance. Il commanda des uniformes et des costumes délabrés, afin d'en revêtir plusieurs centaines de paysans. Il éleva des cabanes, des bivouacs, des batteries, qu'il incendia. Enfin, il n'oublia rien de ce qui pouvait reproduire la plus horrible de toutes les scènes, et il atteignit son but. Vers les premiers jours du mois de décembre, quand la neige eut revêtu la terre d'un épais manteau blanc, il crut voir la Bérésina. Cette fausse Russie était d'une si épouvantable vérité, que plusieurs de ses compagnons d'armes reconnurent la scène de leurs anciennes misères. M. de Sucy garda le secret de cette représentation tragique, de laquelle, à cette époque, plusieurs sociétés parisiennes s'entretinrent comme d'une folie.

Au commencement du mois de janvier 1820, le colonel

monta dans une voiture semblable à celle qui avait amené M. et Mme de Vandières de Moscou à Studzianka, et se dirigea vers la forêt de l'Isle-Adam. Il était traîné par des chevaux à peu près semblables à ceux qu'il avait été chercher, au péril de sa vie, dans les rangs des Russes. Il portait les vêtements souillés et bizarres, les armes, la coiffure qu'il avait le 29 novembre 1812. Il avait même laissé croître sa barbe, ses cheveux, et négligé son visage, pour que rien ne manquât à cette affreuse vérité.

« Je vous ai deviné, s'écria M. Fanjat en voyant le colonel descendre de voiture. Si vous voulez que votre projet réussisse, ne vous montrez pas dans cet équipage. Ce soir, je ferai prendre à ma nièce un peu d'opium. Pendant son sommeil, nous l'habillerons comme elle l'était à Studzianka, et nous la mettrons dans cette voiture. Je vous suivrai dans une berline. »

Sur les deux heures du matin, la jeune comtesse fut portée dans la voiture, posée sur des coussins et enveloppée d'une grossière couverture. Quelques paysans éclairaient ce singulier enlèvement. Tout à coup, un cri perçant retentit dans le silence de la nuit. Philippe et le médecin se retournèrent et virent Geneviève qui sortait demi-nue de la chambre basse où elle couchait.

« Adieu, adieu, c'est fini ! adieu ! criait-elle en pleurant à chaudes larmes.

— Eh bien ! Geneviève, qu'as-tu ? » lui dit M. Fanjat.

Geneviève agita la tête par un mouvement de désespoir, leva le bras vers le ciel, regarda la voiture, poussa un long grognement, donna des marques visibles d'une profonde terreur et rentra silencieuse.

« Cela est de bon augure, s'écria le colonel. Cette fille regrette de n'avoir plus de compagne. Elle *voit* peut-être que Stéphanie va recouvrer la raison.

— Dieu le veuille! » répondit M. Fanjat, qui parut affecté de cet incident.

Depuis qu'il s'était occupé de la folie, il avait rencontré plusieurs exemples de l'esprit prophétique et du don de seconde vue dont quelques preuves ont été données par des aliénés, et qui se retrouvent, au dire de plusieurs voyageurs, chez les tribus sauvages.

Ainsi que le colonel l'avait calculé, Stéphanie traversa la plaine fictive de la Bérésina sur les neuf heures du matin, elle fut réveillée par une boîte qui partit à cent pas de l'endroit où la scène avait lieu. C'était un signal. Mille paysans poussèrent une effroyable clameur, semblable au hourra de désespoir qui alla épouvanter les Russes quand vingt mille traînards se virent livrés par leur faute à la mort ou à l'esclavage. À ce cri, à ce coup de canon, la comtesse sauta hors de la voiture, courut avec une délirante angoisse sur la place neigeuse, vit les bivouacs brûlés, et le fatal radeau que l'on jetait dans une Bérésina glacée. Le major Philippe était là, faisant tournoyer son sabre sur la multitude. Mme de Vandières laissa échapper un cri qui glaça tous les cœurs, et se plaça devant le colonel, qui palpitait. Elle se recueillit, regarda d'abord vaguement cet étrange tableau. Pendant un instant aussi rapide que l'éclair, ses yeux eurent la lucidité dépourvue d'intelligence que nous admirons dans l'œil éclatant des oiseaux; puis elle passa la main sur son front avec l'expression vive d'une personne qui médite, elle contempla ce souvenir vivant, cette vie passée traduite devant elle, tourna vivement la tête vers Philippe, et *le vit*! Un affreux silence régnait au milieu de la foule. Le colonel haletait et n'osait parler, le docteur pleurait. Le beau visage de Stéphanie se colora faiblement; puis, de teinte en teinte, elle finit par reprendre l'éclat d'une jeune fille étincelante de fraîcheur. Son visage devint d'un beau pourpre. La vie et le bonheur, animés par une intelligence flamboyante, gagnaient de proche en proche comme un incendie. Un tremblement convulsif se communiqua des pieds au cœur. Puis ces phénomènes, qui éclatèrent en un moment, eurent comme un lien commun quand les yeux de Stéphanie lancèrent un rayon céleste, une flamme animée. Elle vivait, elle pensait! Elle frissonna, de terreur peut-être? Dieu déliait lui-même une seconde fois cette langue morte, et jetait de nouveau son feu dans cette âme éteinte. La volonté humaine vint avec ses torrents électriques et vivifia ce corps d'où elle avait été si longtemps absente.

« Stéphanie! cria le colonel.

— Oh! c'est Philippe! » dit la pauvre comtesse.

Elle se précipita dans les bras tremblants que le colonel lui tendait, et l'étreinte des deux amants effraya les spectateurs. Stéphanie fondait en larmes. Tout à coup, ses pleurs se séchèrent, elle se cadavérisa comme si la foudre l'eût touchée, et dit d'un son de voix faible :

« Adieu, Philippe!… Je t'aime… Adieu!

— Oh! elle est morte! » s'écria le colonel en ouvrant les bras.

Le vieux médecin reçut le corps inanimé de sa nièce, l'embrassa comme eût fait un jeune homme, l'emporta et s'assit avec elle sur un tas de bois. Il regarda la comtesse en lui posant sur le cœur une main débile et convulsivement agitée. Le cœur ne battait plus.

« C'est donc vrai ? dit-il en contemplant tour à tour le colonel immobile et la figure de Stéphanie, sur laquelle la mort répandait cette beauté resplendissante, fugitive auréole, le gage peut-être d'un brillant avenir… Oui, elle est morte.

— Ah ! ce sourire ! s'écria Philippe ; voyez donc ce sourire ! Est-ce possible ?

— Elle est déjà froide !… » répondit M. Fanjat.

M. de Sucy fit quelques pas pour s'arracher à ce spectacle, mais il s'arrêta, siffla l'air qu'entendait la folle, et, ne voyant pas sa maîtresse accourir, il s'éloigna d'un pas chancelant, comme un homme ivre, sifflant toujours, mais ne se retournant plus…

Le général Philippe de Sucy passait dans le monde pour un homme très aimable et surtout très gai. Il y a quelques jours, une dame le complimenta sur sa bonne humeur et sur l'égalité de son caractère.

« Ah ! Madame, lui dit-il, je paye mes plaisanteries bien cher, le soir, quand je suis seul.

— Êtes-vous donc jamais seul ?…

— Non », répondit-il en souriant.

Si un observateur judicieux de la nature humaine avait pu voir en ce moment l'expression du visage de Sucy, il en eût frissonné sans doute.

« Pourquoi ne vous mariez-vous pas ? reprit cette dame, qui avait plusieurs filles dans un pensionnat. Vous êtes riche, titré, de noblesse ancienne ; vous avez des talents, de l'avenir, tout vous sourit.

— Oui, répondit-il, mais il est un sourire qui me tue… »

Le lendemain, la dame apprit avec étonnement que M. de Sucy s'était brûlé la cervelle pendant la nuit. La haute société s'entretint diversement de cet événement extraordinaire, et chacun en cherchait la cause. Selon les goûts de chaque raisonneur, le jeu, l'amour, l'ambition, des désordres cachés expliquaient cette catastrophe, dernière scène d'un drame qui avait commencé en 1812. Deux hommes seulement, un magistrat et un vieux médecin, savaient que M. le comte de Sucy était un de ces hommes forts auxquels Dieu donne le malheureux pouvoir de sortir tous les jours triomphants d'un horrible combat qu'ils livrent à quelque monstre inconnu… Que, pendant un moment, Dieu leur retire sa main puissante, ils succombent.

Paris, mars 1830.

Repères

20 mai 1799. Naissance à Tours d'Honoré Balzac, qui deviendra de Balzac.

1807-1813. Il est pensionnaire au collège oratorien de Vendôme.

1814 et années suivantes. Il poursuit ses études à la faculté de droit de Paris.

1820. Rencontre de Mme Laure de Berny, qui aura une influence décisive sur sa formation.

1820-1826. Publication d'une dizaine de romans sous pseudonyme.

1825. Il s'improvise éditeur, fonde une imprimerie, puis une fonderie de caractères. Ses échecs commerciaux et ses faillites le laisseront criblé de dettes jusqu'à la fin de sa vie.

1829. Les Chouans. Premier livre signé de son nom.

1830. Scènes de la vie privée : du jour au lendemain il devient un romancier célèbre. *Un épisode sous la Terreur. Gobseck.*

1831. La Peau de chagrin. La Rabouilleuse.

1832. Rencontre avec Mme Hanska, qui deviendra Mme Honoré de Balzac en 1848. *Le Curé de Tours. Le Colonel Chabert.*

1833. Eugénie Grandet. Le Père Goriot.

1834. La Duchesse de Langeais. La Recherche de l'absolu. Histoire des Treize.

1835. Séraphita. Le Lys dans la vallée.

1836. Fonde la revue *La Chronique de Paris,* qui va lui coûter cher.

1837. Grandeur et Décadence de César Birotteau. Début des *Illusions perdues.* Première partie de *Splendeurs et Misères des courtisanes.* Il achèvera le premier en 1843 et le second en 1847.

1838. Le Cabinet des antiques.

1840. Échec de son drame *Vautrin.* Échec de sa nouvelle revue, *La Revue parisienne. Z. Marcas.*

1841. Il met sur pied le plan de *La Comédie humaine. Ursule Mirouet. Une ténébreuse affaire.*

1842. Albert Savarus.

1844. Modeste Mignon.

1845. Il écrit de sa propre main le « Catalogue des ouvrages que contiendra *La Comédie humaine* ».

1846. Il installe à grands frais sa nouvelle maison de la rue Fortunée, où il compte recevoir Mme Hanska.

1847. Le Député d'Arcis. La Cousine Bette. Le Cousin Pons.

1848. Mariage avec Mme Hanska.

18 août 1850. Sa santé décline rapidement. Il meurt à Paris.

TABLE DES MATIÈRES

Composition, maquette : L'Aventurine

Achevé d'imprimer
en mars 1999
sur les presses de l'imprimerie Maury
à Malesherbe - France
Dépôt légal 2ᵉ trimestre 1999